大宋小吏

大家小书

漫谈西方文学

李赋宁 著

北京出版集团公司
北京出版社

图书在版编目（CIP）数据

漫谈西方文学／李赋宁著. —北京：北京出版社，2018.5

（大家小书）

ISBN 978－7－200－13628－9

Ⅰ. ①漫… Ⅱ. ①李… Ⅲ. ①外国文学—文学评论 Ⅳ. ①I106

中国版本图书馆CIP数据核字(2017)第282877号

总 策 划 安 东 高立志　　责任编辑 高天航

·大家小书·

漫谈西方文学

MANTAN XIFANG WENXUE

李赋宁 著

＊

北京出版集团公司
北京出版社 出版

（北京北三环中路6号）

邮政编码：100120

网　址：www.bph.com.cn

北京出版集团公司总发行

新华书店经销

北京华联印刷有限公司印刷

＊

880毫米×1230毫米　32开本　10.875印张　180千字

2018年5月第1版　2023年2月第3次印刷

ISBN 978－7－200－13628－9

定价：42.00元

总　　序

袁行霈

“大家小书”，是一个很俏皮的名称。此所谓“大家”，包括两方面的含义：一、书的作者是大家；二、书是写给大家看的，是大家的读物。所谓“小书”者，只是就其篇幅而言，篇幅显得小一些罢了。若论学术性则不但不轻，有些倒是相当重。其实，篇幅大小也是相对的，一部书十万字，在今天的印刷条件下，似乎算小书，若在老子、孔子的时代，又何尝就小呢？

编辑这套丛书，有一个用意就是节省读者的时间，让读者在较短的时间内获得较多的知识。在信息爆炸的时代，人们要学的东西太多了。补习，遂成为经常的需要。如果不善于补习，东抓一把，西抓一把，今天补这，明天补那，效果未必很好。如果把读书当成吃补药，还会失去读书时应有的那份从容和快乐。这套丛书每本的篇幅都小，读者即使细细地阅读慢慢地体味，也花不了多少时间，可以充分享受读书的乐趣。如果把它们当成补药来吃也行，剂量小，吃起来方便，消化起来也容易。

我们还有一个用意，就是想做一点文化积累的工作。把那些经过时间考验的、读者认同的著作，搜集到一起印刷出版，使之不至于泯没。有些书曾经畅销一时，但现在已经不容易得到；有些书当时或许没有引起很多人注意，但时间证明它们价值不菲。这两类书都需要挖掘出来，让它们重现光芒。科技类的图书偏重实用，一过时就不会有太多读者了，除了研究科技史的人还要用到之外。人文科学则不然，有许多书是常读常新的。然而，这套丛书也不都是旧书的重版，我们也想请一些著名的学者新写一些学术性和普及性兼备的小书，以满足读者日益增长的需求。

“大家小书”的开本不大，读者可以揣进衣兜里，随时随地掏出来读上几页。在路边等人的时候，在排队买戏票的时候，在车上、在公园里，都可以读。这样的读者多了，会为社会增添一些文化的色彩和学习的气氛，岂不是一件好事吗？

“大家小书”出版在即，出版社同志命我撰序说明原委。既然这套丛书标示书之小，序言当然也应以短小为宜。该说的都说了，就此搁笔吧。

读李赋宁先生的《漫谈西方文学》

黄必康

这是一本名副其实的大家之作，书的开本虽不大，但内容丰富厚实，三百多页之中漫谈西方文学，读来深入浅出，纵横而开阖。出版社的编辑同志把书样寄给我，嘱我写一篇“导读”之类的文字。我1995年受业李先生门下念博士，多得李先生谆谆指教，耳提面命，今有此机会重温先生教诲，心中欣然之情，自不待言，只是面对先生微言大义的清雅文字，却又不知从何“导”起，几经思忖，动笔写下以下这篇读书笔记式的文章，这是一个学生对老师最好的纪念，同时也希望对广大读者阅读本书有所助益。

我认为，要更好地读懂李赋宁先生的学问，首先必须了解李先生的为人品格，正所谓“知人论世”。李先生是中国外语学界公认的西方语言文化大师，他温文儒雅，为人谦和，是学界人人敬仰的博雅君子。英国教育家约翰·亨利·纽曼在《大学的理念》这样说，大学应是通识教育的场所，培育出来的是真正的博雅之士，“其言辞简练、谦而助人，如安乐椅之解乏，如冬日炉火之驱寒”。这正是李赋宁先生之写照。曾有国外学者说李赋宁先生“身上每一寸都是绅士”（Every inch a gentleman），此言不虚。李先生的学问也如是：博雅平和，要言不烦，不做大而无当的宏论，鲜有言之凿凿的断语，却在言而有据、简练准确的言辞中传授出广博而富有深义的知识，让读者在轻松的阅读中领悟到伟大的文学作品的思想和美。读者在这本书里通篇读到的，首先应该是这一点。此外，李赋宁先生除英文外，通晓拉丁文、希腊文、法文和德文等欧洲文字，是一位学养深厚的西方古典文学学者，他也很推崇英国古典学大家A. E. 豪斯曼（Housman，1859—1936）“思想性文本考据”的治学方法，因此，行文中多有旁征博引、追本溯源的精彩分析，特别是在对作品细读赏析的一些篇目中，尤是如此。读者在这些篇章中自可获得阅读的享受，同时也可领悟到为什么李先生号召“人文科学研究者首先要学会语文文献学”了。

研究和欣赏西方文学，必须有一个整体的把握，对西方社会各个时期的历史文化、西方文学传统的源流、体裁和类型、文学成就的高峰，国别文学之间的借鉴和影响，文学批评的主要流派及其得失，甚至是文学翻译史等，都必须有个清晰的谱系了解，站在社会文化的高度获得整体的观照，这样方能在随后的文本解读和鉴赏中做到心中有数。这是李赋宁先生一贯的思想。李先生一再强调指出：把握西方文学传统是一个研究者“最主要的基本功”，而对于西方文学传统中的“几个重点和高峰，必须着重学习，力求熟悉、掌握” 。对于这样的思想，初习者不可等闲视之。本书汇集了李先生在1945年至1992年期间撰写的有关西方文学的文章，语言平易而准确，既有高屋建瓴的历史论述，又有鞭辟入里的文本分析。这些文章论述西方文学的基本特点和鉴赏标准，谈荷马史诗、古希腊神话和寓言的源流影响，讲希腊悲剧的宗教和哲学思想以及现实政治意义，论柏拉图和亚里士多德的文学批评，述20世纪的西方文学批评；书中的文章也论述了古罗马诗人的诗歌和中世纪英国的拉丁散文，解读了乔叟故事的欢快和幽默、斯宾塞诗歌的华美和教喻、莎士比亚戏剧的深刻社会意识和人性洞察、密尔顿诗歌的崇高和坚毅、斯威夫特散文的朴素和犀利、约翰孙散文的庄严与厚重。凡此种种，都能帮助读者获得一种登高望远、江上数峰青的阅读感受。

然而，整体的文学观念须用具体的文学文本构成。传统和个人才能之间，文学史和文学作品之间是互相作用、互相依存的关系。李先生在本书的文章中，对文学艺术的普遍性和特殊性，艺术家“机智的头脑”与“人类传统精华”，文本细读和社会历史文化等关系做了分析和论述，认为文学的目的在于表现人生、批评人生。因此我们应该首先打好坚实的西方语言基础，而且要“多读第一流的作品”，通过对文本形式分析和细致的解读，达到对社会历史文化的理解，形成统一于真、善、美的文学欣赏口味；同时，我们也需要认识到文学的严肃性和社会责任，培养出一种对文学文本的综合的、全面的欣赏和理解的能力。李赋宁先生是十分重视文学文本细读的。细致入微又开阔放达的文本解析例子，在本书的一些文章中多有体现，比如《哈姆雷特》中大量的疾病和监狱的比喻所表现出来的社会改革愿望；《麦克白》中诗行的音效和节奏象征着社会的罪恶和死亡的来临；《德伯家的苔丝》中一个词（sensation）的词源引申义，也表达了作者对单纯善良的苔丝的同情和怜悯等等。尤其是在“乔叟的形容词”一文中，李先生深入乔叟作品的语言肌理，分类探讨乔叟作品中的颜色形容词和感觉形容词等，指出它们在描绘自然、刻画人物、表达感情和渲染气氛等方面的功用，同时结合文学史、作家意图、社会历史、语言史和句法结构等因素，展示了乔叟作品中充满画面美感的生活气息和强烈的民族特征。这样的文本细读堪称出彩的典范，读者应努力效法之。

另一方面，在李赋宁先生看来，对文学作品艺术形式进行细致的解读，这是文学研究者的基本功，但这不应是脱离社会历史，特别是脱离现实政治的形式主义批评。相反，文学研究者应关乎现实，关乎政治，具有鲜明的人民性立场和观点。李先生的文学研究具有明确的世界观和方法论，这就是站在辩证唯物主义和历史唯物主义的立场，关注艺术作品的人民性、进步性和先进性的观点。这也是贯穿本书各篇文章中的特点，它不仅表现在李先生在上世纪80—90年代为百科全书撰写的文章中，而且也是他在上世纪40—50年代的学术论文中坚持的鲜明立场。例如，上世纪90年代，李先生在论述英国大文豪撒缪尔·约翰孙的文章中，坚持重申：约翰孙那篇著名的《致吉斯特非尔德爵爷书》（Letter to Lord Chesterfield）是18世纪新兴资产阶级作家向封建贵族宣示反抗的“文学独立宣言”。当时，“文革”已经结束多年，西方各种新的文学批评理论在中国的外国文学研究界大行其道。我曾就此观点问李先生：“您难道不担心有人会认为这是‘文革’时期的文学研究中极‘左’的所谓‘阶级分析’方法吗？李先生笑答：“现在西方诸多的新理论从不同角度看问题，各有其合理的成分，但它们不是用来替代所谓旧的观点。‘文革’时期有人把阶级分析的方法用过头了，但这样的文学分析方法在西方文学史上经过反复的检验，证明是合乎人类认识事物规律的东西。”李赋宁先生的这一立场是坚定的，也是一贯的。读者在本书中通篇都可以感受到这一点：李先生认为伟大作家作品都具有“强烈的政治倾向性”，并且断言，伟大作家在作品中表达的“都是一些具有重大社会意义或有关人民和祖国命运的问题”，为此他在本书的文章中讨论古希腊神话和荷马史诗的人民性；讲古希腊悲剧“站在人民大众立场上要求政治和社会制度的改革”；但丁在《神曲》中“对教皇、封建贵族、资产阶级的谴责攻击”；薄伽丘《十日谈》的“反封建、反教会的现实主义内容”；托马斯·摩尔的“富人对穷人的阴谋”；巴尔扎克站在人民立场上“对于资产阶级和深刻分析、无情揭露和批判”。李先生在本书中也说明了莎士比亚与人民大众的血缘关系，展示了莎士比亚对“资本主义原始积累时期英国社会关系加以深刻的分析和严厉批判”；“资产阶级利己主义对麦克佩斯的腐蚀作用和败坏影响”；讲到密尔顿，李先生认为密尔顿作为革命者，表达了“对国家、为人民的崇高感情”，而斯威夫特对人民寄予同情，对“伪善的、掠夺的、贪得无厌的英国资产阶级”极尽了辛辣的讽刺。

我们今天的外国文学研究，西方各式各样的主义和理论话语多有影响，存在与意识的关系已被“解构”。文学研究也有了一种理论化的倾向：仿佛一定要与政治文化和意识形态保持距离，文本解读仿佛一定要依附或说明一种西方批评理论和主义的有效性。这样的倾向会导致人们追求新理论而不求甚解，导致文本解读预设理论，画地为牢，消磨了主体美学感受和创新精神。这是一种貌似深沉的浅薄。当代马克思主义文论家弗雷德里克·杰姆逊（Frederic Jameson）就指出了这种所谓的“奇异性美学”：“当今的主体开始丧失了绵延的历史感而变得鼠目寸光”，而“历史的消亡为我们的政治和政治实践罩上了阴沉的暗影”；由于没有了历史感，我们与知识与思想渐行渐远。因此，杰姆逊呼吁：应该对文本“政治化”，应该“时刻想到历史，永远进行历史化”。以此观之，我们今天重温李赋宁先生脚踏实地、兼收并蓄的西方文学研究之道，对我们的西方文学研究和欣赏具有直接的现实指导意义。

最后，外国文学研究和鉴赏最基本的条件是娴熟地道的外语阅读和写作能力。这是李赋宁先生在本书的有关文章中特别强调的一点。李先生这样说：“文学是语言的艺术。研究西方文学的同志首先要学好西方语言。要努力达到阅读用外语写的文学作品像阅读用汉语写的文学作品时一样准确和熟练。”如果“阅读西方文学作品的汉语译本，我们充其量只能了解到作者的哲学思想，而若想充分了解作者对宇宙和人生的态度和感情，就不得不靠阅读原著。”这是我们学习外国文学的初心，是看家的本领。我们不应忘了这个初心，不应消磨了这个本领。特别是在我国大学的英美文学课程的教与学中，我们应该克服急功近利，寻求捷径的思想，摒弃那种通过阅读翻译作品和批评论著中译本，或对原文作品和论著不求甚解，而在用汉语写作的学业论文中强说理论、高谈阔论的倾向。英国浪漫主义诗人柯勒律治（Samuel Taylor Coleridge）曾说，人类天生就有一种思想散漫却又畏惧空虚的本性，阅读以求克服空虚，却不情愿刻苦为之，这样的阅读无异于白日做梦而已。读者在李赋宁先生这本“大家小书”中应该感悟到：外语专业的学生如果通过汉译本学习西方文学，犹如刻舟求剑，应极力避免之。

目 录

西方文学的几个特点[①]

西方文学包括西方社会发展中各个历史时期的文学：从古代希腊奴隶社会开始，中间经过中世纪的封建社会、近代的资本主义社会、十月革命后的社会主义国家苏联，以及第二次世界大战后的东欧和中美的社会主义国家。在每一个社会发展的历史时期，西方各民族的最优秀的作家通过各自的作品，真实地、生动地反映了他们的时代，如荷马、但丁、莎士比亚、歌德、巴尔扎克、左拉等。这些伟大作家通常出现在社会变革时期或历史转折点上，因此他们的作品往往反映变革时代的特点或重大的历史事件，如荷马史诗就反映了古代希腊社会从原始公社发展到奴隶制度的重要变革。但丁的《神曲》反映了13世纪意大利萌芽的资本主义因素同中世纪封建制度之间的斗争，

① 原载：季羡林．中外文学书目答问（下册）．北京：中国青年出版社，1986: 521-524.

因此恩格斯说但丁是中世纪最后一个诗人，同时也是近代第一个诗人。莎士比亚的戏剧作品也反映了封建意识形态和文艺复兴时期人文主义思想之间的斗争。歌德的《浮士德》不仅反映了封建德国的没落，而且也表现了1789年法国资产阶级革命的崇高理想。巴尔扎克的《人间喜剧》一方面反映了资本主义在法国的胜利，另一方面也预示了资本主义进一步发展的反动、腐朽的性质。左拉的《鲁贡·马卡尔》反映了资本主义走上帝国主义阶段，工人阶级团结、组织起来向资本家进行不可调和的阶级斗争。

其次，伟大的作家们在他们的作品中所提出或解决了的问题，都是一些具有重大社会意义或有关人民和祖国命运的问题，并且他们处理这些问题时，总是站在人民大众的立场上，并能符合人民大众的愿望和要求，如但丁在《神曲》中提出意大利统一和独立的问题。他对教皇、封建贵族、资产阶级的谴责攻击，和人民对这些人物的态度是一致的。又如，巴尔扎克对于资产阶级的深刻分析、无情揭露和批判，也是和人民的意愿相符合的。

再次，这些伟大作家的作品都具有丰富的思想内容和强烈的政治倾向性，如古代希腊悲剧诗人埃斯库罗斯的悲剧作品就是为雅典新建立的民主政治服务的。索福克勒斯对于雅典民主制度的失望和不满，欧里庇得斯对希腊奴隶社会的抨击，都可以说明他们站在人民大众的立场上要求政治和社会制度的改革。阿里斯托芬的喜剧作品更是针对当时的政治而写的，他尖锐地攻击雅典一些工商业资产阶级政客为了本阶级的利益，发动争夺市场和殖民地的侵略战争，完全牺牲了雅典农民的利益，给人民带来无穷的灾难和痛苦。又如，中世纪城市文学《列那狐的故事》对于封建统治阶级和教会的讽刺、揭露，也都反映了作者的政治观点。

除此之外，伟大的作家往往代表他们自己那个时代的先进思想，这些思想对于他们的创作方法又起着指导性的作用。例如，尽管但丁的世界观中还存在着神学和烦琐哲学的因素，他的人文主义思想却能使他认识到13世纪意大利社会的本质，从而能够深刻地、概括地把它反映出来。又如，薄迦丘的“明快的自由思想”就决定了他的《十日谈》的反封建、反教会的现实主义内容。托马斯·摩尔的人文主义世界观，使他能够认识到16世纪英国社会的实质是“富人对穷人的阴谋”，指出圈地运动所造成的“羊吃人”的现象。18世纪法国启蒙运动作家如伏尔泰、孟德斯鸠、狄德罗、卢梭等的作品，对于当时法国社会所做的分析、批判和揭露，也来自他们反封建、反教会的进步思想：主张自由、平等、个性解放。巴尔扎克的世界观中虽然存在着“阶级同情和政治偏见”，但是他在《人间喜剧》里对19世纪上半叶法国资产阶级社会的深刻分析和揭露，以及对资本主义发展规律的预见性，都取决于他的进步思想，并决定了他的现实主义创作方法的胜利。

西方资产阶级的进步文学有一个突出的特点，就是对资产阶级抱着批判态度，强烈地要求改革资本主义社会。例如，19世纪批判现实主义小说就能充分代表这个特点。就英国文学来说，19世纪后半叶是批判现实主义小说盛行的时期。经过了18世纪末的政治革命——法国资产阶级革命，以及19世纪上半叶的文学革命——欧洲的浪漫主义文学运动，英国同时又经历了经济和技术上的产业革命，英国成为“世界的加工厂”，贫富愈来愈悬殊，社会上不公正和不平等的现象日趋严重。作家们最关心的是“英国国情问题”，各人从不同的角度来批评英国社会，并且提出改革英国社会的各种不同方案。在这些作家当中，批判现实主义小说家做出了卓越的贡献，起了积极的作用。他们当中影响最大、艺术成就最高的是查理斯·狄更斯和女小说家乔治·艾略特。

最后，伟大作家们的作品都具有高度的艺术性。他们塑造了活生生的人物形象，能够概括社会生活本质的典型性格，复杂、动人的情节，并能熟练地运用展示性格的真实、生动、丰富、精练的语言。这一切艺术综合都为作品的思想内容服务，达到了内容与形式的高度统一。莎士比亚的悲剧《哈姆雷特》就是最好的例子。另外，伟大的作家往往运用人民群众所喜闻乐见的民族形式，采取人民群众所熟悉并且热爱的民间传说或故事，经过艺术加工，赋予它新的、具有深刻意义的内容。索福克勒斯的《俄狄浦斯王》、莎士比亚的《哈姆雷特》和《李尔王》，甚至中世纪的《列那狐的故事》，都可以作为例子来说明这一点。

我们阅读、学习、欣赏西方优秀的文学作品时，特别应注意作品的思想性和艺术性的统一。有了这种统一，我们才能从这些作品里既获得智慧、认识真理，又得到快感、美的享受，达到心灵的和谐，悟出做人的道理。优秀的文学作品能够陶冶读者的性情，起到潜移默化的教育作用。因此，在建设我国社会主义精神文明的过程中，借鉴西方优秀、健康、高尚的文学作品是完全必要的，而且是十分有益的。

（本文根据1954年原稿，于1986年略加修改，基本上保存原貌，以兹纪念）

浅谈西方文学研究[①]

文学研究不同于文学创作。文学创作靠形象思维，而文学研究要靠逻辑思维。文学研究是一门社会科学，它研究的对象是作为一种社会现象而存在的文学作品。文学作品主要反映社会上人与人之间的关系。漂流在荒岛上的鲁宾孙也不得不和被他搭救的土人“星期五人”（Man Friday）结成人与人之间的关系——主仆关系。即使是反映诗人内心生活的作品，也脱离不了作为社会成员的诗人本身和其他社会成员发生关系的内容。文学研究既然是一门科学，它就必须建立在文学科学的理论基础上，并且必须有一套科学的方法来进行研究。文学科学的理论就是文艺理论和文学批评；文学研究的科学方法和其他社会科学的研究方法有共同之处，也有不同的地方，因此需要说明

① 原载：《上海外国语大学学报》编辑部. 外国馆. 1980, 2（1-5, 64）.上海：上海外语教育出版社，1978-.

和解释。

自然科学和社会科学都在努力寻找普遍规律。作为社会科学的一个部门，文学研究是不是也必须寻求文艺创作的普遍规律呢？答案是：并不尽然。自从浪漫主义文学运动兴起以来，文学批评家特别强调一部文学作品的特殊性，它的独一无二的特点。事实上，一部文学作品有它的特殊性，也有它的普遍性。我们研究的对象应该是寓于文学作品的普遍性当中的特殊性。用通俗的话来说，一部好的文学作品必须同时是读者熟悉的，又是创新的。读者熟悉的形式和内容是读者喜闻乐见的，这就是这部文学作品所具有的普遍性。作品的形式和内容创新的地方就是作品所具有的特殊性。现代文学批评更重视作品的创新方面，因此更强调作品的特殊性。但是特殊性不能脱离普遍性而独立存在，因此我们说文学研究既要寻求文艺创作的普遍规律，又要寻求一部作品所独有的创作特点和个性。文学研究的对象是文学作品本身——它是作品普遍性和特殊性矛盾两方面的统一体，如莎士比亚的悲剧《哈姆雷特》（*Hamlet*）。这部作品既有它的普遍性，又有它的特殊性。伊丽莎白时代舞台上流行一种“复仇悲剧”（revenge tragedy），以莎士比亚的先驱者，托马斯·基德（Thomas Kyd）所写的《西班牙悲剧》（*The Spanish Tragedy*）为代表作。莎士比亚继承了“复仇悲剧”的传统，在写《哈姆雷特》时采取了《西班牙悲剧》的一些手法，如鬼魂的出现、装疯、“剧中剧”（a play within the play）等当时深受观众欢迎的一些技巧，很自然地运用到《哈姆雷特》剧中。这些是观众喜闻乐见的，也就是《哈姆雷特》作品普遍性的方面。更重要的是《哈姆雷特》的创新方面，也就是作品的特殊性方面：莎士比亚塑造了人文主义思想家哈姆雷特王子的形象，同时又生动地、感人地描绘了错综复杂的人与人之间的关系：父子之间、母子之间、叔侄之间、君臣之间、情人之间、知心朋友之间、不共戴天仇人之间等各方面人与人之间的关系。此外，在人物形象方面，莎士比亚运用了对照手法：哈姆雷特的父亲（理想的国王）和叔父（凶手、篡位者、暴君）之间的对比；哈姆雷特王子（文艺复兴时期先进的青年人文主义思想家）和赖厄提斯（当时的贵族子弟）之间的对比；娥菲丽亚（纯洁坚贞的少女）和王后葛尔特鲁德（水性杨花、软弱无能的中年妇女）之间的对比；以及哈姆雷特王子和好友贺拉旭之间的相互陪衬和补充，等等。另外，莎士比亚在语言技巧上运用了大量的疾病比喻（毒瘤 cancer 、溃疡 ulcer 等），制造了腐朽、死亡的气氛；丹麦是一片杂草丛生的荒芜花园（an unweeded garden）；丹麦是一座监狱（a prison）。以这样的气氛为背景，就更加突出了哈姆雷特王子要求改革社会的迫切心情。上面这些都是莎士比亚赋予《哈姆雷特》悲剧的一些创新的内容。当然，《哈姆雷特》是一部世界文学名著，它的内容是极为丰富、复杂的。我只提到这部作品的几个创新的特点，远远不能代表全部作品。不过从以上所说，我们已经看到文学研究必须着重分析、研究一部作品的创新方面，也就是着重研究作品的特殊性。

但是文学作品的特殊性又是和它的普遍性分不开的。这里就有一个文学传统的继承问题。当代英国小说家艾丽斯·默多克（Iris Murdoch）女士最近来北京大学演讲，她说："Literature is a continuous story."（文学是一个连续不断的故事）。她又说："Art lives on art."（艺术要以艺术为营养）。她说她自己经常阅读英国十八九世纪的小说名著，借以吸取营养。创作离不开文学传统，文学研究更不能脱离文学传统。我们要认识文学作品的普遍性和它的特殊性，首先必须能够区别什么是作品从文学传统那里所继承的东西和什么是作品所创新的内容。因此，我们研究西方文学的同志就必须着重熟悉西方文学的传统。我们必须从学习古代希腊、罗马文学开始，经过中世纪、文艺复兴、新古典主义、启蒙运动、浪漫主义、现实主义、自然主义、象征主义、存在主义文学，直到当代西方文学的各种流派。这个连续不断的西方文学传统是我们西方文学研究工作者必须努力获得的基础知识——这是最主要的基本功。如果这方面的知识欠缺，研究西方文学犹如隔靴搔痒，不能解决问题。西方文学传统有以下几个重点或高峰，必须着重学习，力求熟悉、掌握。

首先是古代希腊文学，这是重点的重点，是西方文学传统河流的源泉。它包括希腊神话、荷马史诗、希腊悲剧和喜剧、历史、哲学、文艺理论、演说、寓言、抒情诗等方面。我们可以说西方文学的各种体裁和文学类型（genres）没有不是溯源于古代希腊文学的。后来的西方文学，在不同程度上，不过是古代希腊文学的翻版。我们认为我们应该着重学习荷马史诗、希腊悲剧、柏拉图的《对话录》和亚里士多德的《诗学》，因为这些作品不仅是西方文学的高峰，而且它们对后来的西方文学起了极为深远的影响，是西方文学传统最根本的理论和实践的基础。古代罗马文学继承了古代希腊文学传统，在史诗、抒情诗、喜剧、讽刺诗、历史、演说和诗论等方面有所发展，把由古希腊文学开创的这个西方文学传统传递给中世纪文学和文艺复兴时期文学。中世纪文学当中法国文学是个重点，因为法国在查耳曼大帝（Charlemagne）统治下最早建立起统一的民族国家。法兰西文学吸收了凯尔特（Celtic）民族文学和日耳曼（Germanic）民族文学的精华，创作出优秀的中世纪法国文学。例如，法国民族史诗《罗兰之歌》（*La Chanson de Roland*）就来源于日耳曼民族（法兰克民族 Franks）的民间口头文学。又如，亚瑟王（King Arthur）的故事就来自凯尔特民族（威尔士民族Welsh）的民间传说。经过12世纪法国贵族女诗人马丽·德·法兰西（Marie de France）和12世纪法国宫廷诗人克莱提安·德·特洛耶（Chrétien de Troyes）的艺术加工，就产生了优美的中世纪法国传奇文学作品（romances），成为欧洲其他民族传奇文学的典范。另一部中世纪法国文学作品《玫瑰故事》（*Roman de la Rose*）成为欧洲其他民族写爱情寓言诗（allegory of love）和讽刺寓言诗（satirical allegory）的典范。还有《列那狐的故事》（*Le Roman de Renart*）成为欧洲动物寓言（beast fables）的典范。中世纪法国戏剧也成为欧洲其他民族戏剧创作的模仿对象。

从中世纪过渡到文艺复兴时期，西方文学最重要的作品是但丁的《神曲》（*La Divina Commedia*）。恩格斯说但丁是中世纪最后一位诗人，同时也是新时代最早的一位诗人。但丁是文艺复兴的先驱者。但丁的《神曲》是一部宗教、政治史诗，它对后世欧洲文学起了深远的影响。例如，17世纪英国诗人密尔顿的《失乐园》（*Paradise Lost*）就和《神曲》相似，同样也是一部宗教、政治史诗。当然，《失乐园》和《神曲》在内容和形式上仍是大不相同的。《神曲》的形式是用“三行诗节押韵法”（terza rima）诗体写的，而《失乐园》却是用“无韵诗体”（blank verse）写的。《神曲》也影响了19世纪浪漫主义诗歌。例如，雪莱的《西风颂》（*Ode to the West Wind*）就是用terza rima写的。文艺复兴时期意大利文学的另外两位重要作家是彼特拉克（Petrarch）和薄伽丘（Boccaccio）。彼特拉克是人文主义学者和诗人，他是“十四行诗体”（the sonnet）最早的创作人之一。薄伽丘的故事集《十日谈》（*Decameron*）对后世欧洲文学和世界文学都有深远的影响。例如，14世纪英国诗人乔叟的《坎特伯雷故事集》（*The Canterbury Tales*）就受了薄伽丘《十日谈》的影响。

文艺复兴时期英国文学的代表作品是莎士比亚的戏剧和诗歌。从18世纪以来，莎士比亚可能是西方文学当中被人们研究得最多的一位作家。关于莎士比亚研究的书刊，可以说是浩如烟海，但是莎士比亚作品的思想内容和艺术形式仍然有继续深入研究的必要。希望有志者继续努力。

文艺复兴时期西班牙文学的代表作品是赛万提斯（Cervan-tes）的《堂·吉诃德》（*Don Quixote*）。这部作品一方面总结了，同时又讽刺了从中世纪以来在欧洲流行的骑士传奇小说（chivalric romances）；另一方面也开了欧洲“流浪汉传奇小说”（the picaresque novel）的先河。“流浪汉传奇小说”对18世纪兴起的欧洲现代小说起了极大的影响。例如，早期18世纪英国小说家狄福（Defoe）的《摩尔·佛兰德斯》（*Moll Flanders*）和菲尔丁（Fielding）的《汤姆·琼斯》（*The History of Tom Jones, a Foundling Jones*）都属于“流浪汉传奇小说”类型，甚至后世的小说，如马克·吐温（Mark Twain）的《赫克伯利·芬历险记》（*The Adventures of Huckleberry Finn*）和索尔·贝洛（Saul Bellow）的《奥奇·马奇的经历》（*The Adventures of Augie March*）也都算是“流浪汉传奇小说”。

新古典主义文学在17世纪法国文学作品里可以找到优秀的代表，尤其是莫里哀的喜剧作品成为西方文学的宝贵财富。莫里哀的喜剧一方面继承了古罗马的喜剧传统，如在喜剧人物类型方面继承了古罗马喜剧的人物类型：守财奴父亲，挥霍财产、谈恋爱的儿子，足智多谋的男仆，寄生虫食客，等等；另一方面，莫里哀又极大地丰富和发展了这些传统的人物类型，如在他写的喜剧《悭吝人》（*L'Avare*）中就塑造了守财奴阿巴贡（Harpagon）的形象；此外，莫里哀又影响了后来的法国文学，如巴尔扎克的著名小说《欧也妮·葛朗台》（*Eugénie Grandet*）中守财奴老葛朗台的形象明显地受了莫里哀所塑造的守财奴阿巴贡形象的影响。这里再补充说明一下，古代罗马喜剧对文艺复兴时期欧洲戏剧的影响。上面说的古罗马喜剧传统人物类型当中还有一种人物类型，叫作“夸口的兵士”（miles gloriosus）。这是一个喜欢吹牛皮的胆小鬼的典型形象。莎士比亚在他的英国历史剧《亨利四世上、下部》（*Henry* Ⅳ: *Part* Ⅰ *& Part* Ⅱ）中塑造了福斯泰夫（Falstaff）的形象。福斯泰夫就是一个喜欢吹牛皮的胆小鬼。明显地，莎士比亚的英国历史剧受了古罗马喜剧的影响。另一方面，福斯泰夫的性格中又有一些成分和中世纪英国“道德剧”（morality play）中名叫“罪恶”（Vice）的丑角又很相似。显然，莎士比亚的英国历史剧也受了中世纪英国“道德剧”的影响。从这个例子可以看出西方文学传统是非常丰富的、复杂的。一部文学作品所受的影响是多方面的，所继承的东西也是各式各样的，这就决定了优秀的西方文学作品的复杂性。像莎士比亚那样天才的作家有本领去继承并发展西方文学传统，推陈出新，塑造了福斯泰夫这个令人难忘的形象。莎士比亚让读者或观众感到福斯泰夫这个人物既熟悉，又新颖，给人们带来极大的乐趣。

启蒙运动时期的法国文学很重要，因为这个时期的作品宣传反封建、反教会、破除迷信、解放思想、提倡民主和科学这些进步的启蒙运动思想，为18世纪末法国资产阶级民主革命做了意识形态方面的准备。孟德斯鸠（Montesquieu）、狄德罗（Diderot）、伏尔泰（Voltaire）、卢梭（Rousseau）等人的作品对西方文学起了巨大的影响。启蒙运动时期的文学也影响了欧洲的浪漫主义文学运动。法国浪漫主义诗人、小说家、戏剧家雨果，德国作家莱辛（Lessing），早期的歌德、席勒，以及英国浪漫主义诗人华兹华斯、拜伦、雪莱等，都受了启蒙运动的影响。

20世纪早期，德国有一位历史学家名叫斯本格勒（Oswald Spengler）。他写了一本书，叫作《西方的没落》（*The Decline of the West*，英文译本）。这本书叙述了西方历史的发展，分为三个时期：第一个时期是古代。这个时期的时代精神，斯本格勒称之为“阿波罗精神”（the Apollonian soul）。阿波罗是太阳神，给人类光明和智慧。他又是司医疗和音乐的神，主管科学和艺术。“阿波罗精神”代表的是古代希腊的文明。第二个时期是中世纪。这个时期的时代精神，斯本格勒称之为“僧侣精神”（the Magian soul，来自the three Magi，他们是向初生基督朝圣的东方三大博士），代表中世纪基督教文明。第三个时期是近代。这个时期的时代精神，斯本格勒称之为“浮士德精神”（the Faustian soul），以歌德的作品《浮士德》中主人公浮士德博士而命名。所谓“浮士德精神”，指的就是近代欧洲人为了改造社会而追求自然科学和技术知识的进取精神。从斯本格勒的历史分期法来看，德国诗人歌德在西方文学传统中占有极为重要的地位。歌德继承了古代希腊、罗马文化，中世纪和文艺复兴时期文化。关于浮士德博士的故事起源于中世纪。文艺复兴时期英国先进思想剧作家、莎士比亚的先驱者之一马娄（Christopher Marlowe）曾写了《浮士德博士的悲剧历史》（*The Tragical History of Doctor Faustus*）。歌德发展了这个故事，而且也接受了启蒙运动思想。歌德在他青年时代投身于浪漫主义运动（狂飙突进运动 Sturm und Drang），后来又倾向于古典主义。在他的晚年，他又把浪漫主义和古典主义融合在一起。因此，我们可以说歌德集他以前的西方文学传统之大成。

19世纪的现实主义小说可以找到三个最杰出的小说家的作品为代表：英国的狄更斯、法国的巴尔扎克和俄国的托尔斯泰。他们的作品把现实主义小说的地位提高到西方文学传统中希腊悲剧和伊丽莎白时代戏剧（莎士比亚戏剧）的崇高地位，成为西方文学的三大高峰之一。

文学作品的媒介是语言，文学是语言的艺术。研究西方文学的同志首先要学好西方语言。要努力达到阅读用外语写的文学作品像阅读用汉语写的文学作品时一样准确和熟练。这个要求，经过刻苦学习和大量阅读实践是能够达到的。在分析一部文学作品时，我们想着重了解的是作品所反映出来的作者的世界观。世界观在德语里叫作Weltanschauung，它包括作者的哲学思想和作者对宇宙和人生的态度和感情。通过阅读西方文学作品的汉语译本，我们充其量只能了解到作者的哲学思想，但若想充分了解作者对宇宙和人生的态度和感情，就不得不靠阅读原著。这是因为作者的态度和感情必须通过作品的语言形式去体会。首先是声音（phoneme的组合），其次是句子的结构和句型（syntactical structure and patterns），还有比喻和意象（metaphors and imagery）。举一个简单的例子，狄更斯的小说《大卫·科伯菲尔》中，大卫的继父姓Murdstone。这个姓名的音素组合和词义组合充分象征了大卫继父的凶残、冷酷的性格，因为这个姓名暗示了murder（谋害）和stony-hearted（铁石心肠）的含义。对英语不很熟悉的读者就很难从Murdstone这个姓名中得到狄更斯所期望他的读者能够得到的联想。这样的读者也就容易忽视狄更斯对这个人物所抱的谴责态度。正是这样一个凶残、冷酷的继父，为了霸占孤儿寡妇的财产，娶了大卫的年轻、可怜的母亲，不久就把她折磨死了。在她死后，凶残、冷酷的继父又把幼小的孤儿大卫赶出门外，命他独自去伦敦谋生。再举一个英语词和词之间搭配的例子：哈代在《苔丝》（*Tess of the D'Urbervilles*）里描写苔丝被她丈夫克莱尔（Angel Clare）遗弃后夜间睡眠时仍把结婚戒指紧紧地戴在手指上，以加强自己仍是克莱尔妻子的信念。在这里哈代并没有写to strengthen the conviction that she was still Clare's wife，而写了to strengthen the sensation that。哈代用sensation（感觉）这个词来代替conviction（信念），熟悉英语词与词之间搭配的读者就会看出sensation一词在这里就有conviction的含义。但哈代用sensation这个词还有一层更深的含义：苔丝这个单纯、善良的农村姑娘只能通过戒指戴在手指上的具体感觉（sensation）来加强她的抽象的信念。正是通过对这样的语言细节的了解，读者才能体会到哈代多么同情和怜悯做了社会传统道德无辜牺牲品的苔丝姑娘。

亨利·威尔斯（Henry Wells）在《诗歌的意象》（*Poetic Imagery*）一书里区别了七类意象和比喻。最高的一类威尔斯称之为“扩展性的比喻”（expansive metaphor），他举了莎士比亚的悲剧《麦克佩斯》中的诗行作为例子。在准备谋杀邓肯（Duncan）之前，通过麦克佩斯独白中的比喻，莎士比亚制造了犯罪的气氛，作为谋杀行为的适当背景：

Light thickens, and the crow
Makes wing to the rooky wood;

Good things of day begin to droop and drowse.

这里莎士比亚写的是黄昏景象，暮鸦归巢，一切善良的白昼生物都在准备睡眠和休息。首先请读者注意诗行的音乐效果：动词thickens的th［θ］辅音和一系列带oo［u，uː］元音的词rooky，wood，good，droop，还有动词drowse的ow［au］双元音都给读者一种沉重、艰涩的感觉，象征睡眠和死亡。头两个诗行写的是黑夜的降临。黑暗和乌鸦象征恶魔和罪恶。再看第三个诗行的结构：主语good things（善良的白昼生物）比较抽象，可能指鸟、兽、人、花草等，而谓语动词十分具体：droop（下垂——头部下垂）and drowse（打瞌睡）。为了使这两个动词的具体性更加突出，莎士比亚使它们相互押dr头韵（allitera-tion）：droop和drowse。主语和谓语动词搭配起来，结果使这两个动词droop和drowse又获得了象征性的含义：放松了警觉，在罪恶的暴力面前胆怯地畏缩。这个“扩展性的比喻”所具有的这些微妙的含义必须通过莎士比亚的原文细心体会，汉语译文不可能把它们全部都表达出来。正是通过对这些饱含深义的意象和比喻的体会，读者才能认识到莎士比亚对人世间的罪恶所抱的畏惧和憎恶的心理。

最后谈一下汉语写作问题。我们对于西方文学作品分析、研究的成果主要通过汉语表达出来。我们不是写小说，不是写抒情、写景散文或诗歌，我们写的是科学论文。因此，要求我们的语言必须明白、清楚、干净、利落、准确、生动、逻辑性强，具有充分的说服力。我们知道英国17世纪发生了资产阶级民主革命（又称清教徒革命the Puritan Revolution）。英国的唯物主义思想在这个世纪内有了很大的发展，因此促进了自然科学的研究和发展。牛顿在这个时期发现了物理学力学上三大定律，同时又为微积分数学奠定了基础。在这个时期，威廉·哈维（William Harvey）发现了血液循环论，为医学和生理学打好了基础。英国的国家科学院“英国皇家学会”（the Royal Society）也是在这个时期成立的。17世纪英国哲学家霍布斯（Thomas Hobbes）是唯物主义思想家，他要求英语要准确、明晰，以便使它更好地为科学和哲学服务。17世纪英国最重要的作家之一德莱登（John Dryden）被选为“皇家学会”会员，他在改革英文散文方面立下了不朽的功勋。德莱登主要写文学批评散文。他的散文既明白易懂，又流畅活泼，说服力强，很能感动读者。由于德莱登自己的实践，我们才有了近代英文散文的典范。他的散文不仅推动了英国文学批评的发展，而且也推动了英国自然科学的前进。英语从此成为文学和科学的共同工具。我们在改革汉语文风方面，可以从17世纪英国散文改革的历史得到借鉴。一方面读霍布斯和他的弟子洛克（John

Locke）论语言理论的著作，另一方面学习德莱登的散文写作实践，我相信汉语文风的改革是大有前途的。我们研究西方文学的同志们在写我们的科学论文时，也将对汉语文风的改革做出我们应做的贡献。

口味和标准[①]

（节选）

……我们现在所需要的批评家不是像法朗士（Anatole France，1844—1924）那样提倡文学相对论的欣赏家，充满了同情和谅解（所谓："了解一切，原谅一切"，tout comprendre，c'est tout pardonner）。我们所需要的应该是像布瓦洛（Nicolas Boileall，1636—1711）那样严厉打击坏作品、树立美的绝对标准的批评家。布瓦洛写了一些讽刺诗，把当时法国许多坏诗人攻击得体无完肤。但他最大的贡献是建设性的。他为法国和欧洲古典主义文学树立起绝对的美的理想（le beau idéal）。我们所需要的就是像绝对的美的理想那样的绝对标准。文学需要标准，道德也需要标准。最高的标准是真、善、美。

---

① 原载：《云南日报》1946年3月24日的"星期论文"。

法文里有一句成语说："不应该争论口味"（Il ne faut pas discuter des goûts），意思是说，人的口味不同，争论起来毫无结果。张三不能强迫李四接受他的口味，李四也不能劝服张三改变他的爱好。但是口味有高低，爱好也有优劣。我们必须制定标准来判断口味的高低和优劣。伏尔泰（Voltaire，1694—1778）说："人说口味不可争论。若是指感官的味觉，这话很有道理，因为我们不能矫正感官的缺陷。但这句成语不能用在艺术范围内，因为艺术有真正的美。有了好口味才能看出这真正的美，而坏口味就看不出这真正的美。"拉布吕叶（Jean de La Bruyère，1645—1696）也说："在艺术中有完美的一点，正像人性中有至善或自然界有成熟。感觉到，并且爱好这完美的一点的人，有完美的口味；感觉不到这一点，而且爱好的对象或偏在这一点的左边或右边的人的口味是有缺陷的。于是就有好口味和坏口味的区别，因此人们争论口味是有道理的。"伏尔泰和拉布吕叶都认为口味有好坏，都认为艺术有绝对的美的理想和绝对的标准。

文学批评家的责任在于帮助读者养成好的口味，同时谴责坏口味的作品，并且建立绝对的批评标准，用来衡量口味的优劣和高低。亚里士多德认为文学批评家是个"理想的读者"。不用说，这个理想的读者必须有完美的口味。一般的读者如果用自己的口味来和这个理想的读者的口味相比较，就可以知道自己口味的好坏。严格说来，这个理想的读者仅仅是个理想人物，很不容易实现。在文学史中也难找出几个实在的例子。勉强说来，暮年的歌德（Johann Wolfgang von Goethe，1749—1832）比较接近这个“理想的读者”的理想。有的批评家认为歌德缺少最高的精神境界。艾默生（Ralph Waldo Emerson，1803—1882）惋惜歌德不崇拜“最高的统一”。但是歌德的口味极完美，歌德有很高的内在标准。

我们所要建立的批评标准应该是内在的，像歌德的标准一样。外在的标准只能订立呆板的、死的规律和一切繁文缛节，用来约束一般的、平凡的作者和读者。我们所要的是活的标准：自发的、直觉的。我想道德方面的标准也有不同的两种：外在的标准就是礼教、伦理的条规，是为了约束一般人的；内在的标准只存在于圣君、贤相、烈士、侠客心中。文学和道德的内在标准，虽是自发的、直觉的，仍是绝对的。它的绝对性比外在的标准的绝对性更高。

内在的文学标准怎样才能树立起来？这一半要靠天赋，一半要靠学识。巴斯加（Blaise Pascal，1623—1662）把人的头脑分为两种：“几何头脑”（l’esprit de géométrie）和“机智头脑”（l’esprit de finesse）。前者是科学家的头脑，以理性为主。后者是文学家、艺术家的头脑，注重直觉。要建立内在的文学标准，天赋方面必须具备“机智头脑”，学识方面必须吸收人类文化传统的全部精华——希腊传统、希伯来传统和东方传统。换言之，“机智头脑”必须经过严格的“传统”的训练，才能建立起内在的文学标准。歌德的标准是“安闲和恬静”，阿诺德（Matthew Arnold，1822—1888）的标准是“高度严肃”（high seriousness）和“高度真理”（high truth），杜甫的标准是“温柔敦厚”和“悲天悯人之心”，高乃依（Pierre Corneille，1606—1684）的标准是“坚强的意志”和“责任心”。我们可以看出：在最高的境界内，文学和道德的内在标准是一致的。在最高的境界内，真、善、美是统一的。

有了内在的文学标准才能鉴别文学口味的优劣和高低。完美口味的养成，虽然天赋成分不可缺少，但更需要学力和锻炼。一般读者应在刻苦锻炼方面多下功夫，使自己的口味变得更灵敏、更高尚。一般读者应认识文学的严肃性，了解文学的目的在于表现人生、批评人生。对于文学作品，应该审慎地选择，应极力取法乎上，多读第一流的作品。批评家应该告诉一般读者哪些是第一流的作品，并且帮助读者养成好的文学口味。只谈欣赏的文学批评家未免忘记了自己对社会的责任。文学批评家在移风易俗方面，负有重大责任。我希望在近期内，文学批评家能够建立起较高的文学标准，提高一般读者的口味，毫不留情地批评、纠正风行一时的坏作品。这样，新的、有永久价值的作品才有诞生的可能。……

（1983年2月9日修改）

20 世纪英、美文学批评[①]

20世纪英、美文学批评有很大的发展，朝着更科学、更准确的方向前进。批评家们所努力追求的是一种更“客观的”、更抽象的文学批评，和哲学上的“认识论”或“本体论”相联系。同时这种文学批评又非常具体，它把一部文学作品的意义和价值完全放在作品的形式上面。强调作品各组成部分（主题、情节、人物、语言）之间的内在联系，特别是作品运用语言的特殊方式和技巧。20世纪英、美文学批评从英国批评家T. S. 艾略特、I. A. 理查兹和威廉·燕卜荪开始，在美国得到蓬勃的发展，形成了“新批评”学派。这个学派的代表人物有J. C. 兰塞姆（Ransom）、艾伦·塔特（Allen Tate）、克利安斯·布鲁克斯（Cleanth Brooks）、R. P. 布莱克默（Blackmur）

① 原载：张月超. 外国文学研究中的新发展. 南京：南京大学出版社，1986: 11–18.

和W.K.温默萨特（Wimsatt）等。同一时期在英国最有影响的文学批评学派以F.R.利维斯（Leavis）和他的剑桥大学同事为代表，他们办了一个很有影响的文学刊物，名叫《细察》（*Scrutiny*）。1932—1953年，这些英、美文学批评家有一个共同的特点，就是他们一方面重视作品本身，另一方面也看重作品的认识价值、文化价值和道德意义。他们反对用读者对作品的主观反应或个人印象来评价作品，而主张对作品中能够客观地辨认的成分进行准确、细致的分析。因此，他们特别强调必须仔细阅读作品本文。另一方面，他们也像19世纪英国批评家马修·阿诺德（Matthew Arnold）那样，重视作品的文化价值。他们认为诗歌不仅是一种感情语言，而且是传授知识的媒介。他们面对着自然科学的挑战，对诗歌进行辩护，认为诗歌是认识现实的最好途径。由艾略特和理查兹在20世纪20年代所发起的文学批评方面的革命，到了50年代在英、美已成为正统的学说，已为大多数文学研究者所接受。

另外，20世纪的文学批评也力求革新，扩大了研究的领域，借用了其他社会科学的研究方法。例如，它吸收了某些非文学概念体系的观点和术语：弗洛伊德的心理分析法、荣格的心理分析法和与之相联系的文化人类学方法、神话文学批评的方法、词义学的方法，以及马克思主义的辩证唯物论和历史唯物论的方法，等等。这些方法在理论上是和新批评学派的方法相对立的，因为新批评学派把注意力完全集中在作品的形式上面。但在实际运用时，荣格和马克思主义的一些观点和见解也可以结合到新批评学派的分析里面去，而不违背新批评学派重视作品形式的这一基本原则。我们可以说：20世纪的文学批评，一方面扩大了研究的领域；另一方面更重视作品的细节。20世纪批评家们所辩论的问题主要有下列这几个：怎样才能最准确和最全面地理解一部作品？应不应该研究作品的社会背景和作者的传记材料？还是只应该把作品的语言作为一种美学结构来着重研究？应该怎样对待作者自己所宣称的创作意图？还是仅仅把它考虑在内，还是把它当作不相干的东西而加以忽视？究竟用哪种方法才能最充分地理解作品本身：语言分析法、类型分析法、形式分析法，还是社会科学分析法、心理学分析法，等等？把上述的这些方法综合起来，能不能建立起一套完整的文学理论？

新批评学派的原则和方法受到各方面的挑战和攻击。传统的文学研究者责备他们不适当地要求文学批评达到一个根本达不到的目标，即科学的客观性。对于传统的文学研究者来说，只有历史事实才是唯一科学的东西。而新批评家们根本不研究历史事实，他们忽视作品的社会背景和作者的生平事迹，而要求文学研究具有科学的客观性，那是绝对办不到的。另一方面，新批评家们也被人责难，说他们还不够“科学”。也就是说，他们在方法论上还不够严谨，不够客观。提出这样批评的人是所谓的芝加哥大学的新亚里士多德学派（the Neo-Aristotelians），以R. S. 克兰为领袖。这个学派认为新批评家们的文学标准太狭窄，他们的分析方法太局限。因此，新亚里士多德学派主张一种更归纳、更概括的文学批评。他们把重点放在作品的情节和结构上面。他们推崇亚里士多德的《诗论》，把它看作是文学批评的典范。

新批评家们也经常受到指责，说他们所研究的文学特点和语言效果的范围太狭窄，因为他们所着重分析的语言现象只不过是一些修辞手段，如“含糊”（ambiguity）、“反语”（irony）和“似非而是的隽语”（paradox）等。为了纠正这个偏向，近年来批评家们尝试运用各种文体学（stylistics）的方法来改进对文学作品文本的分析。例如，里奥·斯皮彻（Leo Spitzer）和艾里赫·奥天巴赫（Erich Auerbach）即分别从日耳曼语系语言学和罗曼斯语系语言学研究中发展出一种新的文体学。这种新文体学已得到批评界的公认。此外，批评家们还企图把索绪儿（Saussure）、雅克布森（Jakobson）和乔姆斯基（Chomsky）等人的语言学运用到分析文学作品的本文上去。在这方面，人们所辩论的是这样一个问题：文体学的功能是什么？有一派人的意见是文体学只能是，也只应是描述性的、纯语言学的学科；另一学派却认为文体学能够，而且应该超过纯语言学的目标，而担当起文学批评的职能。也就是说，文体学通过它对文学作品本文的分析，能够对作品的意义和价值做出一些结论。这些结论比传统的文学批评家通过直觉的反应或个人的印象所得到的结论更为准确，更加科学。

加拿大文学批评家诺斯罗普·弗莱（Northrop Frye）企图建立起一套能够解释一切文学现象的文学批评体系。这套体系主要是有关文学类型的理论。弗莱所追求的是各个不同历史时期和各种不同文化的各种不同类型的文学作品中所重复出现的原型（archetypes）。例如，在宗教仪式里，在神话、童话和民间故事里都可以找到一些原型。又如，在诗人所创造的比喻、象征符号和神话体系（如布莱克或叶芝所创造的神话体系）里，也可以找到一些原型。弗莱把一切文学作品归为四大类型（genres）：喜剧（comedy）、传奇（romance）、悲剧（tragedy）和讽刺（satire）。这四大类型分别代表春、夏、秋、冬四季，象征着大自然的节奏。弗莱的文学批评可以说是神话文学批评（myth criticism）和词义学（semantics）相结合的产物。所谓神话（myth），实际上指的是世界观（Weltanschauung）或意识形态（ideology）。不同文化的神话反映了不同的世界观和不同的意识形态。因此神话文学批评又和文化人类学联系在一起。弗莱的文学作品类型中的原型论脱胎于荣格的文化人类学中有关不同神话中的原型的理论。弗莱的文化批评提供了一套分类法（taxonomy）或描述系统。利用这套分类法或描述系统，弗莱企图解释一切文学现象。弗莱只满足于对文学作品进行分类和描述，他把对作品的评价排斥于文学批评的功能之外，而把它推卸给文学欣赏家。

诺斯罗普·弗莱的文学批评理论和所谓的“结构主义”（structuralism）的文学批评理论有某些相似之处。结构主义是一种跨学科的思想运动，特别盛行于法国。它的根源要到索绪儿和雅克布森的结构主义语言学和克劳德·列维斯特劳斯（Claude Lévi-Strauss）的文化人类学里去找寻。结构主义语言学和文化人类学都企图发现人类语言和行为的“深层结构”（deep structure）或普遍的样式（universal patterns）。这样做就需要高度的概括，类似数学里的高度概括。把这种研究方法运用到文学批评的领域里，如同弗莱的文学批评体系，就会发现有一个严重的缺点，就是它只注意到文学现象的整体和普遍性，而忽视它的特殊性，忽视个别的、客观存在的文学作品的独一无二的性质。

各时期的文学批评都有它的重点。时代变迁了，文学批评的重点也就有所转移。19世纪文学批评的重点是作家本人。文学研究者对作家的生平、背景和其他传记材料研究得不遗余力。20世纪20年代以来，文学批评的重点是在作品本身上面。对作品本身进行仔细阅读和深入、细致的分析，也可以说是不遗余力了。新近的文学批评却把重点转移到读者身上，提出了所谓的“接受论”（reception theory）和“读者反映论”（reader response）。法国批评家罗兰·巴尔特（Roland Barthes）认为任何文学作品，假若脱离了研究这个作品的批评家的心理活动和个人历史，就不可能作为一个物体（object）而独立存在。按照巴尔特的看法，文学批评的功能不在于发现暗藏在作品里面，以前从未被人察觉到的东西，而在于使批评家的语言和作品本身的语言相适应。也就是说，批评家的语言赋予作品本身以意义。但是批评家的语言因人而异。随着时代的变迁，那么不同时代和不同文化的批评家对于同一部文学作品势必做出不同的解释和评论，这样文学批评就不可能在文学作品里找到共同的东西，即永恒的和客观的“真理”。那么怎样才能做到使批评家的语言和作品本身的语言相适应？新近一位英国批评家雷蒙·威廉姆斯（Raymond Williams）认为通过政治上、社会上和艺术上的各方面的努力，通过教育和文化交流，完全有可能使读者、作者和批评家认识共同的现实，找到共同的语言。

20世纪英、美文学批评所讨论的问题很多，归纳起来有下列四个：（一）文学创作的过程；（二）文学作品的表达手段；（三）阅读文学作品的过程；（四）文学作品的认识价值。为了圆满地解答这些问题，各个不同的文学批评流派争相提出了不同的解释，运用了不同的理论和方法，相互争辩，相互纠正，相互补充，使真理愈辩愈明。

以上是20世纪英、美文学批评的简介。下面即是自己的体会。1946年秋，我到耶鲁大学英语系研究学习时，耶鲁大学英语系的课程设置和研究方法还是传统的、守旧的。英国文学只研究到19世纪末。美国文学只有一门课，我当时想选，被我的导师骂了一顿，只好改选了19世纪英国浪漫主义诗歌。当时捷克出生的雷乃·韦勒克（René Wellek）教授在耶鲁任教。他开了两门课，一门是“文学研究”（Literary Scholarship），为研究生开设；另一门是“19世纪俄罗斯小说”，为大学本科学生开设。1947年，韦勒克和奥斯丁·瓦伦（Austin Warren）合写了《文学理论》（*Theory of Literature*）一书，扩大了文学研究的范围，革新了文学研究的方法。到了1948年秋，耶鲁大学才把新批评家克利安斯·布鲁克斯聘请到校，有史以来第一次开设了“20世纪文学”。从此，新批评学派开始占领了耶鲁大学的讲堂。温默萨特原先主要研究18世纪英国文学，后来逐渐和新批评学派接近，和布鲁克斯成为耶鲁大学新批评学派的主要代表人物。另外，上述两人也合写了《文学批评简史》（*Literary Criticism*：*A Short History*，1957）。在韦勒克教授的努力下，以及由于大势所趋，到了1950年，耶鲁大学开始成立了比较文学系。我于1950年回国，经过三十多年，于1981年秋重新访问耶鲁大学英语系。耶鲁大学英语系这三十年来有很大的变化和进步。它现在是美国新文艺理论的中心，是全美国大学英语系当中师资队伍最强、课程开设门类最齐全、内容最先进的一个大学英语系。耶鲁大学英语系三十年来不断进步，涌现了许多新的杰出的研究人才，取得了丰硕的研究成果。这是很值得我们学习的。

在我国，外国文学研究人才的培养任务主要由大学外语系本科和研究院承担。可是我们大学本科和研究院的课程设置和研究方法却远远落后于时代给我们所提出的要求。大学本科一、二年级必须打好坚实的外语基础，同时还必须打好社会科学的基础。基础知识的面要广，目前社会科学基础课程开设门数很少，尤其未能结合外语讲授，或指定用外语写的参考书，要求学生每周阅读若干章节，写出读书笔记或心得。政治课要教得生动活泼，要有充实的内容，使学生既提高觉悟，又获得知识。为研究生开设的课程一定要包括语言学和西方文学批评史。这些课程是文学研究的基础，必须使研究生尽快熟悉新的文学理论和研究方法。我主张大学本科分主修和副修。例如，以英国文学为主修，以中文、历史、哲学、心理学、社会学、语言学当中的一门为副修。这样的毕业生更符合我们对于新的外国文学研究人才的要求。我们还应培养高水平的中、西方比较文学研究者，以及高水平的文学翻译的理论家和实践者，更应培养高水平的马克思主义文艺理论家和文学批评人才。新的一代年轻的人才正在茁壮成长，老一辈的学者也要跟上时代、更新知识、更新学科。让我们组成老、中、青三结合的梯队，把我国外国文学研究事业推向新的高潮，为建设新的精神文明贡献力量。

参考书目：（以本文所提到的批评家顺序而排列）

1. T. S. Eliot，*Selected Essays*（3rd ed.，1951）.
2. I. A. Richards，*The Principles of Literary Criticism*（1924）. *Practical Criti cism*（1929）.
3. William Empson，*Seven Types of Ambiguity*（1947 ed.）.
4. J. C，Ransom，*The New Criticism*（1941）.

5. Allen Tate, *On the Limits of Poetry* (1948).

6. Cleanth Brooks, *The Well-Wrought Urn* (1947).

7. R. P. Blackmur, *Language as Gesture* (1952).

8. W.K.Wimsatt, *The Verbal Icon* (1953).

9. F.R. Leavis, *The Common Pursuit* (1952).

10. Matthew Arnold, *Essays in Criticism* (1865; 1888).

11. R. S. Crane, *The Languages of Criticism and the Structure of Poetry* (1953).

12. Leo Spitzer, *Linguistics and Literary History: Essays in Stylistics* (1948).

13. Erich Auerbach, *Mimesis* (1946).

14. Ferdinand de Saussure, *Cours de linguistique générale* (3rd ed., 1931).

15. Roman Jakobson, "Closing Statement: Linguistics and Poetics", in *Style in Language*, ed. Thomas A. Sebeok (1960).

16. Noam Chomsky, *Syntactic Structures* (1957).

17. Northrop Frye, *Anatomy of Criticism* (1957).

18. Claude Lévi-Strauss, *Anthropologie Structurale* (1958).

19. Roland Barthes, *Le Degré Zéro de littérature* (1953).

20. Raymond Williams, *The Long Revolution* (1961). *The English Novel from Dickens to Lawrence* (1970).

21. René Wellek, *Concepts of Criticism* (1963).

附:

22. Claudia C. Morrison, *Freud and the Critic: The Early Use of Depth Psychology in Literary Criticism* (1968).

23. Joland Jacobi, *The Psychology of C. G. Jung* (1962).

漫谈英国文学[①]

斯达尔夫人（Madame de Staël，1766—1817）在《论文学与社会制度之关系》（*De la Littérature considérée Dans ses rapports avec les institutions sociales*，1800）一书内，把文学分为“南方文学”与“北方文学”两类。南方文学包括希腊、罗马、17世纪法国、意大利和西班牙文学。其源乃始于荷马（Homer，古希腊诗人）。北方文学乃指英、德及斯堪的纳维亚文学而言，以奥辛（Ossian，古爱尔兰诗人）为鼻祖。南方文学重理智及形式的美，温暖如南国的阳光。北方文学重情感及灵魂的痛苦，阴霾如北海的天空。这两种文学各有其特长，同时也象征人的两种心境，而风格气度之不同，正如《楚辞》之于《诗经》。

① 原载：《观察报》（昆明）1945年6月25日（第15期）的第四版，副刊“新希望”。

西方文化有两大思潮。一源于希腊之理性的个人主义，重现实生活及知识的追求。一源于希伯来之情感的救世主义，重未来生活及灵魂的得救。前一种思潮影响了南方文学，后一种思潮浸润了北方文学。南方文学是异教的，北方文学是基督教的。

德国哲学家康德把美分为两类：一称刿性美（崇高美），一称柔性美（秀丽美）。前者如崇山峻岭，惊涛骇浪，迅雷闪电，乃一种惊心动魄、骇人心目之美。后者如春花秋月，鸣鸠乳燕，榆钱柳絮，乃一种怡心养性，动人爱怜之美。南方文学具有柔性美，北方文学具有刚性美。

英国文学是北方文学，因此具有上迒北方文学的各种特点。在最早的英国文学作品中，即有对于寒冷、可怕的北海的描写。人们视航海为畏途，但为了谋生仍不得不航海，遂有“北海为死海”（“Die Nordsee ist eine Mordsee”）之谚语。所谓“死海”也者，不仅恶浪翻船，葬身鱼腹之谓，亦谓冰天雪地，草木凋零，一片肃杀之气。所以最早的英国文学作品中，多咏叹生命之无常，身世之飘零，上天不仁以万物为刍狗，与古诗十九首及古乐府的作风有些相似，接近中国文学中的边塞诗歌。

英国自从被法国诸侯威廉征服者（William the Conqueror，或称诺曼人威廉William the Norman）统治以来（公元1066年以后），文明逐渐进步，文学艺术日趋发达，宫廷朝谒及贵族的社交生活，俱开始盛行。同时市民阶层兴起，与外国贸易频繁。因此在14世纪英法百年战后，英国的内部和外部都很繁荣。在这时就出现了一位大诗人，来歌咏他的时代，这人就是乔叟（Geoffrey Chaucer，1343—1400）。他打过仗，做过俘虏，后来当过外交官、海关总监、国会议员等。乔叟虽在宫廷中长大，但他父亲却是伦敦一位颇有资财的酒商。因此乔叟接触的社会面较广。他到过法国、意大利，会说好几国语言。凡此种种，对于他的创作都有很大的帮助。由于他的生活经验极丰富，由于他对于人生的各个方面都曾经体验过，而且富于同情心，所以他在描写14世纪英国中、上阶层的人们的外表和心理时，才能惟妙惟肖，无微不至，滑稽幽默，可称圣手。然而乔叟所描写的生活，多半是中、上阶层的生活，无忧无虑，逍遥自在，人皆尽量享受此现实生活。乔叟所描写的自然风景，不像古英国文学中的冰天雪地，而是5月英国的春天。百花盛开，好鸟鸣枝，万物皆欣欣向荣，人皆思春，欲谈情说爱。这种情调，实在说来，不是北方文学的特点，而是南方文学的。我们承认法国文学和意大利文学对乔叟的影响，可是乔叟所描写的仍是英国的社会。乔叟对于他的时代的描写是忠实的，对于他所熟悉的生活的描写，也是忠实的。我们仅能责备他不知民间疾苦。

文艺复兴时代可以说是英国文学最光辉灿烂的时代之一。英国在女皇伊丽莎白一世统治下，击败西班牙，争得海上霸权，成为欧洲最重要的国家之一。英国开始向外发展，开拓殖民地。加上有一批有能力、有作为的臣子，尽忠国家，遂使英国十分富强。同时中产阶级的商人也逐渐取得势力，他们也需要娱乐消遣。由于国家处于太平盛世，一般的平民也有闲暇和经济条件，想到娱乐问题。而戏剧则是雅俗共赏的艺术，人们喜欢看见人生的景象搬上舞台。这时伦敦的剧院就应运而生，英国最伟大的文学家，也可以说，世界上最伟大的文学家之一莎士比亚，就在这时出世。

莎士比亚是演员、导演、剧院老板，同时也是剧作家和诗人。莎士比亚的天才是一般文学批评家所公认，而且心悦诚服，但却无法解释。他并没有专心要做文学家。他在家乡不能存身，姑且到伦敦去碰碰运气。他这个聪明人立刻就看出演戏是一件轻而易举、极有趣的事，而且最为有利可图。他就毫不犹豫地投身于戏剧界。他开始时仅演别人的剧本，大多数是一些学校里的学究们写的。慢慢地他发现这些戏编得不好，不适合一般人的口味，他就自己编剧本。可是戏剧在文学中占有很高的地位，是非常严肃的，而戏剧的传统要求用诗体写出对话和道白。这样一来，莎士比亚诗人的天才也就显示出来了。

戏剧要写得好，必须对人生的各个方面都观察得透彻而精细，同时必须用生动、巧妙的对话来展示故事的发展，显露角色的个性。莎士比亚可以称为抒情圣手，因为他最善于揣摩每个角色的心理活动，总是探到灵魂最深、最隐秘之处。他又以最美丽的意象和最和谐的声音把这些心理活动表达出来，这就使他所创造的人物永垂不朽。

上面说过，北方文学喜欢描写灵魂的痛苦。莎士比亚最伟大的作品都是写灵魂在极端痛苦中所发出的悲鸣。他的四大悲剧就是这种文学的最高表现。而康德所说的刚性美也在这四个悲剧里得到最好的说明。哈姆雷特对生死的考虑，对女性的失望、厌恶，对整个人类的绝望。他的装疯，他的复仇。奥赛罗的妒忌、猜疑、杀妻、自刺。麦克佩斯的野心、失眠、谋杀、篡位，以及后来的白昼见鬼，刚愎自用，暴虐残忍，终遭杀身之祸。李尔王的老迈昏聩，二女不孝，丧尽天良，暴风雨之作祟，终于逼得老王发疯，气愤而亡。这四个悲剧里充满了莎翁的名句，如《奥赛罗》中喻弱女之生命如短烛。又如《麦克佩斯》中喻人生为一行动的影子，像一个拙劣的演员在台上趾高气扬，不可一世，终于无声无息；人生如痴人说梦，充满了声音和咆哮，可是毫无意义。在这四个悲剧中，莎士比亚不仅显示他是杰出的诗人，而更使人相信他是个伟大的哲学家。所有的哲学家都看到人生的短促、无常，世界上、宇宙间一切事物都在变化。在这千变万化当中哲学家企图抓住一个永恒不变的东西。莎士比亚所抓住的就是“人性”。他抓住了这个普遍的、永恒的“人性”，而加以理想化、深刻化、典型化，这就使他的伟大悲剧和其他优秀作品能够流传万世，而给后人以极大的启迪、教育、鼓舞和欢快。

莎翁悲剧中常有一神力量使人想到梦幻、来生、死后种种问题。莎翁的世界既是现实的，又是超现实的。他的晚年恬静、安适。他在《暴风雨》一剧中创造了他的理想世界。像普罗斯普罗那样，莎士比亚已达到造物主般的高度。他可以指挥爱锐尔等精灵，他能创造卡利班这样的怪物。他支配、操纵、玩弄、惩罚他的仇人。可是最后他厌倦一切活动，认为宽恕与和解是解决矛盾最好的办法。这是因为莎士比亚始终不渝地相信善良一定能够战胜邪恶，相信生活当中美好的事物具有强大的建设力量，能够改造一切，而罪恶的东西，若不改邪归正，必然毁掉自己，走向灭亡。因此，我们认为莎士比亚的人性观点足有它的积极意义的。

（1983年2月7日修改）

荷马和他的史诗①

荷马（Homer）是古代希腊文学一位最主要的作家，也是欧洲最早的诗人。历来都认为《伊利亚特》（*Iliad*）和《奥德赛》（*Odyssey*）这两部长诗是荷马的作品。

传说荷马是生活在公元前700年以前小亚细亚的一位盲诗人。《伊利亚特》和《奥德赛》是根据民间流传的关于特洛伊战争的故事写成的。这些民间故事采取史诗短歌的形式，歌颂部落中英雄的事迹，同时也叙述过去的重大历史事件，流传于小亚细亚一带的希腊部落之间。《伊利亚特》和《奥德赛》就是这些史诗短歌的艺术综合。

《伊利亚特》意为“伊利昂之歌”，伊利昂（Ilion）是特洛伊城的别名。《奥德赛》意为“奥德修斯之歌”，因主

---

① 原载：百科知识杂志社．百科知识．1980，3（22–24）.北京：百科知识杂志社，1979–.

人公奥德修斯而得名。《伊利亚特》和《奥德赛》各分为24章。《伊利亚特》共15693行，《奥德赛》共12105行。两部史诗都采用六韵步长短短格的诗体。

荷马史诗所反映的时代和社会制度

荷马史诗《伊利亚特》和《奥德赛》大量采用了希腊神话故事，反映了原始公社制度末期的部落战争和社会生活，因此这两部史诗具有很高的艺术价值和历史价值。恩格斯在《家庭、私有制和国家的起源》一书中就以荷马史诗来说明原始公社中氏族部落的组织，尤其用《伊利亚特》来描述原始公社解体时期部落之间的战争和军事生活。

《伊利亚特》和《奥德赛》所描写的时代是铜器时代，也就是原始公社的最后阶段和奴隶社会初期。这两部史诗反映了亚加安文化战胜了米诺安文化，亦即父权社会代替了母权社会。从中可以看出母权社会的痕迹和私有财产的起源。20世纪初期英国考古学家伊文思在克里特岛的发掘考察，对米诺安文化和亚加安文化提供了物证。德国考古学家谢里曼在迈锡尼发掘出来的文物和荷马史诗中所描写的用具基本上符合。迈锡尼亚加安文化的时代，大约由公元前1400年到公元前1200年。这个时期也称作“英雄时代”，和罗马帝国灭亡后欧洲各部落间战争的时期相似，就是史诗中英雄人物叱咤风云的时代。

特洛伊战争的历史根据

荷马史诗所描写的时代是迈锡尼亚加安文化的末期，就是部落之间不断发生战争的“英雄时代”。《伊利亚特》直接叙述特洛伊战争的故事。这场战争大约发生在公元前12世纪初期。特洛伊位于小亚细亚西北海岸，原先也是亚加安人移植的城市。由于它地处欧、亚商业交通要道，日趋繁荣。当时，希腊各部落中脱离生产、从事军事的贵族越来越多，部落膨胀，就要向外扩张。他们扩张的方向便是东进侵入小亚细亚。而特洛伊正首当其冲。特洛伊国王普赖安的巨大财富就成为希腊各部落掠夺的目标。

特洛伊国王联合了小亚细亚一些部落为盟军，对抗希腊联军。战争的结果是：特洛伊城被希腊联军攻陷、抢劫、焚烧，普赖安阵亡，希腊部落侵入小亚细亚，希腊商人取得了黑海上的商业霸权。

希腊神话与传说中关于特洛伊战争的故事

斯巴达国王的女儿海伦长得非常美丽（她真正的父亲是天神宙斯）。当她达到结婚年龄时，她的许多求婚者之间达成协议，让她自己选择丈夫，大家尊重她的选择，并且共同保卫她丈夫的权利。海伦选中了迈锡尼部落酋长阿伽门农的弟弟门尼来斯。但是特洛伊国王普赖安的小儿子巴利斯趁门尼来斯不在家的时候，拐走了海伦，并且带走了她的嫁妆——一笔非常可观的财产。（巴利斯曾担任裁判，把金苹果奖给最美的女神爱神阿富罗蒂，因而得罪了另外两位参加竞赛的女神：天神宙斯的王后赫拉和智慧女神雅典娜。为了酬谢巴利斯，阿富罗蒂赋予他迷惑妇女的魔力。）为此，海伦原先的求婚者们履行协议，决心保卫门尼来斯的权利，推举阿伽门农为领袖，发兵攻打特洛伊，要求普赖安交还海伦和她的财产。

这场战争持续了十年，最后，希腊联军用木马计攻下了特洛伊城。特洛伊国王普赖安和贵族武士统统战死（只有伊尼阿斯逃出城外，得以幸免，后来成为罗马人的祖先）。特洛伊妇女被奸淫、杀死或沦为俘虏。

由于触怒了众天神，希腊军队在航海回国时遇到大风暴，许多人溺死，幸存者也多灾多难。

《伊利亚特》的情节梗概

《伊利亚特》集中叙述特洛伊战争第十年所发生的一段故事。皮留斯和海中女神赛蒂斯所生之子阿溪里是全体希腊战士当中武艺最高的。但是希腊联军总司令阿伽门农侵犯了他的权利，引起他极大的愤怒，因而拒不参战，还声言要把他的部下撤回希腊。阿溪里的母亲赛蒂斯求天神宙斯为她的儿子报仇，使特洛伊人打败希腊人。宙斯答应了她的请求。于是特洛伊人把希腊人从城墙下一直赶到海边他们的营帐附近。希腊人筑起工事，抵挡特洛伊人的进攻。这时阿伽门农向阿溪里赔礼道歉，赠给阿溪里许多财宝（包括好几个城池的土地、居民和物产），然而这都不能平息阿溪里的愤怒，他仍拒绝参战。当特洛伊人第二次进攻，突破了希腊军队的防御工事，把火烧到希腊军队的战船上时，阿溪里自己虽不出战，却答应让他的好友帕特洛克拉穿上他的盔甲，赶着他的战车，率领他的部下去抵抗特洛伊人的进攻。帕特洛克拉大败特洛伊人，杀死了特洛伊人盟军的领袖萨皮登，但却被特洛伊人的领袖、普赖安的长子赫克忒杀死。赫克忒从帕特洛克拉身上剥去了阿溪里的盔甲，抢走了他的盾牌。阿溪里听见好友被杀，悲痛得几乎发狂，决心杀死赫克忒，替朋友报仇。于是他与阿伽门农正式和好，大败特洛伊人，杀死了赫克忒。他把赫克忒的尸体绑在战车后面，拖在地上，策马疾驰，绕特洛伊城三周。随后，阿溪里为帕特洛克拉举行了葬礼。这天夜里，特洛伊国王普赖安潜入阿溪里的营帐，跪求赎回儿子赫克忒的尸体。阿溪里答应了他的请求，让他把赫克忒的尸体载回特洛伊去埋葬。

《奥德赛》的情节梗概

特洛伊城陷落后，奥德修斯战胜回国。由于希腊联军触怒了众天神，舰队遇到大风暴，许多人被淹死，幸存的人在海上漂泊，迟迟不得回到家乡。奥德修斯就是如此。他在海上漂流了十年，受尽艰难险阻，最后才得与家人团聚。这时奥德修斯的儿子泰勒马卡已长成少年，他的忠诚的妻子皮奈劳披想尽方法拒绝许多年轻贵族的求婚。这些贵族恶少以为奥德修斯早已不在人世，就每日在奥德修斯家中大吃大喝，挥霍奥德修斯的财产，虐待奴仆，调戏婢女，肆无忌惮。泰勒马卡年轻势单，无法阻止，就决心去皮罗斯和斯巴达打听他父亲的下落。这时，奥德修斯已到达腓文辛人（以精于航海著称）的国土，向国王阿西诺述说他十年来的海上遭遇。这样，荷马在《奥德赛》中运用了倒叙法，补述了奥德修斯的冒险经历。随后，阿西诺国王派人护送奥德修斯回到故乡伊色卡。奥德修斯化装成一个老乞丐，回到他城外的庄园，从养猪奴尤米亚斯口中探听到自己家中所发生的事情。这时泰勒马卡也由斯巴达回到家里。父子二人，加上两名忠仆的帮助和女神雅典娜的护佑，终于杀死了所有的求婚恶少。恶少们的家属又联合起来向奥德修斯报仇，经雅典娜和其他诸神的调解，血仇得以冰释。奥德修斯和妻子团圆，还重新见到年迈的父亲，重享天伦之乐，继续做伊色卡部落的国王。

荷马史诗的思想内容和艺术技巧

《伊利亚特》是一个悲剧，着重描写部落之间相互掠夺所进行的非正义战争的残酷性。无论赫克忒或阿溪里在战场上都极端凶暴与残忍。但荷马也描写了这两位英雄人物性格中慈爱、宽恕、仁厚、责任心强的一面。以掠夺战争的极端残酷为背景，衬托两位英雄对弱小者——老幼妇孺——的仁爱和宽厚，使读者深受感动。

荷马在描述赫克忒上战场前向妻子和孩子告别时，用朴素、有力的语言写出了每个人物的心理和神态：英雄的刚强、慈爱、责任感和爱国精神，妻子的温柔、多情与母爱，幼儿的恐惧和欢乐。这些思想感情、心理特征和言谈举止，诗人都写得恰如其分。

再看赫克忒对海伦的态度。一般人都认为海伦是特洛伊战争的罪魁祸首。自古以来，人们以妇女为祸水，把特洛伊的灾难，特洛伊人所受的痛苦，以及特洛伊城未来的悲惨命运都要归咎于海伦。因此，读者会猜想赫克忒必然对海伦十分粗暴、凶狠。但当海伦在他面前自我责备并邀请他进屋里坐下休息时，赫克忒却十分克制，彬彬有礼。他对海伦的宽恕使他的形象更加高大。因为他一心想的是战争的胜败和特洛伊的安危。这样的英雄人物的广阔胸襟与高贵品质，难道就没有可以学习和继承的地方？

再看荷马对阿溪里的描述。他勇猛善战，为亡友帕特洛克拉报仇，杀死赫克忒并把尸体拖在战车后面绕城三周，可谓凶残。但当白发苍苍的普赖安冒着生命危险夜入阿溪里营帐，跪求赎回儿子尸体时，阿溪里却变得仁厚、慈祥，前后判若两人。他不但劝普赖安节哀，还劝他用餐。阿溪里的态度是诚恳而磊落的。他是战争的参与者，但他懂得战争和死亡的悲惨。

《奥德赛》以大团圆结尾，可以算是喜剧。奥德修斯在海上漂泊十年，历尽千辛万苦，他的故事像一部传奇小说。从艺术成就来看，《奥德赛》不如《伊利亚特》。《伊利亚特》具有崇高的美（the sublime），而《奥德赛》只是普通的美（the beautiful）。《奥德赛》的美主要体现在对于家庭生活的描写上——夫妻关系、父子关系、主仆关系等。在写家庭关系和人与人之间的关系上，《奥德赛》可算是欧洲第一部现实主义文学作品。

荷马善于用美丽的自然现象和反映自然现象的神话故事做比喻来描写人们的感情。他还喜欢描写劳动人民的生产活动和他们与大自然所做的斗争。从描写水手与风浪的搏斗，农民引水灌田，木匠造船，女奴梳羊毛、制作马饰、挤牛奶、磨面粉等方面可以看出荷马熟悉劳动人民的生活，并且对劳动者怀着热爱与同情。

荷马史诗的艺术性很高，它的思想内容，若从人民性的角度去分析，也有不少值得借鉴和继承的地方。马克思认为荷马史诗在某些方面仍然是西方文学不可企及的标准和典范。荷马史诗在古代希腊是公民教育的重要教材，为希腊人提供了各方面的知识。

荷马史诗又是后来欧洲文学中史诗的楷模。古罗马诗人魏吉尔的《埃尼伊德》，意大利文艺复兴的先驱者但丁的《神曲》，英国17世纪革命诗人密尔顿的《失乐园》等名著，无不宗于荷马史诗。

荷马史诗经过两千多年的考验而流传至今，一直受到世界广大读者和听众的热爱与欢迎，它的生命力是无穷尽的。

希腊神话[①]

古代希腊文学是西方最早的文学。它产生于古代希腊的奴隶社会，但其根源在于希腊各氏族部落之间所流传的民间传说和故事。这些传说和故事却又和古代希腊的神话密切地结合在一起。马克思说："希腊艺术的前提是希腊神话，即在人民幻想中经过不自觉的艺术方式所加工过的自然界和社会形态。"这就是说，希腊神话不仅反映了自然现象（如雷电、风暴、彩虹等），也反映了当时的社会形态——氏族部落的原始公社社会。例如，天神宙斯就可以被看成是氏族部落的酋长或国王。他是人民的父亲和拯救者；他制定法律、主持公道，惩罚发假誓的人。他保护部落的财产，维护人民的自由，保卫人民的权利。他的主要武器是雷霆。荷马史诗中所描写的希腊天神都是

① 原载：季羡林. 中外文学书目答问（下）. 北京：中国青年出版社，1986: 525-528.

拟人化的。他们具有人的感情和弱点，但他们是永生的，而且具有超人的力量。他们像一个大家族的成员，共同居住在奥林匹斯山上，宙斯是家长。他们的社会组织和风俗习惯反映了迈锡尼氏族贵族社会的特点。诸神就像氏族公社里的军事贵族，宙斯就像军事贵族的首领或国王，和荷马史诗《伊利亚特》里所描写的希腊各部落的领袖，以及各部落的首领（同时也是希腊联军的总司令）阿伽门农很相似。迈锡尼氏族贵族社会的道德理想是公正和荣誉。

古代希腊神话可以区分为“神的故事”和“英雄的故事”。神的故事在荷马和海希奥德（公元前8世纪希腊诗人）的诗歌作品里大量出现。海希奥德解释宇宙的起源为天（优拉纳斯或称天王神）和地（基亚或称大地女神）的结合。他们的子女是一些百臂巨人和十二名泰坦。最年轻的泰坦名叫克罗纳斯，他推翻了天王神的统治，成为主神。克罗纳斯和妹妹丽亚生下了六名奥林匹亚天神，其中最年轻的是宙斯。宙斯又推翻了克罗纳斯的统治，并且战胜了十二名泰坦，于是成为最高统治者。

宙斯又和妹妹赫拉结合，生下了其他的神。宙斯和赫拉代表天空的阳性和阴性两个方面。他们之间的不和与争吵产生了雷雨、风暴和宇宙的震动。宙斯是主管天气的雷电神，同时也是“众神和人类的父亲”。上面已经提到他的社会作用和在伦理道德方面的影响。古希腊悲剧诗人埃斯库罗斯的剧本充分反映了宙斯的这个方面。宙斯有两个哥哥：一个叫波赛冬（海神），主管海洋和地震。另一个叫哈得斯（冥王），主管阴间和财富。哈得斯有消极和积极两个方面：消极方面，他是死人的主宰，是阎王；积极方面，他又代表财富和大地生产财富的力量。

宙斯主要的子女有：阿波罗（太阳神，主管音乐、诗歌、射箭术、预言和医疗），阿耳特弥斯（月亮神，主管狩猎和分娩），雅典娜（智慧女神，主管工艺美术，同时也是雅典城的守护女神），阿芙罗狄帝（爱情女神，主管爱情和美丽），狄俄尼索斯（酒神，主管酿酒和葡萄收成），得墨特尔（谷物女神，主管水果、菜蔬和庄稼），赫耳墨斯（使者神，主管送信、看守羊群、修路、经商和行窃），阿瑞斯（战神，主管打仗），等等。

奥林匹亚天神经常介入人类的争端，他们偏袒、保护各自的亲人和所喜爱的英雄，努力改善他们的命运。这些部落的英雄们往往也是天神的后代。他们的父母，往往有一方是天神，另一方是凡人。部落英雄们往往代表原始社会人们所看重的美德，如赫拉克勒斯代表“力气”，奥德修斯代表“机智”等。

除上述这两位部落英雄外，其他有名的希腊神话中的英雄人物还有：提修斯（雅典王子，曾进入克里特迷宫，杀死半人半牛的妖怪，解救了雅典人民的灾难）。柏修斯（曾杀死蛇发女怪美杜莎；凡被此怪目光触及者即化为石头）。俄狄浦斯（底比斯王子，曾解答狮身人面女妖斯芬克斯的谜语，后误杀父亲，娶了母亲，发觉后自刺双目，流浪而死）。伊阿宋（赛萨利亚王子，曾率领亚尔古英雄们到海外觅取金羊毛）。阿溪里（出生后被其母倒提着在冥河水中浸过，除未浸到水的脚踵外，浑身刀枪不入；曾率领赛萨利亚的迈密登人去特洛伊作战，杀死特洛伊王子赫克忒）。俄耳甫斯（音乐家，歌手，善弹竖琴，传说他奏的音乐可感动鸟兽木石），等等。

希腊神话被罗马人接受了，成为希腊、罗马神话（或称古典神话）。这是西方文学艺术的一个极为重要的组成部分。希腊、罗马神话主要通过荷马、海希奥德、维吉尔（公元前1世纪罗马诗人）和奥维德（罗马诗人）的诗歌作品流传到后代。19世纪英国浪漫主义诗人雪莱，在他的抒情诗剧《普罗密修斯被解放》中，利用希腊神话关于普罗密修斯因盗取天火，造福人类，触怒主神宙斯，被锁在高加索山崖遭受神鹰折磨的故事，来发表他的抗暴除恶，解放全人类，实现世界大同的革命思想。另一位19世纪英国浪漫主义诗人济慈，在他未完成的史诗《海匹利昂》中，利用希腊神话关于泰坦海匹利昂（日神）和奥林匹亚天神之间的战争故事，来模仿密尔顿的基督教史诗《失乐园》中反叛的天使和上帝之间的战争，发表他自己对人类悲剧的认识。到了20世纪，艾略特在他的长诗《荒原》中，利用关于受智慧女神雅典娜神示的懂鸟语的底比斯盲人卜卦者泰里西亚斯的故事，以及乔伊斯在他的小说《尤利西斯》中，利用关于奥德修斯的故事，来表达现代人和古代人之间的思想感情和生活态度的共同性和延续性。甚至科学家也要利用希腊神话里的故事，对自然和社会现象提出新的解释。例如，心理分析家弗洛伊德就俄狄浦斯的传说提出了“恋母情结”之说，企图用来说明各时代人类的基本心理冲突。因此，熟悉希腊神话故事，对于获得自然科学和人文科学两方面的知识，都是非常有利的。

伊索寓言[①]

寓言是一种讽喻性的短故事，其目的在于给人以道德教训或对人的行为加以讽刺。寓言可用诗体或散文编成。寓言中除了人物以外，还有一些行为像人的动物、神通广大的天神，甚至无生命的东西（如花、草、木、石等物）。寓言中的故事往往被用来作为例证，说明一个道德问题，给人以教益。这个道德教训往往以格言或谚语的形式出现在一则寓言的结尾。

寓言是人类文化发展早期阶段的产物，属于原始社会民间口头文学的范畴。西方最早的寓言记录在古代埃及的写在莎草纸上的抄本，时间大约在公元前1500年。古代希腊最早的寓言收在公元前8世纪海希奥德的诗歌作品里。但是古希腊最著名的寓言，相传是伊索编的，通常称为《伊索寓言》，是公元前

① 原载：季羡林. 中外文学书目答问（下）. 北京：中国青年出版社，1986: 533–536.

6世纪的产物。伊索是传说中的人物，是一个获得了自由的奴隶。他大约生活在公元前620年至公元前560年之间。古希腊历史家希罗多德（公元前5世纪）在描写古希腊美丽的妓女罗道披时，曾说她是萨摩斯岛上一名女奴，并补充写道："寓言作者伊索是与她共事的一名男奴隶。"希罗多德还记载说，伊索的一则寓言影射了特耳非城一个公民的不法行为，因而触怒了该城的公民。他们杀死了伊索，若干年后向伊索的主人（奴隶主）赔偿损失，付给该奴隶主的孙子一笔赔偿费。可见伊索的寓言是有社会影响的。伊索通过寓言来揭露社会罪恶，因而招致杀身之祸。另一方面，亚里士多德在他的《修辞学》中提到：伊索利用寓言作为一种雄辩术，曾为受到法律控告的一名政客进行辩护。这个政客被控贪污、盗窃了公款。伊索讲了这样一则寓言故事：一只狐狸身上寄生着许多跳蚤，不胜其扰。刺猬愿意替它捉跳蚤。狐狸却拒绝了刺猬的帮助，说道："它们在我身上吃了个大饱，就不会再吸我的血了。要是你替我把它们除掉，那么另外那些还没有吃饱的跳蚤岂不是要把我身上剩下的血都要吸干吮尽？"通过这则寓言，伊索向萨摩斯岛上的公民们暗示这一道理：与其把那名贪污的政客撤职查办，还不如让他改正错误，继续留任，因为他已经发够了财。

另一则类似的寓言（也说是伊索所编）是关于青蛙挑选国

王的故事。青蛙们请求朱庇特（罗马神话中的主神）赐给他们一个国王。朱庇特从奥林匹斯山上扔下来一根木头，作为他们的国王。木头国王象征着“无为而治”的君主。青蛙们对这样的国王不满，嫌他平庸、无能。他们又一次请求朱庇特替他们选派国王。朱庇特选派了一只鹳鸟。鹳鸟国王毫不客气地把青蛙们吞食果腹，给青蛙们带来了巨大的灾难。鹳鸟国王因此成为“暴君”的象征。相传伊索讲这个寓言故事的目的，是为了劝说雅典公民不要废黜国王皮西斯特莱图斯。由此可见《伊索寓言》有它的社会影响，是为政治服务的。

《伊索寓言》最初是用散文编成，主要通过口头传播的。柏拉图说苏格拉底在狱中曾把《伊索寓言》改写成诗体。亚里斯托芬也提到过人们在宴会上讲述《伊索寓言》。最早把《伊索寓言》收集成书的是公元前4世纪古希腊作家德迈特里乌斯。这是一本用希腊散文写的集子，可惜没有流传下来。流传下来的古代《伊索寓言》的集子，是用诗体写的。例如，一种是公元1世纪罗马诗人费德鲁斯用拉丁文诗体写的，另一种是公元3世纪罗马诗人巴布里乌斯用希腊文诗体写的。中世纪最重要的《伊索寓言》集子是公元13世纪拜占庭僧人马克西穆斯·普拉奴底斯用拉丁文散文写的。15世纪英国印刷家威廉·卡克斯顿于1484年出版了用中古英文散文写的《伊索寓言》集子。这个集子共收了九十七个伊索寓言故事。第一个寓言讲一只公鸡在鸡屎堆里发现了一颗钻石，不知道它有什么用处。寓言的作者暗示说，凡是看不到这本书里所包藏的智慧的人们，和寓言里的公鸡一样愚蠢。第二个寓言讲的是狼给羊加了许多罪名，为的是吃掉它。“欲加之罪，何患无辞？”第五个寓言讲的是一只贪婪的狗，嘴里衔着一块肉涉水过河，看见水里那块肉的倒影，便想把它夺过来。

《伊索寓言》的第二部以青蛙挑选国王那则寓言开始，以青蛙和公牛比大小的寓言结束。第三部分包括夜莺和食雀鹰的故事。食雀鹰侵入夜莺的巢，命令夜莺为它唱歌，否则就要吃掉夜莺的一只幼鸟。幸亏一个猎人经过那里，抓住了侵略者。这则寓言故事可以代表《伊索寓言》的典型形式。寓言的开始是这样的：“谁要欺侮无辜的弱者一定没有好下场。关于这个道理，伊索给我们讲了下面一个寓言。”在故事的结尾，作者重申这个道德教训：“因此谁要是做坏事，损害无辜者，他就不得好死，就像杀死了兄长亚伯的该隐那样。”这就是《伊索寓言》的一般公式。在伊索以前，寓言只不过是一种笑话，供人们娱乐和消遣。伊索赋予它以道德意义，并且把它提高成为严肃的雄辩艺术，为政治服务。因此《伊索寓言》绝不是儿童文学，它是用成年人的眼光编写成的，是一种讽刺文学，有它的政治作用。《伊索寓言》中的动物代表人类的优点和缺点，但同时又代表每种动物的典型性格。例如，驴子的愚蠢，狐狸的狡猾，绵羊的无辜和软弱。寓言的意义在于它所包含的道德教训。这个道德教训是人类普遍生活经验的总结，所以人人都能理解。《伊索寓言》的语言简单、有力、朴素，没有什么修辞装饰。因此，《伊索寓言》在世界文学的宝库里受到古往今来各国广大读者的喜爱和欢迎。

埃斯库罗斯悲剧二种[①]

古希腊悲剧作家埃斯库罗斯（公元前525—公元前456）被恩格斯称作“悲剧之父”。他三十五岁时参加了马拉松战役（公元前490），后又参加萨拉米斯战役（公元前480），击败波斯军队，巩固了新建立的雅典民主制度。在他写的悲剧中，一方面为这个新制度辩护，表现了战胜波斯后雅典人民的高昂的爱国情绪，同时也传播进步的民主思想，教育了雅典人民。传说埃斯库罗斯一共写了九十多个悲剧，保存下来的仅有七个，其中包括《阿伽门农》和《被绑的普罗密修斯》这两个名剧。

《阿伽门农》和《奠酒者》《司复仇的女神》合称《奥雷斯提亚》三部曲。《奥雷斯提亚》的故事是：阿補斯杀死弟弟色埃斯提斯的孩子，并把孩子的肉放在酒席上让他父亲吃。色

① 原载：季羡林．中外文学书目答问（下）．北京：中国青年出版社，1986：537-541.

埃斯提斯发现这个惨无人道的罪行后，就诅咒阿褚斯一家不得好死。阿褚斯死后，长子阿伽门农继任迈锡尼国王，组成希腊联军，向特洛伊城进攻。由于风暴，希军战船迟迟不能出发。预言者卡克斯说：风暴的起因是月神阿特密斯发了怒，只有把阿伽门农的女儿伊菲吉尼亚向月神祭杀，才能使她息怒。阿伽门农向妻子克利泰木奈斯特拉骗说要把伊菲吉尼亚嫁给阿溪里。这样，无辜少女遭到祭杀，希军战船才得起航。阿伽门农离家后，他的妻子克利泰木奈斯特拉和伊吉修斯（色埃斯提斯幸存的儿子）通奸，并把儿子奥雷斯提斯流放到国外。特洛伊城被攻陷后，阿伽门农俘虏了普赖安的女儿卡散德拉作为小老婆凯旋。克利泰木奈斯特拉为了替女儿伊菲吉尼亚报仇，就和奸夫伊吉修斯合谋，趁阿伽门农沐浴之际将其谋杀，并杀死卡散德拉。数年后，奥雷斯提斯奉日神阿波罗之命，替父报仇。他与好友皮拉迪斯自外地归来，得到姐姐伊来克特拉的帮助，杀死母亲和伊吉修斯。克利泰木奈斯特拉的鬼魂唆使三位司复仇的女神向奥雷斯提斯索命。阿波罗神命奥雷斯提斯去雅典城，求女神雅典娜保护。雅典娜组成最高法院，从雅典公民中选出若干名审判员进行审判。审判员听了司复仇女神的控诉，也听了奥雷斯提斯和阿波罗神的辩护。审判员投票表决，双方票数相等。最后，雅典娜女神以审判长的资格投了奥雷斯提斯一票，宣判他无罪。雅典娜又劝说司复仇女神和解，让她们永久居留在雅典，并委给她们新的职务，专门惩办发假誓的人。

埃斯库罗斯的《奥雷斯提亚》悲剧三部曲的第一部《阿伽门农》，就是写阿伽门农凯旋被妻子谋害身死的故事；而第二部《奠酒者》写的是奥雷斯提斯替父报仇，杀死母亲的故事；第三部《司复仇的女神》写雅典娜女神组织法庭审判奥雷斯提斯的故事。这三部悲剧是一个有机的整体，它利用神话故事和史诗传说来说明社会发展的历史。

恩格斯在《家庭、私有制和国家的起源》一书里赞同巴霍芬对《奥雷斯提亚》三部曲的解释。巴霍芬认为，这个悲剧是“没落中的母权与在英雄时代获得胜利了的新兴父权之间斗争的戏剧表现”。这个解释是正确的。司复仇的女神代表原始公社氏族社会中的母权制度。站在她们的立场上，奥雷斯提斯杀死自己的母亲是最严重的罪行。而克利泰木奈斯特拉杀死自己的丈夫却不关她们的事，因为“她和她所杀死的那个男子没有血缘的关系”。另一方面，阿波罗代表的是父权制度，因此支持奥雷斯提斯替父报仇，并且坚决为他辩护。根据乔治·汤姆孙的说法，司复仇的女神代表氏族社会的统治（血亲报仇），阿波罗代表贵族地主的统治（由贵族出身的祭师担任举行涤除罪污的仪式），而雅典娜所代表的则是当时最先进的新的民主制度（由选举产生的审判员用投票的方式进行审判）。

埃斯库罗斯在《奥雷斯提亚》三部曲中反映了希腊社会的发展史。他歌颂雅典的民主制度，因为这是当时合理的、正义的、最进步的社会制度。他暗示氏族社会和贵族政治都是过了时的、落后的制度。剧中的伊吉修斯凶残、懦弱、狡狯，就是民主制度的敌人——僭主——的典型。最后，作者用雅典人民在雅典娜女神的节日里举行欢乐的庆祝来结束悲剧三部曲，这就使古代的神话故事和当时的希腊政治发生了直接联系。

埃斯库罗斯另一部著名的悲剧是《被绑的普罗密修斯》。普罗密修斯为了人类文明的进步，违背了天神宙斯的意志，盗取天火造福人类（火是人类物质文明发展的基础），并且教会人类如何造屋、航海、开矿、医病等技术。宙斯为此以极残酷的方式来惩罚普罗密修斯。在这个悲剧开幕时，火神黑菲斯特奉宙斯之命，带着宙斯的两名仆从"权力"和"暴力"，押解普罗密修斯来到高加索荒山上，把普罗密修斯钉在岩石上，放饿鹰来吃他的心肝。他们走后，海洋神的女儿们组成的歌队登场，陪伴普罗密修斯一同悲伤。随后，海洋神登场，劝说普罗密修斯向宙斯认罪。普拒绝这样做，因为他的意志和毅力是不可战胜的。另外，他知道一件秘密，与宙斯的安全和统治紧密相关。使者神黑尔密斯奉宙斯之命来劝说、恫吓普罗密修斯，逼他讲出他所知道的秘密。普罗密修斯坚决地拒绝了。宙斯大怒，用暴风雨和地震使捆绑普罗密修斯的大块岩石陷落，把普压入深渊。悲剧就此结束。

埃斯库罗斯创造了普罗密修斯这个英勇、刚毅、不屈不挠地向专制暴力反抗的伟大革命者的形象。马克思给这个形象以很高的评价，说普罗密修斯是“在哲学家的名单上最高贵的圣人和殉道者”。为了人类文明的进步，普罗密修斯向限制人类发展的自然力量，以及反动、落后的社会势力进行斗争，因此这个悲剧具有很大的革命鼓舞力量。另一方面，作者也创造了宙斯这个专制暴君的形象——他残酷、凶暴，不讲信义，不受法律约束，对朋友猜疑，不听忠言劝告，强奸妇女，压迫弱小，这一切都是民主制度的敌人——僭主或霸主的特点。因此，我们可以说埃斯库罗斯的这个悲剧具有强烈的现实政治意义，是为当时新建立的雅典民主制度服务的。

《被绑的普罗密修斯》是《普罗密修斯》悲剧三部曲的第一部。其余的两部都没有流传下来。从宗教和哲学的角度来分析这三部曲，《被绑的普罗密修斯》提出了世界上存在着罪恶这一基本宗教概念。罪恶来自权力和暴力。作为专制暴君的形象，宙斯是罪恶的化身。战胜罪恶的力量是理性、智慧和远见，普罗密修斯（希腊文意为“预知”）就代表这种力量。我们猜想：在《普罗密修斯》三部曲的结尾，宙斯将纠正错误，得到改造。他将不再是个专制暴君，而是一位贤明、理智的统治者。

《埃斯库罗斯悲剧二种》包括《普罗密修斯》和《阿伽门农》两个剧本，由罗念生译，人民文学出版社出版。《被绑的普罗密修斯》，李健吾译名为《浦罗米修斯被绑》，平明出版社出版。

索福克勒斯悲剧二种[①]

索福克勒斯（约公元前496—公元前406）是古希腊最伟大的悲剧诗人。他写的悲剧代表古希腊民主和个人解放时代的精神，具有萌芽的人文主义思想。他的悲剧主人公和女主角有坚强、突出的个性，不再是受命运摆布和神的意志支配的无辜的牺牲者，而是坚持真理、维护正义，勇敢地接受悲剧命运，承担责任的男、女英雄人物。索福克勒斯所创造的英雄人物充分体现了人的精神力量的伟大。具有这种精神力量的男、女英雄们是崇高的、高贵的。和他们相比，天神也变得暗淡失色。索福克勒斯相信人的理性和智慧的力量，歌颂这个力量的一切成就，同时他怀疑神的意志是否有权利支配人的道德行为。索福克勒斯一方面认识到人的力量的伟大、崇高，另一方面他也意

① 原载：季羡林. 中外文学书目答问（下）. 北京：中国青年出版社，1986：541-546.

识到世界上仍存在着罪恶。罪恶具有毁灭性的破坏力量，是造成人的悲剧命运的主要原因。造成悲剧的另一原因是主人公性格上的缺点，如骄傲、自信、轻信、对信仰的狂热等。下面先讲《俄狄浦斯王》。

《俄狄浦斯王》被公认为古代希腊悲剧中最伟大的一部。索福克勒斯没有把重点放在俄狄浦斯王杀父、娶母的罪行上，而是把它放在这一罪行的后果上。俄狄浦斯王是一个无辜的犯罪者，是可怕的古老预言的牺牲者。但是，更重要的是，他是和命运作斗争的英勇战士。他追求真理，勇于承担责任，解救老百姓的苦难。他的悲剧命运是对他的性格的巨大考验。经历了这场毁灭性灾难的考验，他的性格愈显得崇高、光辉，显示出人的精神力量的胜利。这个悲剧的故事情节如下：

色布斯国王赖亚斯、王后交卡斯塔生下一子，名叫俄狄浦斯。为了避免关于这个孩子杀父、娶母的可怕预言的实现，交卡斯塔命一男仆把这个孩子抛到荒山上去。男仆可怜这个孩子，他自己是放羊的，就把孩子交给另一个放羊的，那人是考林斯人。考林斯国王和王后没有儿女，就把牧羊人的孩子当作自己的孩子养大。二十年后，俄狄浦斯已长大成人。同伴嘲笑他，说他不是父亲生的。考林斯国王和王后没有把实话告诉俄狄浦斯。俄狄浦斯于是去朝拜德尔非神托所。在那里他第一次听到关于他自己的可怕的预言。为了避免预言的实现，他决心不回考林斯，却偏偏往色布斯去。这时色布斯的人民正在受到狮身人面女妖的杀害。女妖出了一个谜语，色布斯无人猜得中，必须日献一人，供女妖吞食。色布斯国王赖亚斯正往德尔非神托所去，求神指示如何解除狮身人面女妖的灾难。赖亚斯坐着马车，正碰上俄狄浦斯往色布斯去。在三岔路口，赖亚斯命俄狄浦斯让路，俄狄浦斯不肯让，双方发生争执，赖亚斯用马鞭打俄，俄还击，杀死了赖亚斯和赖的随从，只有一个随从逃回色布斯去，此人便是当年把俄抛往荒山的那个牧羊人。他回色布斯后，说赖亚斯被一伙强盗杀死。俄狄浦斯来到色布斯，猜中了狮身人面女妖的谜语，解救了色布斯人民的灾难。人民感激他，就拥戴他做色布斯国王。那个牧羊人虽认得俄就是杀赖亚斯的凶手，但他决心保密，并要求退隐深山。新的国王娶了寡妇王后，若干年后，他们也有了儿女。色布斯城又有新的灾难——闹瘟疫。俄狄浦斯派王后的哥哥克利昂去问神谕。神的答复是：当杀死赖亚斯的凶手被驱逐出境，瘟疫便可平息。俄问年老的预言家泰锐西亚斯谁是凶手，泰拒不肯说。后来泰被迫说出俄是凶手。王后告诉俄，她听说赖亚斯在去德尔非的路上被一伙强盗杀死。俄狄浦斯记起在去德尔非的路上他曾杀死人，但他是一人独行，并没有和人结伴。王后说唯一生还的牧羊人现隐居在深山，他可以证明俄是否为杀赖的凶手。在这个时候，从考林斯来了一个使者，报告考林斯国王逝世，俄狄浦斯应继承王位。王后安慰俄说，既然他父亲在考林斯寿终正寝，可见可怕的预言不足为信。但俄仍坚决不回考林斯，因他的母亲还活着，他更怕预言的第二部分（娶母）会实现。考林斯的使者为了使俄放心回考林斯继承王位，便告诉俄说，俄并不是考林斯王后所生，而是拾来的孩子。这时，隐居深山的牧羊人也来了。他认出考林斯使者就是当年那个考林斯放羊人，他把交卡斯塔的弃子便是给了此人。于是真相大白，预言应验了，俄狄浦斯真是杀了自己的父亲赖亚斯，娶了自己的母亲交卡斯塔。交卡斯塔自缢身死，俄狄浦斯用交卡斯塔胸前的饰针把自己的双目挖了出来。为了解救人民的苦难，平息瘟疫，俄狄浦斯王把自己驱逐出境，在流放中度过他的余生。

对索福克勒斯来说，人是有自由意志、有理性的动物。在《俄狄浦斯王》这一悲剧里，索福克勒斯对神的意志是否合理，提出了怀疑。俄狄浦斯是一个英明、正直、仁慈、善良的国王，但是由于他的父母违背了神的意志，而使他受到这样可怕的惩罚，真是太不合理了。俄狄浦斯王时时想到人民的利益，努力尽他的责任。他追求真理，追捕凶手，一定要查明事实真相，结果证明他自己就是凶手，是犯了杀父、娶母罪行的人。俄狄浦斯凭借人的理性的力量，和不合理的神的意志作斗争，结果虽然证明人的理性不能战胜神的意志，但是人的道德（精神）力量却能战胜神的意志。例如，俄狄浦斯挖去自己的双目，主动惩罚自己太自信（认为自己的眼光胜过神的预言）。俄狄浦斯还勇敢地承担起他所犯罪行的道德责任，主动地流放了自己。因此，悲剧的结尾却能证明人的高贵性，这是神所不能战胜的。

索福克勒斯另一伟大悲剧是《安提戈涅》（约公元前441）。安提戈涅是俄狄浦斯王的女儿。她是一位大无畏的女英雄。色布斯国王克利昂宣布安提戈涅的哥哥包里尼西斯为色布斯的叛徒，法律上禁止埋葬敌人和叛徒的尸体。安提戈涅不顾严峻的法令，为哥哥收尸，举行安葬仪式。克利昂惩罚安提戈涅，把她关闭在一个墓穴里。克利昂的儿子海门是安提戈涅的未婚夫。海门恳求克利昂释放安提戈涅，克不听。海门往墓穴探望安提戈涅，发现安已自缢身死。此时，克利昂听了泰锐西亚斯的警告赶往墓穴，发现海门抱着安提戈涅的尸体哭泣。海门试图用剑刺杀他父亲，未中，后自杀。克利昂回宫后，发现自己的妻子因儿子自杀，也自尽了。

索福克勒斯创造了安提戈涅这一光辉的女英雄形象。她代表索福克勒斯关于人的理想，她是人类高贵品质的化身。安提戈涅的氏族血亲道德观念极重，责任心极强。她甘冒生命危险去完成她自己确定的神圣使命——尽她对亲人的责任。为了这个使命，她情愿付出生命、青春、爱情和婚姻作为代价。悲剧的高峰是克利昂和安提戈涅的对话。安提戈涅代表精神世界和理想世界的力量，克利昂代表物质世界和现实世界的力量。在这场角斗中，安提戈涅始终表现为坚定、高贵、无所畏惧，而克利昂不得不承认错误，决定改变他的立场，因为他不能“违抗命运”，但是他的决定做得太迟了，不能避免悲剧的结果。

在《安提戈涅》悲剧的结尾，悲剧的女主角虽然死亡，但她的事业是胜利的。她的胜利象征着有理想、正义、人道主义的个人，在坚强意志的支持下，一定会取得胜利，而代表权力和暴力的克利昂必然要失败，而且受到神的惩罚，落得个家破人亡、妻离子散的下场。因此这个悲剧的结尾并不使人感到绝望，而是令人鼓舞的，给人以继续战斗的勇气和力量。但是安提戈涅并不是个完人，她和俄狄浦斯王都是有缺点的。安提戈涅的缺点在于她对领导太傲慢、太蔑视，而且她有一种过度的“就义狂”。例如，她不仅决心尽她对哥哥的责任，而且决心为此而丧命，尽管她认为克利昂的严法是不正义、不合理的。她和克利昂都很固执，但为正义而固执总比坚持错误而固执要好得多。索福克勒斯的古老悲剧《安提戈涅》读起来就好像一部西方近代的文学作品，可见世界文学名著具有永恒的吸引力。

《索福克勒斯悲剧二种》包括《安提戈涅》和《俄狄浦斯王》两个剧本，由罗念生译，人民文学出版社出版。

欧里庇得斯悲剧二种[1]

欧里庇得斯（约公元前480—公元前406）是古希腊三大悲剧诗人当中最接近现代精神的一位。他写的悲剧主要是个人的悲剧，以人的理解和感情之间的冲突为中心。他擅长心理分析，尤其擅长写女人的心理矛盾。他用理性主义的观点来批判社会生活中各种不合理的现象：宗教、史诗传统、压迫妇女和奴隶的社会制度、侵略战争，等等。他对于希腊神话中的天神抱着不敬和批判的态度；阿波罗是个骗子，强奸少女伊昂，并且让奥雷斯提斯犯了杀母罪；月神阿尔特米斯要吃人肉。欧里庇得斯把史诗传说中的英雄描写成一些坏人：阿伽门农是个利己主义者；奥德修斯是个残酷的、厚颜无耻的政客。欧里庇得斯同情妇女、儿童和奴隶，反对社会压迫。他尤其痛恨霸权主

① 原载：季羡林. 中外文学书目答问（下）.北京：中国青年出版社，1986: 541-546.

义和侵略战争。在这些方面，欧里庇得斯表现出他是古代社会的一位先进思想家。欧里庇得斯一共写了大约九十个剧本，现存的只有十九个。

欧里庇得斯的悲剧作品有三个特点：（一）社会批判；（二）心理分析；（三）现实主义。下面举他的两部悲剧作品作为例子来说明这些特点。

悲剧《美狄亚》（公元前431）的主题是妇女的社会地位。美狄亚是个妇女，又是一个外国人。她在古代希腊的奴隶制民主社会里受不到法律的保护，社会地位低下，处境十分困难。她被丈夫詹森遗弃后，孩子得不到法律的承认，不能做詹森的合法继承人。詹森向考林斯国王克利昂的女儿葛劳斯求婚，美狄亚在愤怒失望中向她的敌人发出恐吓，因此招致被驱逐出境的处分。美狄亚向妇女们组成的歌队控诉詹森对她的忘恩负义，还向她们透露了她的复仇计划。美狄亚假装与詹森和解，并且请求允许她派两个孩子给葛劳斯送一些礼物去。詹森对她的友好态度表示高兴和赞赏。美狄亚把祖父赠送的锦袍和金头饰用毒药浸过，然后遣孩子给新娘子送去。当新娘子穿上锦袍，戴上头饰后，毒药在她身上发作，终于活活地被毒死。克利昂来救他的女儿，接触了她身上的毒药，也痛苦地死去。于是美狄亚的复仇变成了这个悲剧的主题。她虽然杀死了她的情敌和驱逐她出境的国王，但她的复仇计划还没有完全实现。当她的两个儿子回来拥抱她时，她心里充满了矛盾：对孩子的爱和对丈夫的恨，母爱的天性和向仇人报复的心理发生剧烈的冲突和斗争。终于复仇的欲望占了上风。美狄亚关上大门，用剑杀死两个亲生儿子，使詹森绝了后代。这样，她的复仇才算彻底。

《美狄亚》是一部复仇悲剧，它集中反映了受损害妇女的复仇心理和她赤裸裸的复仇行动。欧里庇得斯笔下的美狄亚，从神话传说里的人物变成一个活生生的妇女，接近现实社会里那些处境类似的妇女的思想感情。因此我们可以说，欧里庇得斯的悲剧艺术比较接近现实主义。他写的悲剧冲突主要是人的内心冲突和心理矛盾。他擅长写悲剧人物的心灵创伤和精神痛苦。

欧里庇得斯的《特洛伊妇女》（公元前415）反映了战争的痛苦和残酷。这是一部反对、谴责侵略战争的作品，具有强烈的社会批判和政治批判的意义。欧里庇得斯是古希腊雅典城的公民。在公元前416年，雅典已征服了它的沿海的大多数岛屿，并向迈劳斯岛的居民提出最后通牒，要求他们臣属于雅典帝国。迈劳斯岛的居民拒绝了雅典的无理要求。雅典发动强大的陆、海军，征服了这个岛屿，烧毁城市，杀了所有的成年男子，把妇女和儿童沦为奴隶。在下一年（公元前415）春天，欧里庇得斯在雅典公民面前上演他写的《特洛伊妇女》，来揭露、谴责雅典帝国的侵略罪行。《特洛伊妇女》写的是特洛伊城陷落后城内妇女的悲惨命运。在悲剧开幕时，特洛伊妇女悲痛、焦急地等待战胜者宣布她们的命运。希腊军队传令官塔色比亚斯宣布她们被分配的结果：王后海枯巴成为被特洛伊人恨入骨髓的奥德修斯的奴隶。她的女儿卡散德拉分给了阿伽门农当小老婆。海枯巴的另一个女儿包里赛纳被希腊人杀死在阿溪里的墓上。随后，卡散德拉的悲剧形象在舞台上出现了。她疯疯癫癫，但却预言了战胜者将要遭受到的灾难。接着赫克忒的妻子安绰马克在舞台上出现，她带着她的小儿子阿斯提亚纳斯。安绰马克被分配给阿溪里的儿子尼奥托里木斯。塔色比亚斯回来把阿斯提亚纳斯带走，因为希腊人要求把这个小孩从城墙上往下摔死。随后，塔色比亚斯带着阿斯提亚纳斯的尸体重新出现在舞台上。他命令海枯巴为她的孙儿的尸体准备葬仪。最后，希腊人放火焚毁特洛伊城，城墙、城楼完全倒塌。

在《特洛伊妇女》上演时，雅典正筹备远征西西里岛。欧里庇得斯的这个悲剧除谴责雅典对迈劳斯发动侵略战争外，还预言到西西里远征的可耻失败：雅典的军舰完全毁坏，战士被俘，将军阵亡，男人被卖为奴隶，悲惨地在意大利的石矿里死去。西西里岛远征的失败，对雅典帝国是一个沉重的打击。不久以后，帝国就开始瓦解、崩溃。欧里庇得斯的《特洛伊妇女》对霸权主义和不正义的战争敲起了警钟和丧钟。

《欧里庇得斯悲剧二种》包括《美狄亚》和《特洛伊妇女》两个剧本，由罗念生译，人民文学出版社出版。

柏拉图和亚里士多德的文学批评①

文学批评是一门学科，它包括解释和评价文学作品的理论、实践和方法。文学批评有两种：理论文学批评和实用文学批评。前者企图发现文学创作和文学作品评价的总的规律，并且企图制定一套评论和审美的标准。后者的任务就在于把这些规律和标准，以及批评家个人的鉴赏力，应用到分析、评价具体的文学作品上去。文学批评家通常所讨论的问题如下：（一）文学的特性；（二）文学创作过程；（三）作家的社会地位和对社会的作用；（四）如何分析和解释具体的文学作品；（五）如何按照美学、形式、道德、历史或社会的标准来评价文学作品；（六）阅读文学作品的过程；读者对作品的反映。以上这六个问题概括了文学批评这门学科的内容。根据

① 原载：《山东外语教学》编辑部. 山东外语教学. 1987, 1（1–3）.济南：《山东外语教学》编辑部, 1980–.

文学批评的内容，有人把文学批评区分为亚里士多德文学批评和柏拉图文学批评。前者按照作品内在的艺术价值来分析、评论一部作品；后者按照作品的外在价值（如作品的社会的或道德的影响）来进行评论。

西方文学批评开始于公元前4世纪两位希腊哲学家柏拉图和亚里士多德。柏拉图在他的《对话录》（“伊昂”〔īon〕，“梅讷”〔Meno〕,“费德鲁斯”〔Phaedrus〕和“共和国”〔Republic〕）里用道德标准来讨论文学创作的灵感和效果。他对诗歌、神话和文学作品持否定态度。柏拉图的哲学思想是唯心主义的。他认为客观的物质世界只是一些现象，没有真实的存在。只有主观的概念世界才有真实的存在。现象是不断变化的，真实存在（也就是真理）是永恒不变的。通过感官我们可以认识物质世界，但是只有通过纯粹的理性才能认识永恒不变的概念世界，才能认识绝对真理。感官世界（即物质世界）只是概念世界（或称理性世界）的不完全的模仿。只有概念世界才是完美的，最完美的概念是关于真、善、美的概念（尤其是关于善的概念）。感官世界只是概念世界的不完全的模仿，因此是不完美的。诗歌和其他文学作品模仿的对象是感官世界，因此对于概念世界来说，诗歌只不过是对不完美的模仿的不完美的模仿（an imperfect imitation of an imperfect imitation）。在柏拉图的名著《共和国》第七卷里，他把观察物质世界的人们比作坐在黑暗的地下洞穴的人。他们的腿部和脖子都被铁链子锁住，不能动，他们的头只能朝前看。他们面对着洞壁。他们背后生着火，火光把他们的影子投射到洞壁上。他们能够看到的东西只是洞壁上的影子。他们以为这些影子有真正的存在。实际上它们只不过是影子或现象而已，只不过是概念世界的不完美的模仿罢了。

柏拉图的《共和国》是他想象的理想国或乌托邦。这个理想国的最高统治者是哲学家国王（philosopher king），统治阶层是贵族（aris-tocracy）。为了培养统治阶层的接班人，教育贵族子弟就成了首要任务。在《共和国》第十卷里，柏拉图说必须把诗人赶出共和国去，因为诗人们会对青年的教育起破坏作用。青年们应该通过理性认识真理，追求智慧。而诗人们却歌颂感官世界（物质世界）的虚幻、迷人的现象，同时还引起青年们对人们的不幸遭遇的毫无意义的同情，使青年们的心灵脆弱，思想不够坚定。柏拉图认为文学只能把人引入远离真理的歧途。他又认为诗人创作的灵感来自神灵的附体（divine inspiration），或诗人自己的忘形或入迷（ecstasy，灵魂出壳），也就是一种失去理性的疯狂。这种疯狂对于一个由理性统治的国家的公共利益会起颠覆、破坏作用，因此柏拉图主张把诗人赶出共和国去。

总结以上所说，柏拉图的文艺理论强调两点：（一）诗歌是一种模仿，它模仿的是物质世界。物质世界又模仿概念世界，因此诗歌是模仿的模仿（the imitation or copying of an imitation or copying）。（二）诗歌必须为国家服务，必须对社会起伦理的和政治的作用，必须有利于培养公民道德，有利于追求绝对真理。但是事实上诗歌只是一种虚构。它转移了公民的注意力，使他们背离了对国家的职责，使他们忘记了追求绝对真理，因此诗歌的作用是消极的，是对社会不利的。

为什么柏拉图对诗歌持否定态度？因为当时希腊的教育把诗歌抬得太高，摆到不适当的地位。人们把诗歌看成一切知识和文化的总结，认为诗歌是最好的“人类导师”。柏拉图抗议人们把诗歌凌驾于哲学之上，成为人们最高的追求对象。当时希腊人也认识到诗歌的社会影响，但是柏拉图最先从哲学上怀疑诗歌对社会的影响是否真正有利。

亚里士多德和柏拉图相反。他认为诗歌的模仿是对社会有益的。他肯定了模仿的价值。他把“模仿论”应用到公元前5世纪的希腊悲剧上面，证明诗人的模仿不仅不使人的头脑离开现实，而且通过悲剧对人的感情所起的净化作用，帮助人们认识人的行为所具有的普遍的道德意义。这也就是说，悲剧诗人所模仿的对象不是任何脱离实际的、虚构的事物，而是正常的真实的东西。悲剧所模仿的对象是人的高贵的行为（noble action）。这样的模仿会起巨大的教育作用。诚然悲剧会引起观众的怜悯和恐惧的感情，但在悲剧情节发展的过程中，这些感情得到净化（catharsis）。用悲剧做例子，亚里士多德证明了文学作品并不煽动人的感情，而是能够满足人的感情，调节人的感情，使人成为有用的公民。诗歌和文学并不对社会起破坏作用。

亚里士多德一方面接受了柏拉图的“模仿论”，另一方面又纠正并且发展了“模仿论”。和柏拉图一样，亚里士多德也重视文学的教育作用和道德价值。但是亚里士多德把文艺理论和文学批评大大地发展了，把它们牢固地建立在科学分析的基础上。他一方面对文学做出伦理的辩护。另一方面，更重要的是：他分析了组成诗歌的各个要素和诗歌的各种类型。在他的不朽名著《诗学》（约写成于公元前335年）里，他把模仿性的诗歌（mimetic poetry）加以分类。按照模仿的媒介、模仿的对象（即所模仿的行为）、模仿的方式及模仿的效果，他把诗歌分为各种类别（genres）：叙事诗（或称史诗）、抒情诗、悲剧、喜剧，等等。亚里士多德着重分析悲剧和叙事诗的结构、各自的组成部分，以及各自的影响和效果。他认为诗歌能够模仿或再现人类的情景和事件。他还认为诗歌较历史更概括、更严肃（more philosophical and more serious）。悲剧能够唤起人们心理上和理性上的反应，因此人们在关键时刻的生活经历就成为悲剧的模仿对象和恰当的内容。在《诗学》的第六章里，亚里士多德提出了他的诗歌学说和美学理论的核心。他用归纳法综合了上述诗歌模仿的各种因素，并给悲剧的目的和本质下了一个有名的定义："悲剧是对一种行为的模仿，这个行为是严肃的、本身是完整的，并且具有一定的重大性；悲剧所运用的语言必须是用艺术手段装饰起来的优美语言；采用戏剧的，而不是叙事的形式；呈现一些事件，这些事件唤起怜悯和恐惧，并且完成这些感情的净化。"（A tragedy is the imitation of an action which is serious and，having grandeur, complete in itself，done in language seasoned with embellished，each appearing separately in different parts of the work, in dramatic rather than narrative form, accomplishing by way of pity and fear the catharsis of such feelings.）亚里士多德强调一部悲剧作品必须是一个艺术整体（an artistic whole），或艺术统一体（artistic unity）。然后他又把悲剧分解为六个要素：情节、人物、思想、语言、音乐和场景。这六个要素必须相互和谐才能产生悲剧整体的统一性，才能使悲剧作品成为一个完美的艺术整体。

亚里士多德所说的悲剧效果在于产生净化感情的作用，这个作用主要由悲剧的场景、结构和悲剧所模仿的事件来承担。另一方面，悲剧对观众的心理所起的理性上和感情上的作用也非常重要。观众的心理反应保证了悲剧净化感情作用的实现。在这一点上，悲剧优越于叙事诗。尽管叙事诗也能够模仿人的行为，但叙事诗只能向听众或读者说明或解释生活中的事件，它却没有能力唤起并且净化听众或读者心中的怜悯和恐惧的感情。因此亚里士多德认为悲剧是最高的模仿艺术。

关于净化作用（catharsis），有几种不同的解释。一种解释说观众心中的怜悯和恐惧的感情被泻掉了，不复存在。另一种解释说这两种感情仍然存在于观众心中，只是得到了净化。这两种解释都有可能，因为希腊文catharsis既可以解释为吃泻药净肠（purgation），又可以解释为净化（purification）。还有一种解释认为亚里士多德所说的净化并不是对观众而言，而是指悲剧中所模仿的行为对悲剧的情节或人物所起的净化作用，也就是说，经过悲剧中不幸遭遇的洗礼，悲剧中的人物性格和行为变得更纯洁、更高尚了。此外，关于catharsis还有其他不同的说法（例如，指一种净化罪人的宗教仪式），这里就不一一赘述了。大多数学者的意见是：亚里士多德的原意是指悲剧行为的净化。新古典主义时期的批评家们把重点从悲剧行为转移到观众心理上面。

在《诗学》里，亚里士多德还提出了关于“悲剧主人公”（tragic hero）的概念。他对悲剧主人公所下的定义是“有小毛病的伟大人物”（a great man with a flaw）。他又说：悲剧主人公“并不是突出的善良和正直的人。他的不幸遭遇不是由于他的邪恶或堕落，而是由于他的某一个错误的判断而引起的”（a man not outstandingly good and just whose misfortune is brought about not by vice or depravity but by some error of judgement）。亚里士多德强调性格和选择的伦理原则。我们可以从一个人所做出的选择来判断他的性格。

为了说明他的诗歌理论，亚里士多德举了一些希腊悲剧，以及《伊利亚特》和《奥德赛》做例证。他选择了索福克勒斯的《俄狄浦斯王》作为最典型的例子。他认为这部悲剧具有最多的他想要说明的悲剧的优点，因此可以看成是戏剧艺术的最高成就。在《诗学》的最后一部分，作为全书的结论，亚里士多德认为：作为一种模仿艺术，悲剧优越于，并且高于史诗。

亚里士多德发展了文学批评。他的贡献在于把概括的理论和个别的分析结合起来。他从个别的具体事物出发，用科学的归纳法总结出普遍的、概括的理论和规律。无怪乎他的《诗学》直至今日仍是西方文艺理论和文学批评的典范。

奥维德《女杰书简》序[①]

奥维德（Ovid，公元前43—公元17或18）是古罗马时代的一位优秀诗人。他生活在罗马帝国初期，早年学习法律，在朝廷供职。但他酷爱文学，与文人学士经常来往，并以诗闻名于世，受到皇帝奥古斯都的注意。由于他的诗歌作品得罪了奥古斯都，遭到流放的处分。他被流放到多瑙河以南、黑海西北岸的一个小渔村，远离首都，远离文明社会，后来他就在那里去世。

奥维德的诗歌作品可以归纳为三类：（一）爱情诗；（二）神话诗；（三）流放诗。爱情诗包括《情爱》（*Amores*）、《女杰书简》（*Heroides*，又名 *Epistulae Heroidum*）和《爱情的艺术》（*Ars Amatoria*）。神话诗包括《变形记》（*Metamorphoses*）和《岁时记》（*Fasti*）。流放诗包括《悲愁之歌》（*Tristia*）和《黑海书

---

① 原载：奥维德. 女杰书简. 南星，译. 北京：生活·读书·新知三联书店，1992: 1–5.

简》（*Epistulae ex Ponto*）。现分别简介如下：

《情爱》为四十九首情诗，其中多首歌颂科丽娜（Corinna）的魅力。《爱情的艺术》共分三章，头两章教导男人如何向女人求爱，后一章教导女人如何引诱男人。诗人以幽默口吻进行说教，妙趣横生。诗中呈现出罗马社会生活多种画面：马戏、杂技表演、剧场演出、饮宴场面等。奥维德意在嘲讽罗马上层社会的生活方式，却被人误解为诲淫之作，加上“不道德”的罪名而遭流放。

《变形记》是一部叙述故事的长诗，共十五章，它是奥维德最重要的作品。它之所以重要，不仅由于它的高超的艺术性，而且因为它是有关希腊、罗马神话和传说的宝库。它以“变形”作为主线，从混沌（Chaos）变为有秩序的宇宙开始，叙述了一系列的希腊神话故事（例如，第二章：回声和水仙花的故事；第七章：伊阿宋、美狄亚和金羊毛的故事；第十章：歌手俄耳甫斯和妻子欧律狄刻的故事，以及爱神维娜丝和美少年阿多尼斯的故事等）。随后讲伊尼亚斯和迦太基女王黛多的爱情悲剧，以儒略·凯撒之死和被神化而告终。

《岁时记》是一部诗体历书，共六章，从1月到6月，记载与每一天有关的神话、传说和重大历史事件（例如，4月21日为建立罗马城纪念日等）。这部作品也描述了古罗马的节日庆祝和风俗习惯。

《悲愁之歌》共五章，由短诗组成，抒发诗人在流放期间头五年的悲观失望和乡思。这些短诗大多数都采取诗体书简的形式（诗人写给妻子和朋友的信件）。第四章中第十封信的内容是诗人的自传。

《黑海书简》共四章，由诗人写给罗马友人的书信组成，反映了流放后期诗人较平静的心情。

《女杰书简》共二十一封诗体书信，是诗人假想古代传说中二十一位著名妇女写给丈夫或情人的信（其中有一位妇女是历史上的真人，就是古希腊女诗人萨福，但她的信却是写给一位神话人物——船夫费昂——的）。奥维德声称他发明了诗体书简这一新的文学形式，用这个形式来表达妇女对爱情的看法。他善于揣摩妇女的思想感情和心理活动。他从古希腊史诗和悲剧作品中吸取素材，作为例证来说明不同处境中妇女对爱情的不同态度。他也从古罗马诗人维吉尔的诗中引用了黛多的故事，又从卡图鲁斯诗中采取了关于阿丽亚德尼（Ariadne）的传说。有些妇女被男人出卖或遗弃，如大力士赫拉克勒斯的妻子黛艳妮拉（Deianira）、伊阿宋的妻子美狄亚、被雅典王子提修斯（Theseus，本书译作西休斯）遗弃的克里特岛公主阿丽亚德尼（本书译作爱丽爱尼）、遭特洛伊王子巴利斯（Paris）遗弃的仙女奥伊诺尼（Oenone，本书译作伊娥尼），以及被伊尼亚斯遗弃的黛多。还有一些妇女被迫和自己所憎恨的人结婚，如门尼来斯和海伦所生之女海尔米奥尼（Hermione，本书译作荷麦欧尼）被迫嫁给阿溪里的儿子尼奥陀里木斯（Neoptolemus，本书译作皮如斯）。受不合法爱情折磨的妇女，如爱上了丈夫提修斯的前妻所生的儿子希波里特（Hippolytus，本书译作西波力托斯）的克里特岛公主费德拉（Phaedra）。操心丈夫安危的贤惠妻子，如帕尼劳披（Penelope，本书译作琵艾萝琵）和拉奥达米亚（Laodamia）等。《女杰书简》显示出奥维德对妇女心理有深刻的洞察力。他的表达手法也很巧妙，借助于女杰们自写情书来吐露她们的心声。这些凭诗人想象所编造出来的情书读起来好像戏剧中的独白，非常生动、亲切，如巴利斯和海伦、勒安德（Leander）和希罗（Hero）之间的来往信件，都很感人。

奥维德对后世西方文学发生了很大的影响。首先，他保存并传播了古代希腊神话和传说，并使神话和传说与诗歌结合起来，奠定了西方诗歌的这一重要传统。在欧洲中世纪，人们对于古代希腊、罗马文化的知识主要来自奥维德的作品。中世纪骑士制度所奉行的骑士爱情又吸取了奥维德的爱情理论和教导，使古典文化与日耳曼民族文化，以及基督教文化逐渐结合在一起，形成了完整的西方爱情和荣誉观。从文艺复兴时期到现代，人们总是把奥维德的作品看作诗歌中神话题材的宝库和灵感的源泉。奥维德诗歌中的心理分析和暗示的魅力，启发了从但丁到庞德众多诗人的想象，创作了西方文学一系列的杰作。具体到英国文学，乔叟、斯宾赛、马娄、莎士比亚、本·江森、邓恩，都借用了奥维德的题材和技巧。奥维德所发明的诗体书简形式不仅产生了18世纪英国诗人波普（Pope）的名著《哀洛衣萨致阿贝拉的信》（*Eloisa to Abelard*，1717），而且间接导致了18世纪欧洲书信体小说（the epistolary novel）的诞生。例如，理查逊的《帕美勒》（*Pamela*，1740）、卢梭的《新哀洛衣斯》（*La Nouvelle Héloïse*，1761）和歌德的《少年维特之烦恼》（*Die Leiden des Jungen Werthers*，1774）等。

诗人南星于30年代初期毕业于北京大学西语系，主修英国文学，受业于梁实秋、朱光潜、温源宁等教授，具有深厚的英国文学根基，并熟悉整个西方文学传统。南星所译奥维德《女杰书简》根据标准英译本译出，并参照了拉丁文原文。南星的译文准确、优美、自然，富于感染力，特向读者推荐。

沃尔特·马普[1]
——中世纪英国杰出的拉丁文散文家

中世纪拉丁语是国际学术文化交流的共同语言。大学教授用拉丁语讲课；学术著作用拉丁文写作，自不待言；朋友之间的信件往来也时常使用拉丁文；国家之间的外交文件、条约、贸易协定及国内法律文件等，也都莫不用拉丁文书写。衡量一国的学术水平，其标准之一是看该国每年有多少拉丁文出版图书和刊物。这种情况一直延续到17世纪。以德国为例，直到1690年以后，每年用德文写的出版物的数量才开始超过用拉丁文写的出版物的数量。T. S. 艾略特在《论但丁》一文中曾这样称赞拉丁文："中世纪拉丁是一种很好的语言；优美的散文和诗篇用它来写作；中世纪拉丁具有高度发展了的文学世界语的性质（literary Esperanto）。……中世纪拉丁有助于使

① 原载：《北京大学学报》编辑部. 英语语言文学专刊. 北京大学学报. 1991, 1（1-6）.北京：《北京大学学报》编辑部, 1955.

大家把注意力集中在不同种族和不同国家人们所能够共同思考的问题上面。”

由于西欧各国的文人和学者使用中世纪拉丁作为国际学术文化交流的共同语言，由于巴黎大学和以后牛津大学、剑桥大学的相继建立，国际知名学者在这些大学用拉丁语授课，吸引了各国留学生，因此在12世纪的西欧掀起了学术文化的高潮。历史书上称这一时期为“中世纪的文艺复兴”（the medieval Renaissance），或称“12世纪的文艺复兴”（the Twelfth-Century Renaissance）[①]在中世纪文艺复兴运动中，英国学者起了很大的作用[②]，其中的一位就是本文所介绍的沃尔特·马普。

沃尔特·马普（Walter Map，1140—1209）的生平详情有待进一步查考。目前我们根据的第一手材料只有他的拉丁文散文作品《宫廷琐话》（*De Nugis Curialium*）[③]和他的好友威尔士的吉拉杜斯（Giraldus Cambrensis）[④]著作中所提到他的地

① C.H.Haskins, *The Renaissance of the Twelfth Century*, 1927.

② 英国学者John of Salisbury（1120—1180）、Giraldus Cambrensis（1146—1223）、Geoffrey of Monmouth（c.1100—1154）、Matthew Paris（卒于1259年）等。

③ M.R.James, ed., Walter Map, *De Nugis Curialium*, 1914.

④ Giraldus Cambrensis, *Opera*, in 8 vols, in *Rolls Series*, 861-1891.

方。此外，我们还根据英国《国家传记辞典》（*Dictionary of National Biography*）中C. L. 金斯福德（Kingsford）所写关于沃尔特·马普的条目（写于1893年），来把马普的生平简述如下：沃尔特姓马普（Map），在威尔士语中，Map是“儿子”的意思，英国人也用Map一词作为威尔士人的别名。沃尔特·马普大约生于1140年，出生地在赫勒福德郡（Herefordshire），邻近威尔士。他自称“是威尔士边界地区居民”（“marchio sum Walensibus”《宫廷琐话》，Ⅱ.23）。他写的《宫廷琐话》书中包括许多威尔士的传说；他毕生都和赫勒福德市（Hereford）有联系。他的父母都在英国国王亨利二世宫中当差。稍后于1154年，他往巴黎求学，受业于吉拉德·拉·普赛勒[①]（Girard la Pucelle）。在1162年以前，他回到英国，当时托马斯·阿·贝克特（Thomas à Becket，1118—1170）仍为大法官（1162年，亨利二世委派贝克特为坎特伯利大主教）。沃尔特·马普在宫中当差，任亨利二世的秘书，并作为一名巡回法官（itinerant judge），经常外放。档案材料记载着1173年他在格罗斯特市（Gloucester）充任此职，并在1185年出任赫勒福德郡和邻近数郡的巡回审判官（justice in eyre）。他的好友威

① 生平不详。

尔士的吉拉杜斯说，马普曾宣称他对一切人都秉公执法，但犹太人和西妥修道会修道士（Cistercians）[①]除外。1179年，亨利二世派遣马普赴罗马参加拉特兰公会议（Lateran Council）[②]。在会上教皇委托他和瓦勒度派（Waldensians）[③]的代表们辩论。马普把他的对手们称作“白痴和文盲”（homines ydiotas, illiteratos）。早在1176年，马普就已领取圣保罗大教堂的圣俸。他还曾担任过林肯郡（Lincolnshire）和格罗斯特郡的神职。1186年以前，他已升任林肯市教区宗教法廷大法官。1189年亨利二世逝世后，马普不再和宫廷发生关系。1197年，马普出任牛津市教区副主教（archdeacon of Oxford）。1199年，马普任赫勒福德市教区主教的呼声甚高，但英王约翰却把该职委给了别人。1208年3月15日马普仍活在人世，因为存在着一张写明该日期付款给他的字据。但是到了1210年，他显然已经去世，因为他的好友威尔士的吉拉杜斯在他的著作《爱尔兰地

① 西妥修道会修道士：修道士团体之一，创建于1098年，地点为法国西妥（Citeaux，拉丁名为Cistercium），创建人为法国木拉姆（Molesme）大修道院院长罗伯特（Robert）。

② 拉特兰公会议：在罗马拉特兰教堂举行的天主教第三次宗教总会议（1179）。

③ 瓦勒度派：1170年由法国里昂富商瓦勒度（Peter Waldo）宣传基督福音而兴起于法国南部的基督教派之一。1184年，该派被视为异端而受迫害。该派认为圣经是最高权威，排斥弥撒、教皇制度等。

方志》（*Topographia Hibernica*）第二版序言中提到马普时写道：“愿上帝息怒，饶恕他的灵魂。”（“cujus animae propitietur Deus”）（《全集》，V.410）马普大约去世于1209年。

马普的同时代人或许把他更多地看作才子（wit），而不是作家。“才子”意味着健谈，妙语横生。威尔士的吉拉杜斯曾多次提到马普的法语格言（dicta），并且记录了他们之间的一次谈话。马普说道：“我们说得多；你们写书，我们说话。”（“et nos multa diximus；vosscripta dedistis et nos vetba.”）但是吉拉杜斯也说马普是一位学者，精通法律和神学，又喜爱诗歌，对文学作品涉猎甚广。尽管如此，马普似乎不是一位多产作家。虽然有些作品附会为他所作，但唯一一部确实是马普所写的作品是《宫廷琐话》。这部作品被保存在牛津大学巴德礼图书馆（Bodleian Library）一份14世纪末叶的手稿中，编号为MS.Bodley 851。最早编辑出版马普这部作品的学者是托马斯·赖特（Thomas Wright，1810—1877），为卡姆登学社（Camden Society）所编，出版于1850年。1914年，M.R.詹姆斯（James）重新编辑了这一手稿，改正了许多错误，作为牛津逸事（Anecdota Oxoniensia）系列丛书的一部出版。这样，《宫廷琐话》才有了一个可靠的版本。詹姆斯为这个版本所写的序言详细地讨论了这部作品手稿的历史和来源、作品的出处、写作年代，以及作品的编排次序。这个序言又启发了J. 辛顿（Hinton）写了一篇论文讨论《宫廷琐话》的布局和结构，发表在《现代语言学会会刊》（PMLA）第三十二期（1917）。这篇论文很重要，因为它是最早的一篇对马普这部作品的结构做出的科学分析，其结论颇令人信服。

辛顿强调《宫廷琐话》是一部未完成的作品。它不是从头到尾连贯写成的，而是由许多在不同时期作者抽空写出的片断编纂而成。我们无从得知马普最初是否有一个明确的写作计划，但是无论如何，马普并没有完成他的编纂计划，而是把他片断的、未完成的作品留给后人来组织在一起。辛顿于是把这部作品分割成长短不一的二十个片断，按时间顺序把它们排列起来。这些片断写于1181年和1193年之间。全书的五分之三写于1181年和1182年，其余部分都是马普利用零碎时间书写的。约在1193年，马普写了最后一个片断，但没有把这些片断组织成为一个连贯的整体。马普自己也说他的这本书是抽空抓紧时间匆匆忙忙、断断续续写成的（raptim）。全书给人一种散漫、离题的印象，这可能由于马普好谈逸事，并富于幻想。辛顿总结他的研究，认为“马普未能把他这本书加工成形，这对我们来说并不是很大的损失。该书的优点不在于它的整体结构，而在于它的各组成部分都能引人入胜”。

马普告诉我们说他这本书是应友人杰弗雷（Geoffrey）的请求写的。杰弗雷请求他把“他尚未记录下来的言行”都写了下来。赖特认为杰弗雷请马普写一部诗歌作品，这是由于赖特误解了poetari一词的意义，认为它是“被写成诗篇”的意思，而M.R.詹姆斯却认为poetari和上下文中另一词philosophari是同义词，都笼统地指文学作品的写作（philosophari并不特指“被写成哲学著作”）。辛顿还认为应友人的请求而写书不过是一种写文章的套式，并不一定实有其事。赖特的另一解释也显然不对。他说马普的意图是写一本故事集，所有的故事都有助于证明宫廷对“诗人”来说是最不合适的地方。与此正相反，马普的书恰好就是一个宫廷中人写给其他宫廷中人看的书。它记录了一个12世纪生活在英国和欧洲宫廷中的文人所观察到的人物和所经历过的事件，以及他对这些人和事的感想和评论。从这本书的内容来看，作者马普是一位饱经沧桑、老于世故的人。因此这本书和近代的回忆录颇为相似。另一方面，这本书又是一本内容丰富、题材多样的随笔散文集。马普的随意、散漫、兴之所至、自由发挥的风格又使我们好像在读蒙坦（Montaigne，1533—1592）的作品。A.W.科尔顿（Colton）①

① A.W.Colton, “The First English Essayist: Walter Map”, *Poet Lore*, V (1893).

称马普为英国最早的随笔散文家，颇有道理。

《宫廷琐话》又是一部讽刺作品，它尖锐地批评了马普时代教会和国家的黑暗和腐败。作为一位有良心的教士，马普尤其痛恨僧侣阶层和修士会的堕落。他对买卖圣职的现象丝毫不能容忍。他在书中讲了这样一个故事："索尔兹伯里主教(Bishop of Salisbury)乔斯林(Jocelin)之子雷金纳德(Reginald)通过非法手段当选为巴思主教(Bishop of Bath)，但却未获得坎特伯里大主教(Archbishop of Canterbury)的批准。于是雷金纳德向他父亲诉苦。乔斯林对他儿子说：'笨蛋，赶快去求教皇，不要害怕或犹豫。用重重的钱袋打他一个耳光，他就会屈身于你所指的任何方向。'雷金纳德遵命前往，击中了教皇，教皇屈了身。于是教皇下落，主教上升。雷金纳德写信时所用的套语可以看作是对上帝的亵渎，因为他应该写'感谢钱袋'，却写成'感谢上帝'。"马普对社会黑暗和政治腐败也毫不留情。他的书中有一章标题为"论黑夜的子孙"("De germinibus noctis")。他把国王所委任的法官和司法人员比作猫头鹰和秃鹫，他们都是黑夜的子孙。马普写道："这些夜鸟到处细心设下陷阱，在夜静更深之时贪婪地跟随它们赖以生存的死尸所发出的恶臭。随后，当它们归来时，它们指责除它们暗中掠夺所得据为己有的东西以外的一切事物。同样，宫廷还派出一些称为郡长、副郡长、小司法官等官吏，他们的职责是进行狡猾的窥探。这些人没有一个不是到处伸手，多吃多占的家伙。他们像蜜蜂那样栖落在花朵上，贪婪地吮吸花粉。他们惩罚无关痛痒的鸡毛蒜皮，但他们自己的肚皮却不受任何惩罚。可是，在他们走马上任以前，当着最高司法官的面，他们曾经庄严地宣誓要忠诚地为上帝和国王服务，‘该撒的物当归给该撒，上帝的物当归给上帝’①。结果他们贪污受贿，剪掉绵羊全身毛，却不敢动狐狸身上一块皮，因为他们懂得如何巧妙地送礼才能博得上级的欢心。”鉴于马普本人就是一名巡回法官，他对于当时司法界黑幕的揭露肯定是有事实根据的。在书中另一处，马普说那些与人类同居共处的驯养动物和家禽，如马、鸡、鸽子等也都染上了人类的恶习。马普像17世纪法国那些写格言（maximes）的道德哲学家（moralistes）②那样，也认为人性是恶的。

《宫廷琐话》共分五卷，马普称之为五个“分类”（Distin-ctions），每一卷都有一篇导言。马普一开始就把宫廷比作地狱，然后讲关于它的愚蠢和罪恶的故事。这就是第一卷或第一分类的主要内容。第二卷包括威尔士人的逸事，还包括马普所

---

① *Matthew*, xxii, 21: “Render therefore unto Cesar the things which are Cesar’s; and unto God the things that are God’s”.

② 例如La Rochefoucauld, La Fontaine等。

收集到的许多童话和神话故事。第三卷包括一系列富于传奇性的故事。第四卷包括著名的“瓦莱如斯劝阻鲁弗奴斯娶妻的信件”（“Dissuasio Valerii ad Ruffinum ne uxorem ducat”）。第五卷叙述从英王威廉·鲁弗斯（William Rufus，1087—1100）到亨利二世（Henry Ⅱ，1154—1189）的英国宫廷史。

马普很喜欢讲神奇故事，他书中有一章标题是“论奇异的幻象”（“De aparicionibus fantasticis”）。在谈论其中的一个幻象时，马普说：“我不知道它的原因，但我确知这是真的。”

马普是威尔士人，但他对他的同乡并不恭维。他回忆有一次和托马斯·贝克特谈话。贝克特问他威尔士人是否可以信赖。马普给贝克特讲了一个故事，说查理曼大帝的儿子路易国王坐在树林里一块石头上。过来一个兵士，腰间佩着一柄军刀。路易对他的军刀很感兴趣，就请借来看看。兵士并不认得他是国王，就把刀借给他看。在站着看刀的时候，路易忘了他在微服视察，不自觉地向那个兵士说：“给我搬块石头来坐！”兵士看他手里拿着刀，不敢违抗命令，就把石头搬了过来。当路易把刀还给了兵士，兵士不客气地命令国王把石头搬回原处，国王不得不遵命照办。马普向贝克特说：“这就是威尔士人所讲的信用。当你执刀在手时，他们跪下叩头，一旦他们手里有了刀，他们就要为所欲为。”

《瓦莱如斯的劝阻》是用书信体写的。马普说他有一位名叫约翰的学哲学的青年朋友，忽然变得孤僻、沉默、烦躁起来，原因是他爱上了一个女人，打算向他求婚。为了拯救他的朋友，使他避免堕入即将来临的这场灾难，马普写了这封信，劝阻约翰不要结婚，马普自己化名为瓦莱如斯，并把约翰改称鲁弗奴斯。M. R. 詹姆斯认为这封信是马普青年时代的作品，因为青年作家往往喜爱这样运用修辞手段来做文字游戏。M. 马尼修斯（Manitius）却认为马普后来曾把这封信重新写过①，因此辛顿把这封信的创作年代定为1181年②。这封信在它被收入《宫廷琐话》以前似乎就已被人们广泛传阅过。现在还存在着好几个无名氏的手抄本。过去人们以为这封信出自圣杰罗姆（St. Jerome）③的手笔。关于这封信是否真是马普的作品，我们对此并不怀疑，因为马普在“瓦莱如斯的劝阻”的下面一章里写道：“我们知道许多人都喜欢这封信：大家争先恐后地把它弄到手，仔细地抄写，津津有味地阅读。可是有些人却未

① M.Manitius, *Ceschichte der lateinischen Literatur des Mittelalters*（1931）, Vol.Ⅲ.

② James Hinto, “Notes on Walter Map’s *De Nugis Curialium*, ” *Studies in Philology*, 20（1923）.

③ St.Jerome（c.342—420）是圣经的拉丁文翻译者，他译的圣经通常称为Vulgate（<vulgata editio=popular edition），意为“（圣经的）大众版”。

免行为卑鄙，硬说作者不是我。他们妒忌成性，强把它抢去，剥夺了我的荣誉和权利。”值得一提的是：乔叟在《坎特伯雷故事集》中《巴思妇女的故事》的《开场白》（*Prologue to the Wife of Bath's Tale*，671—672行）中说巴思妇女的第五个丈夫对这封信很熟悉，他每读它时必大笑不止①。

《宫廷琐话》第五卷属于历史类型，记录了有关戈德温伯爵（Earl Godwin，卒于1053年，又名Earl of Wessex，韦塞克斯伯爵）、卡纽特（Cnut，1016—1035，丹麦裔英国国王）、亨利一世（Henry I，1100—1135，英国国王）、法国国王路易六世（Louis VI，1108—1137，曾在诺曼第与英军长期敌对）、威廉·鲁弗斯、亨利二世等人的逸事。马普表现出他对逸事比对不加渲染的历史事实更感兴趣。他喜欢离题，沉溺于个人回忆和思考之中。过去的人物对于他都是有血有肉的活人，而不仅是历史上的名字。他谈卡纽特时就像他谈贝克特一样亲切。他永远掌握着历史人物的现实感。

在《宫廷琐话》的结尾，如同在书的开始部分那样，马普把宫廷生活描绘成一幅阴暗的图画。宫廷像地狱，“也有几条火河：冥河（Styx），象征仇恨；火之河（Phlegethon），象征愤

① “He cleped it Valerie and Theofraste, / At which book he lough alwey ful faste”.

怒；忘川（Lethe），象征遗忘；哭河（Cocytus），象征悔恨；哀河（Acheron），象征伤感。凯农（Charon）也在那里，他是宫廷的门房，谁不付摆渡钱谁就休想入内，——钱要衔在口中，不是放在手里[①]，因为只有当你答应给他贿赂时，门房才对你十分恭顺，一旦你把贿赂付给了他，他就不听你使唤了”。《宫廷琐话》表面上戏谑、玩笑，实际上却具有严肃的道德目的。

过去人们以为马普除《宫廷琐话》外还用拉丁文散文写过一部骑士传奇，这个拉丁文散文传奇是13世纪法文散文传奇《湖上的兰斯洛特》（*Lancelot du Lac*）的蓝本。可是这个拉丁文传奇并没有流传下来。只是法文传奇《湖上的兰斯洛特》的几个手抄本都说明作者是马普。这部法文传奇共分四个部分：头两个部分有关兰斯洛特，第三部分是《圣杯搜求记》（*Quête du St Graal*），第四部分是《亚瑟王之死》（*Morte Arthur*）。这四部分的不同手稿都明确说明作者是沃尔特·马普。在《特利斯坦》（*Tristran*）[②]的一份手稿

---

① 希腊神话中，凯农是冥河上摇摆渡船的船夫，负责把死者渡往阴间。每一个死者必须付给他一枚小银币（obol），作为摆渡钱。为了准备这枚必需的摆渡钱，古希腊的风俗是在埋葬死者时放一枚小银币在死者口里。

② 特利斯坦是中世纪有关Tristan和Iseult的爱情悲剧故事诗圈（cycle）中的一部法文散文传奇。这部法文传奇的作者可能是艾里·的·保龙（Hélie de Borron）。

中，艾里·的·保龙说马普写的“正是关于湖上兰斯洛特爵士的书”[1]。这同一作家在《梅里阿杜斯》（*Meliadus*）[2]中也把《兰斯洛特》归给马普所有，并附带说明马普“是亨利国王的秘书”[3]。休·的·罗特兰德（Hue de Rotelande，赫勒福德郡居民，写作年代约为1185年）说：“我不是唯一懂得说谎艺术的人，沃尔特·马普也很具备他的一份这方面的才能。”[4]以上这些证据似乎都指出马普和《兰斯洛特》这部散文传奇是有着密切关系的。艾里·的·保龙还说马普应亨利国王的请求，把《兰斯洛特》译成法文。这和《圣杯》散文传奇的情况类似。过去人们认为《圣杯》是从罗伯特·的·保龙（Robert de Boron）所写的拉丁文散文传奇译成法文的，但后来证明它并非翻译作品，而是由罗伯特·的·保龙一首法文短诗《约瑟夫》（*Joseph*，约1200）改编成的。同样，法文《兰斯洛特》散文传奇也是根据马普早年在为亨利二世充当宫廷秘书时所写的一首法文诗改编而成。因此我们的初步结论是：尽管法文散文传奇《兰斯洛特》不一定是马普的作品，但马普很有可能曾

① “le propre livre de M.lancelot du lac.”

② Meliadus是Tristram父亲的名字，他是Lyonesse王国的国王。*Meliadus*是艾里·的·保龙写的另一部法文散文传奇。

③ “qui etoit le clerc le roi henri.”

④ “Sul ne sai pas de mentir lart, Walter Map reset ben sa part.”

经写过一首有关兰斯洛特的法文诗。可惜这首法文诗没有流传下来，但它却是流传下来的法文散文传奇《湖上的兰斯洛特》的蓝本。

十二三世纪欧洲流行着一种由流浪大学生创作、歌唱的讽刺、嘲谑性的拉丁文诗歌，称之为“流浪大学生诗歌”或称“高里亚诗歌”（Goliardic verse）。其中有一大部分，过去人们认为是马普的作品。这些拉丁文诗歌包括一些讽刺教会团体和罗马教会的作品。中世纪流浪大学生被称为“高里亚多”（Goliardus）。这个词的词源是古法语Golias，这是古法语史诗中贪食的巨人的名字。这个名字回溯到圣经里的腓力斯人（Philistine）巨人Goliath的名字。中世纪欧洲流浪学生实际上是一些不遵守教规、行为放荡的教士。他们的代表人物在他们所写的拉丁文讽刺诗中就是冒充主教的高里亚（Bishop Golias）。这个滑稽人物宣读他写的《忏悔录》（*Confessions*）和《启示录》（*Apocalypse*）。过去人们认为《忏悔录》和《启示录》都是马普的作品，但是马普的好友威尔士的吉拉杜斯熟悉《忏悔录》这个作品，并极严厉地批评了它的作者借高里亚之名写此不道德之书，他似乎并不认为他的好友马普是该书的作者。最早说《启示录》出自马普手笔的记载是收藏在巴德礼图书馆中的一部14世纪的手稿。《启示录》不像《忏悔录》那样把高里亚主教描绘成一个戏剧人物。《启示录》仅呈现出有关教会黑暗和腐败的启示式的景象，呈现于一百一十个押韵的四行诗节（quatrains）中，诗律为有重音的扬抑抑格（accentual dactyls），而《忏悔录》的诗律则为有重音的扬抑格（accentual trochaics）。《忏悔录》中包含了著名的饮酒歌《我愿在酒馆中死去》（*Meum est propositum in taberna mori*）。另外还有《高里亚变形记》（*Metamorphosis Goliae*）一诗，约写于1140年。这些高里亚诗歌（流浪大学生诗歌）被托马斯·赖特收集起来，编辑成册，标题是“认为是沃尔特·马普创作的拉丁文诗篇”（*The latin Poems Commonly Attributed To Walter Mapes, Collected And Edited by Thomas Wright*，1841）。这些诗篇肯定不是马普写的，但其中有许多篇却是出自英国人的手笔。虽然《启示录》大约不是英国人写的，但《高里亚变形记》却很可能是。关于有充分证据足以证明确实出自马普手笔的拉丁文诗行，我们只有以下这些：（1）威尔士的吉拉杜斯所保存的十二行马普的和诗，诗律为挽歌体对句（elegiac，即扬抑抑格、六步对句 dactylic hexameter couplet）。吉拉杜斯赠送给马普一根手杖，附以一组拉丁文挽歌体对句。上述的十二行和诗就是马普给吉拉杜斯的回信。这封回信步吉拉杜斯赠诗的原韵（即同一诗律：挽歌体对句）。吉拉杜斯把马普这十二行诗记录下来，保存在他自己的作品内[①]。（2）马普攻击西妥修道会修道士的诗只保存下来一行："朗吉纳斯的长矛[②]、一伙白色禽兽[③]、不敬神的宗教团体[④]"（Lancea Longini，grex albus，ordo ne-fandus）。以上这些确知是出自马普手笔的诗行，都运用六步或五步的严格的古典诗律，而那些被认为是马普所写的高里亚诗篇却运用了有重音的扬抑格和扬抑抑格。诗律所提供的这种内证（internal evidence）对我们考证马普作品的归属还是颇有帮助的。

① Giraldus Cambrensis, *Opera*, I, 363.

② 朗吉纳斯（Longinus）是罗马兵士的名字。当耶稣被钉在十字架上，朗吉纳斯助纣为虐，用长矛刺伤耶稣的身体。

③ 西妥修道会修道士穿的道袍是用未经漂白的白色羊毛制作的。

④ 西妥修道会修道士热衷于从事种植、酿酒等农业劳动，忽视神职。

乔　叟①

杰弗里·乔叟（Geoffrey Chaucer，约1343—1400），英国诗人，出生于伦敦一家富裕的中产阶级家庭，父亲是酒商兼皮革商。乔叟可能上过牛津大学或剑桥大学。1357年进入宫廷，任英王爱德华三世的儿媳阿尔斯特伯爵夫人身边的少年侍从。1359年，随爱德华三世出征法国，被法军俘虏，后被爱德华赎回。1366年，乔叟和菲莉帕结婚。菲莉帕的妹妹后来嫁给爱德华的次子兰开斯特公爵，乔叟因而受到兰开斯特公爵的保护。同时，乔叟也是爱德华三世的侍从骑士。1369年，兰开斯特公爵约翰·贡特的原配夫人布朗希逝世，乔叟写了追悼诗《公爵夫人之书》（1369—1370）来安慰他的保护人。1370—1378年之间，乔叟经常出国访问欧洲大陆，执行外交谈判任务。他曾两度访问意

---

① 原载：外国文学Ⅱ//胡乔木. 中国大百科全书. 北京：中国大百科全书出版社，1993：832–835.

大利（1372—1373；1378），这对他的文学创作起了极为重要的作用。他发现了但丁、薄伽丘和彼特拉克的作品，这些作品深刻地影响了他的创作，使他从接受法国文学传统转向接受意大利文学传统。从1374年开始，乔叟担任了一些公职。他先被任命为伦敦港口羊毛、皮革关税总管（1374—1386），后来被英王理查二世任命为皇室修建大臣（1389—1391），主管维修公共建筑、公园、桥梁等工程。乔叟还担任过肯特郡的治安官（1386），并当选为代表肯特郡的国会议员（1386）。后来乔叟还担任过管理萨默塞特郡皇家森林的森林官（1391）。乔叟于1400年10月25日在伦敦逝世，葬于威斯敏斯特教堂里的“诗人之角”。

乔叟把属于中古英语的东中部方言——伦敦方言——提高成为英国的文学语言。他又善于继承和吸收法国诗人和意大利诗人的诗歌技巧，并且运用这些技巧来丰富和提高英诗的表达能力。乔叟最早的作品之一是他翻译的法文诗《玫瑰传奇》（1370）。这个英译本的前1700行诗一般公认为出自乔叟的手笔。这个作品和上面提到的《公爵夫人之书》都是用八音节双韵诗体写成的，都显示出法国爱情诗的影响。后来，乔叟写了《声誉之宫》（1379或1380），也是用八音节双韵诗体写成，但是这个作品却显示出意大利诗人但丁的《神曲》的影响。因此可以把《声誉之宫》看成是乔叟从接受法国文学传统转变到接受意大利文学传统的过渡时期的作品。不久后，乔叟翻译了罗马哲学家博埃齐乌斯的著作《哲学的安慰》（约524），易名为《博埃齐乌斯》（1381或1382），是英文散文译本。约在同一时期，乔叟还写了《百鸟会议》（1382），是用“君王诗体”写成的。这种诗体采用七行诗段的形式，每行为十个音节，韵脚为ababbcc。乔叟是第一个使用这种诗体的英国诗人，但“君王诗体”的名称却来自苏格兰国王詹姆斯一世，他曾用这个诗体写出苏格兰方言爱情诗《国王的书》。实际上这个作品受了乔叟的影响。在写成《百鸟会议》数年以后，乔叟写了《派拉蒙和阿色提》，后来改编成为《骑士讲的故事》。在《贤女故事》（1386）里，乔叟第一次使用十音节双韵诗体。这个诗体非常重要，因为乔叟的杰作《坎特伯雷故事集》（1387—1400）就是用这个诗体写成的。这个诗体后来演变成为“英雄双韵体”，在新古典主义时期垄断了英国诗坛。除上述作品外，乔叟还写了爱情故事长诗《特罗勒斯和克莱西德》（1385）。这部作品是用“君王诗体”写成的。以上的作品都属于乔叟创作的意大利时期。在这个时期内，乔叟在意大利文学的影响下，进一步发展了法国文学的骑士爱情诗歌的传统，把现实主义因素逐渐加入到这个诗歌传统里来。这主要表现在乔叟的最早的杰作《特罗勒斯和克莱西德》一诗里。

这部作品取材于薄伽丘的爱情故事诗《菲洛斯特拉托》。乔叟扩展、发挥、改动了薄伽丘的作品，把他自己的现实生活经验放进这个古老的爱情故事里面，以至于有些批评家把乔叟的《特罗勒斯和克莱西德》看成是最早的一部现实主义小说。

1387年开始了乔叟创作的成熟期。他写了《坎特伯雷故事集》的总序。他一生的最后十几年大约都用在写这个故事集上面，但并未完成。尽管如此，乔叟的《坎特伯雷故事集》在西方中世纪和文艺复兴时期的故事集当中却是独一无二的，因为乔叟的故事集不仅是一个故事集，而且是一个艺术整体。我们可以把它看作乔叟的现实主义艺术的结晶。《坎特伯雷故事集》的内容如下：一群香客聚集在伦敦泰晤士河南岸一家小旅店里，他们准备到离伦敦七十英里外的坎特伯雷城去朝拜殉教圣人托马斯·阿·贝克特的圣祠。作者在总序里对每一位香客都做了生动、细致的描写。连诗人（乔叟）在内，香客们一共是三十一位。他们代表中世纪英国社会的各阶层。骑士和他的儿子见习骑士代表贵族阶级和骑士精神。伴随他们的是他们的仆人——一名自耕农。接着是一群教会人物，为首的是一位女修道院院长，侍候她的人有一名修女和三名教士。其他的教会人物有一名僧人和一名托钵僧。其他社会阶层的代表有一位商人、一位牛津大学学生（在14世纪，大学生也属于僧侣阶层，毕业后要担任神职）、律师、自由农民——一位殷实的中等地主。还有一群城市中间阶层人物，如一名衣帽商，一名木匠，一名纺织匠，一名染坊工人，一名制挂毯的工人，以及一名厨师，一名船员或水手，一位医生。另外，还有巴斯城的妇女——“新女性”的代表，她经营布匹，生意很兴隆。乡村牧师——僧侣阶层中社会地位最低下的成员——在乔叟笔下他却是十分高贵的人物。农夫——他是乡村牧师的弟兄——是一个穷苦的农民。还有磨坊主、粮食采购员、田产经纪人、教会法庭的差人、教会经售赎罪券者。香客中以后两种人在社会中最受歧视。最后还有诗人乔叟自己。晚饭后，店主人哈里·贝利建议香客们在去坎特伯雷城的来回路上各讲两个故事。他自告奋勇做向导，并担任裁判，看谁的故事讲得最好，可以白吃一餐好饭。总序到此结束。《坎特伯雷故事集》的其余部分包括故事本身和衔接段落。乔叟没有完成他的预定计划，故事集只有二十三个故事，其中有两个（厨师和见习骑士各自讲的故事）没有讲完。还有七处缺衔接段落。大多数的故事，和总序一样，都是用双韵诗体写成的，只有两个故事是用散文写的（一个是诗人乔叟自己讲的《梅里白的故事》；另一个是乡村牧师讲的故事）。还有四个故事（律师、女修道院院长、牛津大学学生，以及第二个修女各自讲的故事）是用七行诗段（称为“君王诗体”）写的。另外，僧人讲的故事是用八行诗段写的。这些故事可以分成四组：

（1）传奇（包括爱情、魔术、骑士探险等故事）：如骑士、巴斯城的妇女、见习骑士和自由农民各自讲的故事。

（2）虔诚和道德教育故事：如律师、牛津大学学生、第二个修女、卖赎罪券者、女修道院院长、乔叟自己（《梅里白的故事》）、医生和乡村牧师讲的故事。

（3）喜剧或滑稽故事：如磨坊主、田产经纪人、厨师、托钵僧、教会法庭差人、商人、教士的仆人、船员讲的故事。

（4）动物寓言：如修女的教士和粮食采购员各自讲的故事。

不属于上列四类的还有僧人讲的关于大人物下台的“悲剧”故事，以及乔叟讲的嘲讽传奇《托波斯爵士》。僧人和乔叟讲的故事过于冗长、乏味，被其他香客打断。

从以上的分类可以看出乔叟的高超的写作才能。他熟悉中世纪欧洲文学所有的类型，能够自如地运用每一种文学类型的技巧来写出优秀的作品。下列的故事一般公认为是《坎特伯雷故事集》里最好的：

（1）骑士讲的故事——关于派拉蒙和阿色提爱上艾米里亚的爱情悲剧故事。

（2）卖赎罪券者讲的故事——关于死神降临贪财者身上的劝世寓言故事。

（3）修女的教士讲的故事——关于狡猾的狐狸和虚荣的公鸡的动物寓言故事。这是乔叟的杰作，他把一个陈旧的寓言故事转化成一出现实主义的喜剧，内容丰富多彩，语言生动活泼，雅俗共赏。

（4）商人讲的故事——关于“一月”和“五月”的故事（即关于老夫少妻的家庭纠纷的故事）。

（5）自由农民讲的故事——关于忠诚爱情和慷慨行为的故事。

事实上，《坎特伯雷故事集》里的每一个故事都有它的独到之处，读者可以各取所需。除了这些有趣的、深刻的故事外，故事之间的衔接段落也值得赞扬。在这些段落里，乔叟显示出他的戏剧才能，人物性格写得鲜明、突出，对话滑稽、有趣，尤其是巴斯城妇女讲的故事的序言和卖赎罪券者讲的故事的序言，写得最为精彩。

乔叟虽然是个宫廷诗人，他的生活经验却是多方面的。他熟悉14世纪英国社会各阶层的人物，也了解当时的欧洲社会。他熟悉法语和意大利语，但坚持用英语创作。他对英国社会不同阶层人物的语言，都能运用自如。他所选的题材面很广，对不同的题材采取不同的处理方法，他的写作技巧和手法也是各式各样的。由于他的视野广阔，观察深刻，他写的14世纪英国社会的人物具有超国界的特点，也就是说，乔叟善于写人的普遍、共同的特点，因此他的作品能够在世界范围内长期吸引读者。乔叟热爱生活，热爱人。他虽然也善于嘲笑和讽刺人们的缺点和错误，但他的总的人生态度是同情和宽容。乔叟是一位严肃的诗人，一方面给读者提供极大的乐趣，另一方面也对读者进行教育，希望读者成为更理智、更善良的人。但乔叟不愿直接对读者进行说教，总是寓教于乐。在关于忠诚爱情和慷慨行为的故事（自由农民讲的故事）里有这样一句话："真诚是人所能够保持的最高尚的东西。"这是乔叟的道德准则，也是他的艺术标准。乔叟忠于真理，忠于现实，忠于自然（包括人性），忠于艺术。乔叟的艺术是现实主义的艺术，他开创了英国文学的现实主义传统。莎士比亚和狄更斯在不同程度上都是乔叟的继承人和弟子。在中国，乔叟的杰作《坎特伯雷故事集》有方重先生的散文译本。

乔叟诗中的形容词[①]

引 言

美国批评家楼衣勒在乔叟诗中发现“一种使人感到舒适、清爽的春天的性质”，以及“一种纯粹是春季的气息”[②]。这种春天和青春的气氛的产生，部分由于乔叟对于生活抱有一种新鲜而敏锐的喜爱，部分也由于他的美感使他从艺术角度选择、安排一些字和句型，从而能够圆满地表达出他对生活的喜

① 原载: 西方语言编辑部. 西方语文. 1957, 2–3（143–153, 254–263）. 时代出版社, 1957–.

② “a vernal property that soothes and refreshes”，“a breath of uncontaminate springtide”. 楼衣勒，《我书斋的窗户》，波斯顿，1871，第227–228页。［J. R. Lowell, *My Study Windows*, Boston, 1871.］

悦。从他的自白[1]，我们知道乔叟最喜爱的还是书，但是晴朗的春天早晨却能吸引他暂时离开他的书本，而到草地上和树林里去漫步。他说：

真的，只有当5月来临，
当我听到鸟叫，
当我看见花儿开始生长，
再见吧，我的书本和我的作业[2]。

乔叟所喜爱的大自然的美只限于春日的景色。他在《公爵夫人之书》里所梦见的就是一幅5月清晨的图画；《特罗勒斯和克莱西德》故事的主要情节就发生在4月和5月；《坎特伯雷故事集》的“总序”即从4月中旬开始。12世纪末叶法国南部和意大利北部的一些抒情诗人（Troubadours）在他们的诗里都喜欢描写5月清晨的风景。乔叟接受了这个诗歌传统，并且常常运用它，因此我们并不希望在乔叟对于自然的描写中找到许

① 《贤女故事》的“序诗”，F文本，第30行；《声誉之宫》，第652–660行。本文所引证或涉及之乔叟诗行皆根据罗宾逊所编《乔叟诗集》，英国剑桥，1933。［F. N. Robinson, ed., *The Poetical Works of Chaucer*, Cambridge, Mass., 1933.］

② 《贤女故事》的“序诗”，F文本，第36–39行。

多独创的东西。可是，事实并不如此。乔叟对于春天的美出自真心喜爱，并不是“人云亦云”。他像一个天真的孩子那样强烈地喜欢5月的早晨、鸟儿的歌唱、树林、花草和在新生的绿草上发亮的露珠。乔叟的诗里就表现了自然界这些美丽的东西。乔叟表现自然界的美主要通过描写的手段，而乔叟对于自然美的描写，在很大程度上，依靠他对于形容词的巧妙地运用，尤其是对于感官形容词的运用①。

另一方面，乔叟不仅喜爱自然，而且更热爱人。在自然界中他爱的是清新、明朗的5月的早晨，在人的世界里他最爱的是青年人和他们的爱情的经历。乔叟不仅擅长描写女性的美，而且善于运用颜色和其他感觉来解释青年人的感情。为了达到这两个目的，乔叟必须很好地选择和安排他的形容词。

在这篇文章里我打算先考察一下乔叟如何运用一些颜色形容词来描写大自然、动物、人、感情、衣服等，然后再考察其他一些形容词，如光明和黑暗的形容词，感觉形容词，以及一些难以分类，但极为生动的形容词。最后我将探讨一个句法方面的问题，就是乔叟诗中形容词和被它形容的名词相互之间的位置这个问题。我引证的例子主要是从下列几个作品中取来

---

① 所谓感官形容词，系指描写颜色、光线、声音、气味等的形容词。

的：《公爵夫人之书》《玫瑰传奇》的A断篇，《阿乃丽达和阿尔赛特》《特罗勒斯和克莱西德》第三章，但是也有一些例子是从乔叟其他诗篇里取来的。

颜色形容词

在乔叟对于大自然的描写中我们可以看出他对于颜色很爱好，而且对于颜色的效果是很敏感的。古英语诗歌中的颜色感是很不强的①。拿《贝奥武夫》来做例子。在这部作品里，海占一个很重要的地位，可是海的颜色却很少提起。唯一用来形容海的颜色的字是fealu（黄色）②，可是这个字也用来形容马的颜色和碎石或沙子铺的道路的颜色③。另一个唯一常用的颜色形容词是grǣg（灰色），主要用来形容铠甲的颜色④。同样，在大多数中古英语诗中颜色感也不发达。考察兰德（Langland）的诗的结果将会

---

① 穆尔曼，《英国诗歌里对于大自然的解释》，斯特拉斯堡，1905，第13–14页。[F.W.Moorman, *The Interpretation of Nature in English Poetry from Beowulf to Shakespeare, in Quellen und Forschungen* 95, Stassburg, 1905.]

② 相当于现代英语fallow这个形容词.见克来伯编辑的《贝奥武夫》，第三版，1941 [Fr.Klaeber, ed., Beowulf]，第1950行："ofer fealone flod."

③ 《贝奥武夫》，第865行："fealwe mēaras."第916行："fealwe stærte."

④ 同上书，第334行："grǣge syrcan."

发现“他的形容字很少，很通俗，而且常常是不明确的”[1]。但是乔叟诗中的情况就不是这样，几乎他所有对于大自然的描写都具有鲜明的色彩。当他提到各种花的时候，他的兴趣在于描写它们的颜色，而不在于识别它们是些什么花。《百鸟会议》中有一段描写很可以证明乔叟对于颜色的喜悦：

A gardyn saw I ful of blosmy bowes
Upon a ryver，in a grene mede，
There as swetnesse everemore inow is，
With floures white，blewe，yelwe，and rede，
And colde welle-stremes，nothyng dede，
That swymmen ful of smale fishes lighte，
With fynnes rede and skales sylver bryghte.
（183–189）

（我看见一座长满开花树枝的花园
在一条河上，在一片绿草地当中，

① 普拉特，《英国浪漫诗人诗中对颜色的运用》，芝加哥，1898，第3页。［Alice E. Pratt, *The Use of Color in the Verse of the English Romantic Poets*, Univ.of Chicago Dissertation, Chicago, 1898.］

那里永远有足够的芳香，
有白、蓝、黄、红这些颜色的花朵，
还有清凉的喷泉泉水，流得一点也不慢，
里面充满了发亮的小鱼，
它们有红色的鳍和银光闪闪的鳞。）

在这里乔叟只说有白、蓝、黄和红色的花朵，而不告诉读者它们都是些什么花；在泉水里的游鱼长着红鳍和银鳞，可是我们并不知道它们是些什么鱼。

让我们先看看《玫瑰传奇》A断篇中的几行诗，从而看出在描写花儿的时候乔叟用了哪些颜色形容词：

And than bycometh the ground so proud
That it wole have a newe shroud,
And makith so queynt his robe and faire
That it hath hewes an hundred payre
Of gras and flouris，ynde，and pers，
And many hewes ful dyvers.
（63–68）

（于是大地变得这样好强，
它要穿上一件新装，
它把它的袍子做得这样漂亮美丽，
使它有几百种颜色的
草和花，这些花的颜色是印度蓝和波斯蓝，
还有许多五花八门的色彩。）

乔叟用的这两个颜色形容词“印度蓝和波斯蓝”（ynde, and pers）是从法文原文译过来的，原文是“de flors indes et perses”。因此，从这个例子来说，乔叟在选择他的形容词的时候并没有表现出他的独创性。乔叟保留了法文原文这两个颜色形容词可能是因为这两个字有一种异国情调，有一种浪漫主义的风味，而他自己曾在国外游历过，因此可能喜欢这类富于异国色彩的字眼。此外，“印度蓝”也是一种染料，“波斯蓝”又是一种有色布料的名称，因此它们也可能合乎乔叟注重实用和商业的口味。可是对于现代读者来说，这两个颜色形容词似乎不太自然，原因是它们所代表的商品的经济价值已没有在乔叟时代的欧洲那样大了，它们在我们的生活中已不是绝对必需的东西了。

让我们从《玫瑰传奇》A断篇中再举一个例子：

There sprang the vyolet al newe,
And fressh pervynke, riche of hewe,
And floures yelowe, white, and rede;
Such plente grew there never in mede.
(1431–1434)

(那里紫罗兰长得新鲜，
新生的长春花颜色鲜艳，
还有黄、白、红各色的花儿点缀其间；
这样茂盛地生长在草地上实不多见。)

在这里乔叟用他的本国字“红色”(rede)来译法文原文的“vermeilles”。普拉特女士曾指出：虽然乔叟用了许多罗曼斯语字源的颜色形容词，可是他着重用的还是那些简单的本国字。[①]她又说：“虽然在《玫瑰传奇》中常常出现‘verdure’‘vermeille’和‘blanche’这些字，但是乔叟翻译这些字的时候总是用简单的词汇：‘绿色’(green)，‘红色’(red或ruddy)和‘白色’(white)，在这里，以及在其

① 普拉特，《英国浪漫诗人诗中对颜色的运用》，第4页。

他的地方他从来也不用'verdant'或'vermeil'。"[1]乔叟在翻译上面所引《玫瑰传奇》同一行时，还有另外一点与原文有出入的地方：原文只有"blanches et，vermeilles"，而乔叟却把三个颜色形容词聚集在一起："yelowe，white，and rede"，这样就使得他的图画具有更加丰富的颜色效果了。

在《骑士讲的故事》中，乔叟描写5月的清晨一个美丽的少女在那里采花，这幅图画非常清新宜人：

Till it fil ones，in a morwe of May，
That Emelye，that fairer was to sene，
Than is the lylie upon his stalke grene，
And fressher than the May with floures newe—
For with the rose colour stroof hire hewe，
I noot which was the fyner of hem two—

And in the gardyn，at the sonne upriste，

① 普拉特，《英国浪漫诗人诗中对颜色的运用》，第5页。亨利·布来德雷在"剑桥英国文学史"中论乔叟以前的英语那一章中也认为乔叟诗中所用的法语字源的词汇远少于一般人所想象的那样。[Henry Bradley，"*Changes in the Language to the Days of Chaucer*"，in *The Cambridge History of English Literature*，vol. Ⅰ，p.446.]

She walketh up and doun，and as hire liste
She gadereth floures，party white and rede，
To make a subtil gerland for hire hede.
（1034–1039；1051–1054）

（直到有一次，在一个5月的早晨，
艾梅利，她看起来比
绿梗上的水仙还要美丽，
她比开了鲜花的5月还要鲜艳——
她的颜色和玫瑰色竞赛，
我说不上它们两个哪个更好看些——

在花园里，当太阳刚刚出来的时候，
她走来走去，随心所欲地
采摘花朵，白的间杂着红的，
好给她自己做一顶精致的花冠。）

在这段描写中乔叟把艾梅利比作绿梗上的白水仙花，把她的颜色比作玫瑰的色泽。在这里乔叟点出水仙花的花名（lylie），因此他就省去了“白色”这个颜色的形容词，而他又把“玫

瑰”（rose）这个字用作形容词，这就使得他所描绘的这幅图画更加生动和鲜艳了。他又把罗曼斯语字源的形容词“杂色的”（party）拿来和本国的颜色形容词“白的和红的”（white and rede）并列，这就加深了颜色的效果，而且使它变得多样化了。

乔叟最喜欢的颜色似乎是绿色——这是树木、花卉和草地的颜色。乔叟诗中所具有那种春天的清新感觉可能和绿色在他的诗中经常出现有些关系：

> For al the woode was waxen grene,
> Swetnesse of dew had mad hyt waxe.
> （《公爵夫人之书》，414–415）
>
> （整个树林都变绿了；
> 露水的滋润使它生长。）

艾梅利第一次被那两个青年骑士看见就是在一座花园里，那里长“满了绿色的树枝”（ful of braunches grene）[①]。在《玫瑰传奇》的花园里：

① 《骑士讲的故事》，第1067行。

Through moisture of the welle wete
Sprong up the sote grene gras.
（A，1424–1425）

（由于泉水的湿润
长出了新鲜的绿草。）

在同一个花园里，水边的草地是“软茸茸的，清新的，绿油油的”（softe，swote and grene）[①]。普拉特女士告诉我们说在高沃尔（Cower）所喜用的颜色中绿色也是最常出现的；她说这可能是部分由于受到《玫瑰传奇》中所描写的绿色风景的影响[②]。因此，乔叟对于春季新绿的喜爱也可能是部分由于当时的诗歌传统，但是我们觉得乔叟的喜悦是一种不可抗拒的、衷心的喜悦，不是因袭传统的诗人们所能感受的。

乔叟用四个颜色形容词来描写海：“蓝”“绿”“黑”和“阴暗的”（wan）。头两个形容词用来形容海的温和的面貌；后两个词形容大海的可怕。在《古代》（*The Former Age*）一诗中，乔叟提到“绿色和蓝色的海浪”（the wawes grene and

① 《玫瑰传奇》，A断篇，第128行。

② 普拉特，《英国浪漫诗人诗中对颜色的运用》，第4页。

blewe）[①]；在《骑士讲的故事》里他也曾谈到“像玻璃一样明亮的绿色的海浪”（wawes grene，and brighte as any glas）[②]。这两个例子并没有表明乔叟对海有真正的喜悦或爱好，但它们却证明了乔叟对于颜色的强烈的喜悦。另外，在《特罗勒斯和克莱西德》第二章的开始，乔叟写道：

Owt of thise blake wawes for to saylle,
O wynd，o wynd，the weder gynneth clere;

This see cleps I the tempestous matere
Of disespeir that Troilus was inne.
（1-2；5-6）

（天气开始晴朗起来，风儿呀，
把我们的帆船从这些黑浪里推出来吧；

特罗勒斯的失望

① 《古代》，第21行。

② 《骑士讲的故事》，第1958行。

像暴风雨那样——这就是我所说的黑海。）

在这里乔叟把特罗勒斯内心的失望比作狂风暴雨中的怒海。此外，在《骑士讲的故事》中乔叟所谈到的“如此阴暗的海”（the see so wan）[①]又是和淹死的痛苦相联系的。最后举的这两个例子可以说明乔叟如何运用颜色的象征意义来传达人物的心理状态和感官上的印象。

乔叟对于高山没有好感。他把山称为“这些狰狞的、恶魔般的黑石头”（thise grisly feendly rokkes blake）[②]。“黑色”（blake）这个颜色形容词在这行诗中的地位（它在诗行的末尾）使它变得非常有分量，因而能够更生动地描绘出阻隔夫妻的高山所具有的可怕、可憎的样子。

乔叟对于崇山峻岭，迅雷骤电，对于自然界中崇高的美和粗犷的景色并不感兴趣；相反地，他所喜爱的是色彩鲜明和充满阳光的明亮的图画。法国文学批评家勒古威从古法语诗歌中举出不少例子[③]来说明对于光明和颜色的热爱是法国民族的特

---

① 《骑士讲的故事》，第2456行。

② 《自由农民讲的故事》（*The Franklin's Tale*），第868行。

③ 勒古威，《法国诗歌的辩护》，伦敦，1912，第45–52页。［E.Legouis, *Défense de la poésie française*, 1912.］

性，也是法国诗歌的特点之一。他又说乔叟的思想和感情都纯粹是法国式的[①]。勒古威对乔叟所下的这样的评语明显的是片面的，他忽视了乔叟诗歌的强烈的民族特性。但是由于当时法国诗歌的影响，乔叟的诗歌因而也染上了前者的一些特色。对于光明和颜色的描写和喜悦就是这些特色之一。例如，乔叟喜爱黑夜过去后黎明的来临。他的诗歌中一些最美丽的诗行就描写了春天的拂晓。下面是《骑士讲的故事》中的几行：

The bisy larke，messager of day，
Salueth in hir song the morwe gray，
And firy Phebus riseth up so bright
That al the orient laugheth of the light，
And with his stremes dryeth in the greves
The silver dropes hangynge on the leves.
（1491–1496）

（那勤快的云雀，白昼的使者，
用她的歌声来迎接鱼肚色的黎明，

① 勒古威，《英国文学史》（英译本），第137–138页。

那火红的日神升起来如此明亮
使得整个东方都为此光明而破颜欢笑，
日神也用他的光芒吸干了丛林里
挂在树叶上银色的露水。）

“鱼肚色的黎明”，“火红的”太阳，“树叶上银色的露水”，这些东西构成一幅色彩多么丰富、鲜明的图画！在《特罗勒斯和克莱西德》里也有一段关于黎明前曙光的优美的描写：

On hevene yet the sterres werern seene,
Although ful pale ywoxen was the moone;
And whiten gan the orisonte shene
Al estward, as it wont is for to doone;
And Phebus with his rosy carte soone
Gan after that to dresse hym up to fare,
Whan Troilus hath sent after Pandare.
（V，274–280）

（天上的星星还看得见，
虽然月色已苍白暗淡；

整个东方美丽的地平线

已开始发白，如同平常一样；

稍停之后日神穿好衣服，

坐上玫瑰色的马车，准备出发，

这时特罗勒斯就派人去叫潘德勒斯。）

这幅图画的颜色较上面一幅的颜色要柔和一些，微弱一些。在这里我们看到的是一个苍白暗淡的月亮，开始变白的东方地平线，以及“有玫瑰色手指头”[①]的黎明，而不是像上面一幅图画中的火红的太阳。比较这两幅图画，我们将能体会乔叟对于颜色的深浅和强弱有多么敏锐、细致的辨别力。

像法国诗人一样，乔叟也非常喜爱气候温和地方的蔚蓝色无云的天空。乔叟所描绘的一幅最明亮的图画可能是《公爵夫人之书》中的这一幅：

And eke the welken was so fair—

Blew，bryght，clere was the ayr，

And ful attempre for sothe hyt was，

① 荷马的譬喻。

For nother to cold nor hoot yt nas;
Ne in al the welken was no clowde.
（339–343）

（天空也是如此美丽——
大气又蓝又亮又清，
天气真是十分温和；
既不太冷，又不太热，
整个天空没有一片云。）

这幅图画里的天空是又清又亮的蓝色，那几乎是一种透明的，蓝得发白的光线。勒古威说这种“白色的光线”（la lumière blanche）[①]正是北方法国文学的特点。他用北方法国文学的这种特点来和南方法国文学，以及南欧文学的“浓艳的色彩”（le coloris）相对照。我们也可以说乔叟在英国诗歌里也达到了类似这“白色的光线”的特点。乔叟在《公爵夫人之书》里所描写的气候温和地方的蓝色天空就给读者这样爽朗明快的感觉。

① 勒古威，《法国诗歌的辩护》，第46页。

在描写动物时，乔叟也运用了各种颜色。最华丽的一幅动物图画要算《修女的牧师的故事》里关于公鸡香堤克来（Chauntecleer）[①]的描写：

His coomb was redder than the fyn coral,
And batailled as it were a castel wal;
His byle was blak, and as the jeet it shoon;
Lyk asure were his legges and his toon;
His nayles whitter than the lylye flour.
And lyk the bumed gold was his Colour.
（B2，4049–4054）

（他的冠比上好的珊瑚还要红，
好像城堡的墙头那样凸凹不平；
他的嘴是黑的，像墨玉一样发亮；
他的腿和脚趾都像碧琉璃；
他的指甲比水仙花还要白，
他的面色像擦亮的金器。）

① “歌声嘹亮”之意。

在这幅图画里我们看到有“珊瑚红”“墨玉黑”“琉璃蓝”“水仙白”和“纯金黄”这些颜色。乔叟把这些颜色和贵重的矿物、金属，以及其他值钱的东西联系起来，这就加深了这幅图画的富丽堂皇的效果。把鸡冠比作城堡的雉堞，也就使读者联想到被描写的不仅是一只公鸡，而且是一个全身披挂的中世纪的骑士。上面引的这几行诗也可以证明乔叟对于颜色的运用不仅是丰富多样的，而且很能符合人物的身份和个性。

作为善用颜色的画家，乔叟最擅长的还是人物的描绘。我们已经看过他在《骑士讲的故事》中替艾梅利作的画像。她比绿梗上的水仙还要美丽，比长满了新生花朵的5月还要鲜艳。《玫瑰传奇》A断篇里有两幅美女的全身画像：一幅是“娇慵”（Ydelnesse）①，另一幅是“美丽”（Beaute）②。在许多细节上，这两幅画像互相重复。例如，两位女子的头发都是黄色；她们的面孔又白又亮；她们的肉嫩得或者“像花儿的露水”（as dew of flour），或者“像一只小鸡”（as is a chike）；她们的呼吸是香的；她们有樱桃小口，漂亮的鼻子和颈项；而且她们的喉部“也像树枝上的新雪那样白”（also whit of hewe As snowe on braunche snowed newe）。总之，她们完全合乎

① 《玫瑰传奇》，第539–561行。

② 《玫瑰传奇》，第1009–1032行。

一个十全十美的美人的标准。这个标准美女的形象已成为中世纪诗歌中的陈套，它不仅屡次出现于中世纪法国宫廷诗歌中，而且甚至出现在中世纪修辞手册中。在乔叟诗里，这个形象得到最好的表现是在《公爵夫人之书》里关于布朗希（Blanche）[①]的描写。曼来（Manly）曾指出公爵夫人布朗希的画像，“除了有一两处可能是写生的描写以外，只不过是‘新诗学’（Nova Poetria）第563–597行的意译。这几十行诗是高夫雷·德·万梭夫（Gaufred de Vinsauf）描写一个美女的范例”[②]。另外也有人[③]指出布朗希的画像是从马肖（Machaut）的诗《贝安尼国王的审判》（*Jugement dou Roy de Behaingne*）中关于那个不忠实的女子的描写那里模仿来的。无论怎样，我们可以看出乔叟对于女性美的描写并不是完全独创的。

可是，我们最感兴趣的问题还是乔叟如何运用颜色形容词来描写人物的美。谈到布朗希，那年轻的骑士说道：

---

① 公爵夫人之名，意为“白色”。

② 曼来，《乔叟和修辞学家》，英国学会的演讲，1926，第11页。［J.M.Manly, “Chaucer and the Rhetoricians”, *Warton Lecture on English Poetry*, XVII（1926）.］

③ 哈利孙，《〈公爵夫人之书〉中的中世纪修辞学》，见《近代语言学会出版物》，第49期（1934），第442页。［B.S.Harrison, “Medieval Rhetoric in *The Book of the Duchess*”, PMLA, 49（1934）.］

"For every heer on hir hed,
Soth to seyne, hyt was not red,
Ne nouther yelowe, ne brown hyt nas,
Me thoghte most lyk gold hyt was."
(BD, 855–858)

(她头上每一根头发，
说实话，既不是红的，
也不是黄的，又不是棕色的，
我看它最像金色。)

在这里乔叟运用了中世纪的修辞手法"否定法"（contrarium）。这个手法就是通过否定而达到强调的目的。由于运用了这个手法，乔叟就有机会运用比需要更多的颜色形容词。他先把红、黄、棕这些颜色提出来加以否定，就为了使布朗希头发的金色更加突出，更加鲜明。同时他的描写方法也显示出他对颜色的辨别是很细致而敏锐的，因为黄、棕、金都是些相互类似的颜色。

骑士继续描写布朗希，说她"又白，又红，新鲜，而且富于血色”（whit，rody，fressh，and lyvely hewed）[①]，又说她有“很白的手和红色的指甲”（ryght white handes，and nayles rede）[②]。奇怪的是这些普通的颜色形容词，像“红”（red or ruddy）和“白”（white）竟如此富于魅力。“白手、红指甲”有一种玲珑可爱的美。

当必要时，乔叟能够抛弃对于理想美人的陈套的描写方法，他能够牺牲颜色效果，而用黑白素描。比较《特罗勒斯和克莱西德》第一章第169-182行克莱西德的画像和薄伽丘（Boccaccio）的作品《菲洛斯特拉托》（*Filostrato*）第十九节的同一人物的画像，我们不难看出乔叟巨大的独创性和他高超的审美力。薄伽丘说克莱西德穿着孀妇的黑色衣服在特洛伊人当中走动着，但他又说她的美胜过其他特洛伊妇女的美，犹如玫瑰赛过紫罗兰。在别的场合，乔叟一定对于薄伽丘这个譬喻感到十分满意，因为他平常很爱花和各种花的鲜明的色彩。可是在这里他拒绝接受薄伽丘这个大的红花和小的蓝花的譬喻，原因是他看出把穿着黑色丧服的克莱西德比作一朵红玫瑰是不伦不类，是荒谬可笑的。因此他替克莱西德作了另外一幅

① 《公爵夫人之书》，第905行。

② 同上书，第955行。

画像。这幅画像完全是他自己的创造：

> Nas nevere yet seyn thyng to ben preysed derre,
> Nor under cloude blak so bright a starre
> As was Criseyde，as folk seyde everichone
> That hir behelden in hir blake wede.
> （Tr.，I，174–177）

> （从来还没有人受到更多的赞美，
> 在乌云下从来也没有像克莱西德
> 那样明亮的一颗星星，正如人们看见她
> 穿着黑衣都这样说。）

乔叟说克莱西德的美胜过从一片黑云下光芒四射的星星。为了说明穿着黑色丧服的克莱西德的光芒四射的美，乔叟非常恰当地，而又富有创造性地运用了这样一个普通的譬喻[①]。

和女性美的精致的图画相对照的是乔叟对于健壮的男子的

① 巴勒斯台特，《论乔叟对于自然界的描写》，哥廷根大学博士论文，1891，第55—56页。［E.Ballerstedt, *Ueber Chaucers Naturschilderungen*, Göttingen Dissertation, Göttingen, 1891.］

描写。例如，在《坎特伯雷故事集》的“总序”里他给磨坊主人所作的画像：

His berd as any sowe or fox was reed,
And therto brood, as though it were a spade.
Upon the cop right of his nose he hade
A werte, and theron stood a tort of herys,
Reed as the brustles of a sowes erys;
His nosethirles blake were and wyde.
（552–557）

（他的胡子像母猪或狐狸那样红，
而且很宽，像一把铲子。
刚好在他的鼻尖上长了
一个瘊子，那上面还长了一撮毛，
红得像母猪耳朵上的鬃毛；
他的鼻孔又黑又大。）

在这里我们看见一幅图画，上面抹着一块一块的深红和黑色。假若省去了这些颜色形容词，那么磨坊主人的胡子、瘊子和上面的一撮毛，以及他的鼻孔恐怕就不会引起我们这样大的注意和兴趣了。

乔叟不仅观察了人的面部静止的颜色效果，而且也注意到在感情冲动时面部颜色的变化。例如，他常常描写羞怯的感情使面部时而发红，时而变白。在《公爵夫人之书》里，当那个青年骑士第一次向他的爱人倾吐爱情时，由于害怕和羞怯而发抖。他说："我不止一次变得又白又红。"（Ful ofte I wex bothe pale and red.）[①]在《特罗勒斯和克莱西德》里，当潘德勒斯和克莱西德开玩笑时，后者表现出女性的娇羞：

With that she gan hire face to wrye
With the shete，and wax for shame al reed.
（Tr.，Ⅲ，1569–1670）

（说了这话她就用被单
把脸遮住，羞得满脸通红。）

对于处女的娇羞最美的一段描写可以在《百鸟会议》里读到：

① 《公爵夫人之书》，第1215行。

Ryght as the freshe, rede rose newe
Ayeyn the somer sonne coloured is,
Ryght so for shame al wexen gan the hewe
Of this formel, when she herde al this.
(442–445)

(正像新开的鲜艳的红玫瑰
面对着夏天的太阳光那样娇羞,
听了这些话,这位鹰姑娘的面孔
就羞成了这个样子。)

“面对着夏天的太阳光”,一朵“新开的鲜艳的红玫瑰”的娇羞——这是多么美的颜色!多么耀眼的鲜红,而又那样柔嫩、清新!类似的一个颜色形容词出现于《特罗勒斯和克莱西德》里:“玫瑰色的”(rosy hewed)[①],它被用来形容克莱西德的娇羞。在同一首诗中还可以举另一个例子,形容一个在恋爱中的青年,他的面孔由于羞怯紧张时而发红,时而

① 《特罗勒斯和克莱西德》,第二章,第1198行。

变白[①]。

“苍白”（pale），“红”（red）或“玫瑰色”（rosy）被用来形容由于羞怯、恐惧的感情而使人的面色发生变化。同样，“苍白”或“死灰色”（ashen）和“绿”（green）也被用来描写悲伤和相思苦恼的感情。《公爵夫人之书》里的骑士所遭受的悲伤使“他整个面容改变，发绿发白”（al hys hewe chaunge and wexe grene and pale）[②]。《阿乃丽达和阿尔赛特》这个作品描写一个被遗弃的女子的悲哀和痛苦。阿乃丽达啼哭、悲伤、晕倒。乔叟说她“除死灰色外，别无他色”（Other colourthen asshen hath she noon）[③]。他又说：

> With face ded，betwixe pale and grene，
> She fel a-swowe.
> （Anelida，353-354）

> （她的脸死死的，介乎白绿之间，她昏死过去。）

---

① 《特罗勒斯和克莱西德》，第三章，第92-98行。

② 《公爵夫人之书》，第496-498行。

③ 《阿乃丽达和阿尔赛特》，第173行。

在这里，除了“白”和“绿”这两个颜色形容词外，乔叟还用了“死死的”（ded）这个形容词来形容阿乃丽达的脸。这个形容词一方面描写她的面色的苍白（像死人的面色）；另一方面也写出了在极端精神痛苦之中她的面孔变得像死人的一样呆板，无表情。另一个例子是特罗勒斯。他幻想克莱西德为了思念他而憔悴。他在心里这样向她说：

O pitous，pale，andgrene
Shal ben youre fresshe，womanliche face
For langour，er ye torne unto this place.
（Tr.，V，243–245）

（噢，在你回到这里来以前，
你的鲜艳温柔的脸将由于相思
而变得悲哀，苍白，发绿。）

相思之苦和哀伤一样，同样会使一个女子的美丽鲜艳的脸变得发白发绿。“黑色”也被用来描写忧伤的心情：“我的毫无欢乐的、黑色的心。”（Myn herte，bare of blis and blak of hewe.）[1]在这里乔叟赋予“黑色”这个颜色形容词一个新的象

① 《阿乃丽达和阿尔赛特》，第213行。

征意义。

乔叟也很喜欢描写衣服的颜色。我们随便举一些例子就很能够显示出这些颜色的多样性："全身穿着绿色的艾梅利"（And Emelye，clothed al in grene）[①]；"她的袜子是鲜艳的猩红色"（Hir hoses weren of fyn scarlet reed）[②]；"他穿着一件波斯蓝的长外衣"（A long surcote of pets upon he hade）[③]；"那里有一个穿着杂色衣服的商人"（A Marchant was ther...in mottelee）[④]；乔叟许愿给睡神一床鸽绒被，对这床鸽绒被他是这样描写的：

Rayed with gold，and ryght wel cled
In fyn blak satyn doutremer.
（BD，252-253）

（用有金色条纹，上等外洋黑色软缎
制成的被套很好地包盖起来。）

① 《骑士讲的故事》，第1686行。
② 《坎特伯雷故事集》"总序"，第456行。
③ 同上书，第616行。
④ 同上书，第270-271行。

在《阿乃丽达和阿尔赛特》里，乔叟用了一个譬喻说明阿尔赛特喜新厌旧，穿上了他的新情妇佣人们的号衣：

And ryght anon he cladde him in her hewe—
Wot I not，whethir in white，rede，or grene.
（145–146）

（很快地他就穿戴着她家的颜色——
也不知是白，是红，或是绿的。）

罗宾逊在他的注里说乔叟在这里没有提到蓝颜色，因为蓝是忠诚坚贞的颜色。在同一首诗中，阿乃丽达梦见阿尔赛特"穿着天蓝色的衣服"（clad in asure）①，站在她面前，重新向她表示爱情。在这里乔叟又运用颜色的象征意义来加深他的故事叙述的抒情气氛。

由上面的分析我们可以看出颜色形容词在乔叟的描写艺术里占一个很重要的地位。乔叟尤其重视表示颜色的简单、普通的本国字，如同"红"（red），"绿"（green），"白"（white），"蓝"

① 《阿乃丽达和阿尔赛特》，第330行。

（blue），“黄”（yellow）和“黑”（black）。这些字大量出现在他的诗中，而且被用来形容各种各样的东西。例如，“红”（red）这个形容词就用来描写花、小树枝[①]、鱼、动物、女人的脸、她的手指甲、黎明、衣服、羞怯的感情，等等。同样，“绿”（green）这个形容词被用来描写树林、树枝、树叶、草、草地、水仙花的梗、海浪、衣服、忧伤或悲哀的感情，甚至形容“朝三暮四”的性格[②]。由于这些字都是简单、常见的字，它们的经常出现就使得乔叟的描写具有一种直截了当和清新自然的效果。上面已经讲过，乔叟喜欢用表示颜色的简单的本国字。再举一个例子证实这一点：他把薄伽丘的《红色的战神》（*Marte rubicondo*）[③]译为Mars the rede[④]，虽然他很可以用rubicund这个字。

光明和黑暗的形容词

和颜色形容词有密切关系的是一些表示光明和黑暗的形

---

① 《声誉之宫》，Ⅲ，1936：“twigges, falwe, rede.”（黄色，红色的小树枝）。

② 《阿乃丽达和阿尔赛特》，第180行：“His herte was elleswhere, newe and grene.”（“他的新而绿的心在别的地方”——不在阿乃丽达身上。）

③ 《德赛伊特》（Teseide），Ⅰ，3。

④ 《阿乃丽达和阿尔赛特》，第1行；《骑士讲的故事》，第1747行。

容词。在谈到法国语言的明了性（clarté），以及表示这种性质的形容词“明白清楚”（cler或clair）的时候，勒古威称赞乔叟在英语中对于cler这一个形容词的内容丰富的，诗意的运用[①]。通常乔叟多半拿cler（清澈的，明亮的）这个形容词和它的副词来形容声音或光线。无论何时，当这个形容词或它的副词出现时，就好像有一种光明和欢乐的气氛相随而来。在形容光线的时候，这个形容词可以描写太阳[②]、月亮[③]、金星[④]、天空[⑤]、宝石[⑥]、水[⑦]、美人的脸[⑧]和她的眼睛：

That with the stremes of youre eyen cleere,

（Tr.，Ⅲ，129）

（用你明亮的眼睛的光芒，）

① 勒古威，《法国诗歌的辩护》，第48页。

② 《公爵夫人之书》，第821–822行；《玫瑰传奇》，A，第1573–1574行。

③ 《玫瑰传奇》，A，第1010行。

④ 《特罗勒斯》，Ⅲ，第1–2行。

⑤ 《玫瑰传奇》，A，第916–917行。

⑥ 同上书，A，第1084行，第1112–1113行，第1121行。

⑦ 同上书，A，第1555行，第1559行。

⑧ 同上书，A，第1189行，第1262–1263行。

另一个例子是：

This Troilus ful ofte hire eyen two
Gan for to kisse, and seyde, "O eyen clere."
（Tr., Ⅲ, 1352–1353）

（特罗勒斯一遍又一遍地亲她的
两只眼睛，并且说道："噢，明亮的眼睛。"）

用在声音上面，形容词cler和副词clere形容以下的东西：《玫瑰传奇》A断篇中快活夫人（Dame Gladnesse）动听的声音：

Hir vois ful clere was and ful swete,
（751）

（她的声音十分清脆，十分甜美，）

美人鱼的歌声[①]，树枝上小鸟的歌唱[②]，以及修道院副院长的马

① 《玫瑰传奇》, A断篇, 第679–681行。

② 同上书, A, 第87–89行。

缰绳上的小铃：

And whan he rood，men myghte his brydel heere
Gynglen in a whistlynge wynd als cleere
And eek as loude as dooth the chapel belle.
（Gen.Prol.，169–171）

（当他骑在马上的时候，人们能够听到他的马缰绳在呼啸的风里发出丁零丁零的声音，
清脆响亮犹如教堂里的钟声。）

读这几行诗的时候，我们真好像听到了风中银铃清脆悦耳的声音。

比cler甚至于更常用的形容词是bright（明亮的，鲜明的）。这个形容词常和名词lady（女士）用在一起，几乎成为一种公式（cliché）。例如："Now that I see my lady bryght."[①]（因为我看见我美丽的爱人）；"My lady，that is

① 《公爵夫人之书》，第477行。

so fair and bryght"[1]（我的如此美丽娇好的爱人）；"And with his kunnyng wan this lady bryght"[2]（用他的聪明和手段把这个美丽的女子骗到手中）；"Now，lady bryght，for thi benignite"[3]（美丽的夫人，用你的仁慈）；"Hath mad ful many a lady bright of hewe"[4]（曾使许多美貌的女子）；"But natheles，myn owen lady bright"[5]（可是，我亲爱的，美丽的夫人）；"Thow lady bryght，the doughter to Dyone"[6]（你美丽的夫人，迪奥尼的女儿）；"Ladde on his hond a lady bright"[7]（他搀着一位美丽的女子），等等。我们可以注意到bright这个形容词总是放在名词lady的后面；"lady bright"可以用在直接称呼里（例如："myn owen lady bright."），也可以用来泛指一切美丽的女子（例如："many a lady bright of hewe."）。同一个形容词也被用来更具体地形容一个美丽的女子的脸。例如："Ne she was derk ne broun，but bright"[8]（她

① 《公爵夫人之书》，第1180行。

② 《阿乃丽达和阿尔赛特》，Ⅲ，第89行。

③ 《特罗勒斯和克莱西德》，Ⅲ，第39行。

④ 同上书，Ⅲ，第303行。

⑤ 同上书，Ⅲ，第1485行。

⑥ 同上书，Ⅲ，第1807行。

⑦ 《玫瑰的故事》，A，第1004行。

⑧ 同上书，A，第1009行。

既不黑，也不红，而是颜色鲜艳）；“Clere，broun she was，and therto bright of face”[①]（她的面色红中透亮，而且很美）等。这个形容词也被用来形容太阳：“That as the someres sonne bryght”[②]（犹如夏天的光辉的太阳）。“And throgh the glas the sonne shon Upon my bed with bryghte bemes”[③]（穿过玻璃窗太阳用它灿烂的光芒照射到我的床上）等。同样，我们发现这个形容词也被用来描写蔚蓝色的天空：“Blew，bryght，clere was the ayr”[④]（大气又蓝又亮又清）；白昼的眼睛（白昼的光明）：“thi bryghte yën！”[⑤]（你的明亮的眼睛）；火把：“That she was lyk to torche bryght”[⑥]（她像一支明亮的火把）；头盔：“Many a bright helm”[⑦]（许多明亮的头盔）；眼泪：“With that a fewe brighte teris newe Owt of hire eighen fille”[⑧]（说了这些话，几滴新生的晶莹的泪珠从她眼中滚了

---

① 《玫瑰的故事》，A，第1262–1263行。

② 《公爵夫人之书》，第821行。

③ 同上书，第336–337行。

④ 同上书，第340行。

⑤ 《特罗勒斯和克莱西德》，Ⅲ，第1453行。

⑥ 《公爵夫人之书》，第963行。

⑦ 《阿乃丽达和阿尔赛特》，第33行。

⑧ 《特罗勒斯》，Ⅲ，第1051–1052行。

下来）；头发："Crisp was his heer, and eek ful bright"[①]（他的头发鬈曲，而且很光亮）；浪花："That welmeth up with wawis brighte"[②]（井水涌出闪闪发光的浪花）；天使的翅膀："lyk...to angels that ben fethered brighte"[③]（像一些长着透亮羽毛的天使）；宝石："Of stones clere and bright to see"[④]（晶莹璀璨的宝石）；等等。因此我们可以说乔叟诗中所特有的那种明亮欢乐的气氛部分是由于像bright和clear这一类的形容词大量出现的结果。同时乔叟也很少用表示黑暗的形容词。例如，在《公爵夫人之书》里，derk（黑暗的）这个形容词只出现了两次[⑤]（这两次都是用来形容睡神所居住的洞穴），而在同一首诗中bright这个形容词出现七次之多。derk在《阿乃丽达和阿尔赛特》里一次也未出现，而bright在这个作品里出现两次。在《特罗勒斯和克莱西德》第三章里，derk只出现一次[⑥]，而bright却出现了六次。在同一章里我们只发现了

① 《玫瑰传奇》, A, 第824行。
② 同上书, A, 第1561行。
③ 同上书, A, 第742行。
④ 同上书, A, 第1084行。
⑤ 《公爵夫人之书》, 第155行, 第170行。
⑥ 同上书, 第1431行。

另外一个表示黑暗的形容词lightless[①]（无光的），而这个形容词是一个比较中性（neutral）的字眼。在《玫瑰传奇》A断篇中，derk出现两次（一次描写冬天的恶劣天气[②]，另一次描写人脸[③]），而在同一断篇中bright出现多至十六次。

感觉形容词

在乔叟诗中还有另一类形容词，它们表达人的感觉，因此可以称为“感觉形容词”。它们中间应用范围最广的是sweet（甜，美，新鲜，温柔）和fresh（清新，鲜艳）这两个字。像bright这个字一样，sweet也常和名词lady连用，成为一种公式。例如：“swete lady dere！”[④]（温柔亲爱的夫人！）“lady swete”[⑤]（温柔的夫人）；“my lady swete”[⑥]（我的亲爱的爱人）；“his lady swete”[⑦]（他的亲爱的爱人）等。

---

① 《公爵夫人之书》，第550行。

② 同上书，第73行。

③ 同上书，第1009行。

④ 同上书，第108行。

⑤ 同上书，第117行。

⑥ 同上书，第483行，第1225行。

⑦ 《特罗勒斯》，Ⅲ，第1245行。

这个形容词也和名词herte（心）合用，做成一种表示爱情的称呼。例如："goode swete herte"[1]（仁慈的爱人）；"myn herte swete！"[2]（我的亲爱的人！）；"swete herte"[3]（亲爱的人）；"swete herte deere"[4]（温柔的、亲爱的人）；"myn owen swete herte"[5]（我独有的亲爱的人）；"swete herte myn"[6]（我的亲爱的人）；"dere herte swete"[7]（亲爱的、温柔的人）。还有一个间接的用法："Criseyde，his owen herte swete"[8]（克莱西德，他独有的爱人）。作为一个表示爱情的称呼，sweet这个形容词也出现在潘德勒斯对克莱西德的称呼里："nece swete"[9]（亲爱的侄女）；这个字也可以单独用，变成一个名词："swete！"[10]（亲爱的！）这个形容词可以用在一

---

① 《公爵夫人之书》，第206行。

② 同上书，第1233行。

③ 《特罗勒斯》，Ⅲ，第69行，第98行。

④ 同上书，第127行。

⑤ 同上书，第147行。

⑥ 同上书，第1173行。

⑦ 同上书，第1525行。

⑧ 同上书，第1820行。

⑨ 同上书，第1558行。

⑩ 《公爵夫人之书》，第204行，第209行；《阿乃丽达和阿尔赛特》，第246行，第317行；《特罗勒斯》，Ⅲ，第1163行，第1206行，第1343行。

个人的妻子身上："My swete wyf"①（我的爱妻），也可以用在任何一个可爱的女人身上："that swete wif"②（那个可爱的女子），还可以用在被我们所爱的任何一个人身上："that swete wyght"③（那个可爱的人）。在《阿乃丽达和阿尔赛特》里有一个"矛盾修饰法"（oxymoron）的有趣的例子："My swete foo"④（我亲爱的冤家）。这是一个被遗弃的女人对她的不忠实的爱人所用的称呼，它表现出这个女子的又爱又恨的矛盾心情。在《特罗勒斯和克莱西德》里，维纳斯女神被称呼为"Citherea the swete"⑤（温柔的爱神）。所有这些例子都表明sweet这个形容词总是跟爱情的概念或爱情的对象相联系的。甚至于人们在恋爱中的那一段时间也被形容为"这段甜蜜的时刻"（this tyme swete）⑥，或"那个幸福甜蜜的时刻"（the blisful tyme swete）⑦。在恋爱中的那种愉快幸福的感觉也用sweet这个形容词来形容："And now swetnesse semeth more swete"⑧（现在甜

---

① 《公爵夫人之书》，第201行。

② 同上书，第1037行。

③ 同上书，第1176行，第1281行。

④ 同上书，第272行。

⑤ 《公爵夫人之书》，Ⅲ，第1255行。

⑥ 同上书，Ⅲ，第508行。

⑦ 同上书，Ⅲ，第1668行。

⑧ 《特罗勒斯》，Ⅲ，第1219行。

蜜的感受似乎愈加甜蜜了）。恋爱的季节——春季——也被称作“甜蜜的季节”（the swete seson）[①]。这个形容词也形容许多可爱的东西。例如，梦：“so ynly swete a sweven”[②]（如此甜蜜的一个梦）；声音（steven）或歌曲：“so swete entewnes”[③]（如此美妙的曲子）；口才：“facounde”；小鸟的歌声：“Her blisful swete song pitous”[④]（它们快乐、美妙、动人的歌声）；露水：swote dewes；草地：“The medewe softe，swote and grene”[⑤]（软茸茸的、清新的、绿油油的草地）；玫瑰花：the roses swote；红玫瑰花蕾的香味：swote smelle；女子的呼吸：swete breth；大地：“For the erthe was ful softe and swete”[⑥]（因为大地又软又芬芳）；等等。值得注意的是表示爱情或可爱的性质的一些形容词，如dear（亲爱的），blissful（快乐的，幸福的），soft（软），clear（清，亮），green（绿）等，常常用在和形容词sweet非常邻近的地方。上列这些形容词都是乔叟最心爱的一些字眼。

---

① 《玫瑰传奇》, A, 第103行。

② 《公爵夫人之书》, 第276行。

③ 同上书, 第309行。

④ 《玫瑰传奇》, A, 第89行。

⑤ 同上书, 第128行。

⑥ 同上书, 第1423行。

乔叟也同样喜爱形容词fresh。罗宾逊在他注释的乔叟诗集的字汇（glossary）里给fressh这个字两组意义：（一）“新鲜，光明，活泼”（fresh，bright，lively）；（二）“勇敢，大胆”（bold），我们在这里只谈第一组的意义。当作“新鲜，光明，活泼”讲的时候，这个字被用来形容一个美丽的少女：“my lady swete，That was so fair，so fresh，so fre”[①]（我的温柔的妻子，她是如此美丽，如此活泼，如此高贵）；“（she）Was whit，rody，fressh，and lyvely hewed”[②]（她又白，又红，新鲜，而且富于血色）；“fresshe womanliche wif”[③]（美丽温柔的女子）。这个字也用来形容一个美丽的女人的脸：“youre fresshe，wommanliche face”[④]（你的鲜艳温柔的脸）。在《玫瑰传奇》A断篇中，老年（Elde）“从前也曾美过，而且看来也很鲜艳，那是在她妙年的时候”（Was fairsumtyme，and fresh to se，Whan she was in hir rightful age）[⑤]；伪善（Poope-Holy）：“Ne she

① 《公爵夫人之书》，第483-484行。
② 同上书，第905行。
③ 《特罗勒斯》，Ⅲ，第1296行。
④ 同上书，V，第244行。
⑤ 《玫瑰传奇》，A断篇，第404-405行。

was gay，fresh，ne jolyf"[①]（她既不华丽，也不活泼，更不愉快）。维纳斯能够用爱情的力量来改变人的性格："Ye do hem corteys be，fresshe and benigne"[②]（你使他们谦恭，活泼，仁厚）。潘德勒斯和克莱西德"以活泼愉快的心情"（with hertes fresshe and glade）[③]欢度一个夜晚。fresh这个形容词也被用来形容辉煌的胜利行列中的武士："Many a bright helm，...Many a fresh knyght，and many a blysful route"[④]（许多耀眼的头盔，……许多活泼的骑士和许多快乐的人群）。它也被用来形容鸟兽："As fressh as faukoun comen out Of muwe"[⑤]（像从鹰笼里放出来的鹰那样活泼）。乔叟也用这个形容词形容衣服："Largesse hadde on a robe fresh of riche purpur Sarsynesh"[⑥]（慷慨穿着一件华丽的袍子，是用阿拉伯贵重的深红衣料制成的）；形容刺绣"Of orfrays fresh was hir gerland"[⑦]（她的头饰上有华丽的金绣）。它也形容宝石在

① 《玫瑰传奇》，A断篇，第435行。

② 《特罗勒斯》，Ⅲ，第26行。

③ 同上书，Ⅲ，第611行。

④ 《阿乃丽达和阿尔赛特》，第33-34行。

⑤ 《特罗勒斯》，Ⅲ，第1784行。

⑥ 《玫瑰传奇》，A，第1187-1188行。

⑦ 《玫瑰传奇》，A，第869行。

日光下的颜色："Blew，yelow，and red，that fresh and newe is"[①]（鲜艳娇嫩的蓝色、黄色和红色）。它也形容水："The water is evere fresh and newe"[②]（井水永远新鲜澄清）；"In thilke freshe and faire welle"[③]（就在同一个清澈玲珑的井内）。草和新鲜的感觉很自然地联系在一起："Upon the fresshe grass spryngyng"[④]（在新鲜的草上跳跃），花也是如此："And fressh pervynke，riche of hewe"[⑤]（新生的长春花颜色鲜艳），"With many a fressh and sondri flour"[⑥]（由于有许多不同种类的鲜花），"Ryght as the freshe，rede rose newe"[⑦]（正像新开的鲜艳的红玫瑰），花蕾也如此：

But knoppes wille（al）freshe be
Two dayes，atte leest，or thre.
（Rom，A，1683-1684）

① 《玫瑰传奇》, A, 第1578行。
② 同上书, A, 第1560行。
③ 同上书, A, 第1569行。
④ 同上书, A, 第1408行。
⑤ 同上书, A, 第1432行。
⑥ 同上书, A, 第1437行。
⑦ 《百鸟会议》, 第442行。

（可是花苞会保持新鲜

至少两天，甚至三天。）

最后我们记得“总序”里青年见习骑士被描写为“和5月一样新鲜”（as fressh as is the month of May）[①]。根据勒古威的说法，最后所引的这一行诗概括了乔叟诗歌的整个精神。它也最能表现出楼衣勒所说的那种春天的气氛。

此外，从上列许多例子里我们可以看出乔叟习惯于把意义近似或有类似的联想的一些形容词连用或者并用。例如，fair和fresh就经常出现在彼此很邻近的地方：“In thilke freshe and faire welle”；“Was fair sumtyme，and fresh to se”；“That was so fair，so fresh so fre”等。fair和fresh的密切结合也可能部分由于押头韵（alliteration）的缘故。在最后举的一个例子中，fair，fresh和free三个形容词并列在一起，显然是为了押头韵。我们也注意到在向女人说话时，fresh和womanly也常常用在一起：“fresshe womanliche wif”“youre fresshe，wmanliche face”等。fresh也和blissful或glad，或gay，或jolly合用：“Many a fresh knyght，and many a blisful route”“with hertes fresshe and

① “总序”，第92行。

glade" "Ne she was gay, fresh ne jolyf"。最自然、最美丽的结合是fresh和new这两个形容词的连用:"The water is evere fresh and newe" "Blew, yelow, and red, that fresh and newe is" "Ryght as the freshe, rede rose newe"等。在这里我们还可以注意到乔叟把他心爱的形容词经常结合在一起。例如,fair和bright:"My lady, that is so fair and bryght!" "Saw all his face fair and bright";bright和clear:"Blew, bryght, clere was the ayr" "Of stones clere and bright to see";blissful和sweet:"the blisful tyme swete" "Her blisful swete song pitous";clear和sweet:"Hir vois ful clere was and ful swete";bright和new:"With that a fewe brighte teris newe";soft和sweet:"The medewe softe, swote and grene"等。因此,我们可以说乔叟表现出一种很明显的倾向。把他的心爱的形容词联结在一起,这些形容词多半是表示光明和黑暗的形容词、表示感觉的形容词和表示颜色的形容词。好几个颜色形容词连接在一起的最显著的例子是:"With floures white, blewe, yelwe, and rede"[①]。

---

① 《百鸟会议》,第186行。

其他类形容词

乔叟并不把自己限制在上述这些类形容词的范围里。按照不同的需要，为了产生和“春天的气氛”不同或相反的效果，他会选择另外一些极富于表达力的形容词来达到他的目的。这些形容词多半是些干巴粗犷的字。例如，《骑士讲的故事》中对于战神庙的描写就为了引起读者凛然惧怕的感情。乔叟如此写道：

First on the wal was peynted a forest,
In which ther dwelleth neither man ne best,
With knotty，knarry，bareyne，trees olde，
Of stubbes sharpe and hidouse to biholde.
（1975–1978）

（首先在墙上画着一片森林，
在其中人和兽都无法生存，
尽是些多瘤、多节、不结子的老树，
尖尖的树椿看起来真是阴森。）

马瑟尔（Mather）把knotty，knarry，barren，old，sharp和hideous叫作一些“刺耳的和干巴的形容词”（harsh and angular adjectives）[①]。这些字的艺术效果是很成功的，因为它们极其生动地描写了这片森林狞恶的样子。尤其是形容词olde的位置（在诗行之末）大大地加深了全幅图画的凄惨荒凉的气氛。在他给磨坊主人所作的画像里，乔叟也用了一些富于表达力的粗犷的形容词来形容一个粗犷的名词：

He was short-holdred，brood，a thikke knarre.
（Gen.Prol.，549）

（他肩宽，背厚，是一个粗壮多腱的汉子。）

尤其是thikke knarre这个刺耳的、瘦硬的形容词和名词的结合更加生动地描绘出磨坊主人健壮粗鲁的样子。

乔叟对于形容词的巧妙的选择和运用也可以从《特罗勒斯和克莱西德》第三章中关于风雨之夜的描写里看出。这段描写

① 马瑟尔编注，《〈总序〉〈骑士讲的故事〉及其他》，波士顿，1899，导言，第xxxvi页。［F.J.Mather, ed., *The Prologue*, *The Knight's Tale*, *etc.*, Boston, 1899, Introduction, d.xxxvi.］

不仅使我们看到一幅风雨夕的图画，而且也唤起了通常在这样一个夜晚我们心里所感受到的那种轻微的焦急和隐隐的恐怖的情绪。这里是这段描写中的几行：

The bente moone with hire hornes pale,
Saturne, and Jove, in Cancro joyned were,
That swych a reyn from heven gan avale,
That every maner womman that was there
Hadde of that smoky reyn a verray feere.
（Tr., Ⅲ, 624–628）

（弯弯的新月挂着苍白色的角，
土星和木星在蟹座相交，
于是这样的大雨从天上倾泻下来，
以至于在场的每一个女人
对那冒烟的雨都不胜害怕起来。）

用smoky这个形容词来形容倾盆大雨很能够引起读者的幻想和回忆，因此是一个选择得非常巧妙而恰当的字。这段描写继续写到：

And evere mo so sterneliche it ron.
And blew therswith so wondirliche loude,
That wel neigh no man heren other koude.
（Tr.，Ⅲ，677–679）

（雨老是下得那样猛，
风又是刮得那样响，
几乎没有人能听见别人的声音。）

又写到：

The sterne wynd so loude gan to route
That no wight oother noise myghte heere.
（Tr.，Ⅲ，743–744）

（猛烈的风咆哮得这样喧噪，
没有人能听见别的声音。）

在这里乔叟选择运用了日耳曼语字源的形容词sterne和它的副词sterneliche，这两个词使我们联想到人们和自然力艰苦斗争的时代。因此，我们可以说乔叟的某些形容词不仅本身生动传神，而且容易激发读者的思想和感情，使被描写的事物获得更加丰富复杂的内容。

形容词的位置

关于句法方面的问题，我打算只谈一下乔叟诗中形容词的位置，从而看出中古英语的习惯用法和乔叟的高超的艺术手段。凯勒纳写道："从古英语一直到近代，通常形容词总是放在名词的前面，除了以下的情况以外：诗歌里的破例（poetical licences），法语成语的残余等，以及当形容词前面加上副词的时候。"[①]罗伯特·布利吉斯对于形容词和名词相互之间的位置这个问题发表了下面的杰出的议论："在普通谈话中，人们总是按照习惯用法的次序把字句排列起来。假若这个次序和想要表达的意思不很符合，那么人们就用语调（intonation）来改正这个次序。一个作家应该做的第一件事就是把他所写下来的字按照他的思想的次序排列起来，正像他想要让读者也按照这个次序思想一样。假若这种次序碰巧和普通语言的次序不相符

① 凯勒纳，《英语句法历史纲要》，伦敦，1892，第464节，第294页。［L.Kellner, *Historical Outlines of English Syntax*, London, 1892.］

合的时候，按照这种次序而作的字的排列就可以叫作语位的转换（inversion）。最简单的例子就是形容词和被它所形容的名词之间的相互位置。在法语中，形容词通常放在名词后面。在大多数情况下，这应该是它的最适当的位置。仅仅由于这个原因，法文散文中关于风景的描写一般说来要比英文里的描写生动得多，因为在描写中必然经常要用一些谓语（predicates），而这些谓语在法语中恰好和形容词的自然位置相符合。在英语里，通常的用法是把形容词放在被它所形容的对象的前面。假若这个位置按照意思来说是不恰当的，那么一个诗人就不得不或者颠倒他的语法次序，或者颠倒他的思想程序。上面所说的关于形容词的这些道理也可以应用到句子里的每一个字上面去。”[①]假若我们认为把形容词放在名词的后面是一种语位转换（就英语来说），那么我们在乔叟诗中就经常发现这种语位转换。这种现象可能部分由于当乔叟开始他的诗歌创作的时候，法国文学在当时仍具有压倒一切的影响；这也可能部分由于乔叟宁愿按照思想的自然程序而写作，也不愿拘泥于严格的语法次序。假若我们接受罗伯特·布利吉斯的说法，那么我们

① 罗伯特·布利吉斯，《散文，杂记及其他》，第Ⅳ卷，伦敦，1933，第108–109页。［Robert Bridges, *Collected Essays*, *Papers & c.of Robert Bridges* Ⅳ, London, 1933.］

很可以说乔叟诗歌所具有的那种生动的图画性在某种程度上是由于运用了这种语位转换（但这种转换恰好符合思想的自然程序）而产生的。的确，在乔叟诗中我们发现非常多的例子，其中颜色形容词，光明和黑暗的形容词，感觉形容词，以及其他类形容词，被放在它们所形容的名词后面。由于上述这些形容词是乔叟最心爱的一些字，同时也由于为了达到描写（有时也为了达到抒情）的目的，这些字是非常有用的，我们最好仔细观察一下它们在诗行里的地位和它们与名词所占的相互位置，从而能够更好地体会乔叟的艺术手法。

我打算把乔叟的诗行分作三种类型：（1）没有语位转换（指形容词和名词的位置转换）的诗行；（2）部分语位转换的诗行；（3）语位转换的诗行。我不能给出每一类诗行在乔叟诗行的总数里所占的百分比，但从下面举的三类例子看来，我们可能得到一些大概的印象。

A. 无语位转换：

1. Upon a ryver， in a grene mede， PF 184.
2. For with the rose colour stroof hire hewe， Kn T 1038.
3. Sprong up the sote grene gras，Rom A 1425.
4. Owt of thise blake wawes for to saylle，Tr Ⅱ 1.

5. The silver drapes hangynge on the leves， Kn T 1496.

6. And Phebus with his rosy carte soone，Tr V 278.

7. That hir behelden in hir blake wede，Tr Ⅰ 177.

8. Hir hosen weren of fyn scarlet reed， Gen Prol 456.

9. In fyn blak satyn doutremer，BD 253.

10. That it wole have a newe shroud， Rom A 64.

11. Shal ben youre fresshe， wommanliche face， Tr V 244.

12. Upon my bed with bryghte bemes，BD 337.

13. For every bore hath oon of thi bryghte yën！ Tr Ⅲ 1453.

14. Many a fresh knyght，and many a blysful route，Anel 34.

15. But，goode swete herte，that ye，BD 206.

16. In thilke freshe and faire welle，Rom A 1569.

17. Hadde of that smoky reyn a verray feere， Tr Ⅲ 628.

B. 部分语位转换：

1. And driven away the longe nyghtes blake！ PF 682.

2. But， Lord， thise grisly feendly rokkes blake，Frankl T 868.

3. Ryght white handes， and nayles red，BD 955.

4. Nor under cloude blak so bright sterre， Tr Ⅰ 170.

5. His nosethirles blake were and wyde，Gen Prol 557.

6. That swymmen ful of smale fishes lighte，PF 188.

7. And makith so queynt his robe and faire， Rom A 65.

8. Ryght as the freshe， rede rose newe， PF 442.

9. With that a fewe brighte teris newe，Tr Ⅲ 1051.

10. "A！ mercy！ swete lady dere！" BD 108.

11. Icomen was the blisful tyme swete，Tr Ⅲ 1668.

12. Hir blisful swete song pitous，Rom A 89.

13. So fair folk and so fresh had he， Rom A 737.

14. And fressh pervynke， riche of hewe，Rom A 1432.

15. With knotty， knarry， bareyne trees olde， Kn T 1977.

C. 形容词和名词的语位转换：

1. With floures white， blewe， yelwe， and rede， PF 186.

2. With fynnes rede and skales sylver bryghte， PF 189.

3. And floures yelwe， white， and rede，Rom A 1433.

4. Than is the lylie upon his stalke grene， Kn T 1036.

5. She gadereth floures， party white and rede， Kn T

1053.

6. The medewe softe， swote and grene， Rom A 128.

7. Was mad of twigges， falwe， rede， HF Ⅲ 1936.

8. No ship yit kari the wawes grene and blewe， Form Age 21.

9. With wawes grene，and brighte as any glas， Kn T 1958.

10. Salueth in hir song the morwe gray， Kn T 1492.

11. There sprang the vyolet al newe，Rom A 1431.

12. And fressher than the May with floures newe， Kn T 1037.

13. That with the stremes of youre eyen cleere， Tr Ⅲ 129.

14. Now that I see my lady bright， BD 477.

15. Ladde on his hond a lady bright，Rom A 1004.

16. Saw all his face fair and bright，Rom A 1603.

17. That as the someres sonne bryght，BD 821.

18. That she was lyk to torche bryght，BD 963.

19. That welmeth up with wawis brighte， Rom A 1561.

20. As I have told， and in this tyme swete，Tr Ⅲ 508.

21. At ese wel, with hertes fresshe and glade, Tr Ⅲ 611.

22. Largesse hadde on a robe fresh, Rom A 1187.

从以上的例子来看，乔叟喜欢把他心爱的一些形容词放在名词的后面。试看bright，new，clear这些形容词和一些颜色形容词的位置就可以证明这一点。另外我们还注意到这些形容词不仅出现在名词的后面，而且常常位于诗行的末端（最后一个字）。因此，它们除了是一行诗的押韵字以外，还承担了整行诗的重量，所以说它们在诗行里占一个极重要的位置。乔叟把一行诗中最重要的位置留给他心爱的形容词，这是很自然的做法。当他想加强某一个形容词的表达力时，通常把这个形容词放在诗行的末尾。另外一种做法就是把他想强调的几个形容词接连放在诗行的开始。例如，"Blew，bryght，clere was theayr." 普拉特女士曾指出乔叟对于"白""红""绿""黑"这些颜色形容词的经常运用可能部分由于这些字便于押韵[①]。我们也可以说乔叟对于像bright，new，sweet，fresh和clear这些感觉形容词偏爱的原因之一也可能由于这些字能够给他提供很方便的韵脚。

① 普拉特，《英国浪漫诗人诗中对颜色的运用》，第5页。

谈到语位的部分转换，乔叟并不是这种句法的创始者。根据凯勒纳的观察，当两个形容词形容一个名词时，英语的句法允许第二个形容词跟在这个名词的后面[①]。古英语供给我们这样一个例子："Gifǣnig man hæbbe mōdigne sunu and rancne"，—*Deuter*，xxi，18（假若任何一个人有一个勇敢而骄傲的儿子，——《申命记》，xxi，18）。中古英语中也有这样一个例子："Rihhtwise men and gode"，—*Orm*，116（正直而且善良的人们，——《奥尔穆的书》，116）。近代英语里也可以找到这样的例子："A long road and a strange"，—Carlyle，*Frederick the Great*，iv，426（一条漫长而又陌生的道路，——卡来儿，《菲德烈大帝》，iv，426）。我举乔叟诗中一个例子："So fair folk and so fresh had he."（他有这样漂亮而且是这样活泼的人们）。不过这种类型的部分语位转换在乔叟诗中并不如另一类部分语位转换那样经常出现，也没有另一类那样生动灵活。当两个形容词形容同一个名词的时候，乔叟往往把这个名词放在这两个形容词之间。例如："the long nyghtes blake" "smale fishes lighte" "brighte teris newe" "swete lady dere" "the blisful tyme swete"这一类的部分语位转换不同于

① 凯勒纳，《英语句法历史纲要》，第300页。

凯勒纳所说的那一类，它们之间的区别在于这两个形容词并没有用连接词and连接起来。乔叟省去了这个连接词and，这就使他的诗行变得更加生动、活泼。假若我们拿乔叟的brighte teris newe 和一个假想的说法bright tears and new，我们就不难看出前者是如何生动、灵活、自然，后者是如何呆板、笨拙了！当两个以上的形容词形容同一个名词的时候，乔叟的做法是把所有的形容词都放在这个名词的前头，只除了一个形容词——他心爱的形容词当中的一个，把诗行末尾最重要的位置留给这个形容词，并且用它来做韵脚。这样一来，这个形容词当然就放在名词后头了。例如：“thise grisly feendly rokkes *blake*”（颜色形容词）；“the freshe，rede rose *newe*”（感觉形容词）；“blisful swete song *pitous*”（表示爱情的形容词，也是乔叟所偏爱的形容词的一类）；“knotty，knarry，bareyne trees *olde*”（感觉形容词）。上面已经说过，olde这个形容词在诗行中的位置加深了全幅图画凄惨荒凉的气氛。另一类部分语位转换是一种对称的结构：两个形容词形容两个名词，一个形容词放在它的名词前面；另一个形容词放在它的名词后面（A_1 N_1 : N_2 A_2）。通常这两个名词之间存在着密切的关系，同样这两个形容词之间也是如此。这种构造也可以使这两个名词和这两个形容词之间的对照更加鲜明、突出。例如：“Ryght white handes，and nayles red.” “Nor under cloude blak so bright a sterre.”乔叟就是这样通过对于形容词和名词的部分语位转换加以巧妙的变化而达到各种不同的艺术效果。例如，鲜明生动、强调、声音的和谐（euphony）、均衡、对照，等等。

从上面举的一些形容词位于名词前面的例子来看，读者可能得到一种僵硬、平淡、沉浊的印象。这种印象的产生可能由于和上面举的一些有部分语位转换和语位转换的例子相比较的结果。总之，乔叟诗歌所特有的那种清新、爽朗、明亮和春天的气氛之所以产生，可能部分由于他对形容词和名词所做的艺术的安排，尤其可能由于他对语位转换和部分语位转换的经常运用。此外，我觉得假若形容词跟在名词后面，而不是放在名词前头，那么两行诗之间的衔接就可能更加流畅，更加自然。例如：

Was mad of twigges，falwe，rede，
And grene eke，and somme weren white.
（HF Ⅲ 1936–1937）

（整个是用树枝搭成的——黄的，红的，也有绿的，有些还是白的。）

总 结

由以上的分析来看，乔叟在他的诗中表现出一种倾向：经常运用某些类型的形容词，如颜色形容词，表示光明和黑暗的形容词，表示感觉的形容词，以及其他类型的形容词。在运用颜色形容词的时候，他喜欢用本国字（如red，white，green，black等），而不喜欢采用相当于这些概念的罗曼斯语字源的颜色形容词（如vermilion，verdant等）。他所用的基本颜色形容词的词汇容量很大，而且应用的范围很广，应用的方式也富于变化。这些字被用来形容大自然、动物、人、人的感情、衣裳，等等。乔叟也赋予颜色以象征的意义（如black表示悲哀失望，blue表示坚贞忠诚等）。在乔叟诗中，颜色形容词倾向于跟在名词的后面。这些字常常出现在诗行的末端，作为押韵的字。用这种办法乔叟收到了很大的图画性的效果。由于他的颜色形容词在诗行里占了最重要的地位，因此使他的描写更加色彩鲜明而美丽了。通过他对于语位转换和部分语位转换做了巧妙的、多变化的运用，乔叟收到了很大的艺术效果：鲜明生动，强调，声音的和谐、均衡、对照，等等。由于采用了中世纪的一种修辞手段“否定法”（correctio），他就有可能把一系列的形容词聚集在一起，这样就可以加深、加多他所描绘的图画中的颜色效果。至于谈到其他类型的形容词，上面关于颜色形容词所做的一些结论多半也可以应用到它们的身上。尤其关于它们在诗行中所占的地位这个问题，更是如此。表示光明的形容词（如bright和clear）和表示感觉的形容词（如sweet，fresh和new），非常自由而多变化地结合在一起，而且极经常地出现在语位转换和部分语位转换的构造中。像颜色形容词一样，乔叟也倾向于将它们放在名词的后面，倾向于放在诗行的末端，充当押韵的字。正是通过对这些形容词和颜色形容词的巧妙的选择和艺术的安排，乔叟才有可能把楼衣勒所赞美的那种“春天的”芳香灌注到他的诗行里去。

乔叟的含蓄讽刺[①]

有些作家的讽刺像烈火，像利剑，像狂风急雨，焚烧、刺伤、横扫一切反动和罪恶的事物。另外有些作家，他们的讽刺却像阳光，并不立刻就把人晒昏或烫伤，但却有防腐杀菌的效果。这种阳光般的讽刺在柔和中却隐藏着批判揭露社会罪恶的强大威力。这种讽刺常和幽默结合在一起，成为批判现实主义的写作方法之一。在英国文学中可以狄更斯为代表，但是最初在英国文学中巧妙运用幽默和含蓄讽刺的作家却要追溯到14世纪的诗人乔叟。下面就举乔叟写的《坎特伯雷故事集》的"总序"中几个片断作为例子，来说明乔叟的含蓄讽刺的某些特点。

乔叟生活在英国的封建社会开始向资本主义社会过渡的时

① 原载：1962年5月30日《文汇报》。

期。社会上的统治阶级仍是封建贵族（地主、骑士）和教会上层人物（修道院长、高级僧侣），这些都是骑在人民头上、过着奢侈豪华的寄生生活的人们，乔叟对他们持着轻视谴责的态度。例如，他描写这样一个地主：

> 这个地主花白的胡子像菊花一般，面色红润，性情快乐。他非常考究吃喝，而且很好客。从来没有人家的酒窖里藏过这么多的好酒。在这个地主家里，肉、酒以及能够想象得到的各种精美的食品，都像雪花一样布满了各处。他随着季节的变化而变化他的食物和晚餐。他的鸟笼里养着许多只肥松鸡，他的鱼池里养着许多条鲷鱼和梭子鱼。假若作料不够浓，不够鲜美，那么他的厨子就要倒霉！他曾多次代表他的州郡坐在国会的议席上，而且当过州长和会计检查官。他的腰带上挂着一把短刀和皮纹绸的钱袋，白得像早晨的牛奶。

乔叟在这里给了我们一幅具体的、生动的地主阶级生活的图画。地主们靠剥削农民们的血汗才能得到这样豪华的享受。乔叟虽然没有用愤怒的语调来谴责这个贪婪享受的地主，但是他的现实主义艺术手法却把生活中的具体生动而具有典型性的细节展示在读者面前，使读者能够认识剥削阶级的实质。乔叟虽不怒斥，但他的含蓄的讽刺却同样是有力的武器。例如，这个地主养他的胡子像养菊花一样细心。他腰带上挂的绸钱袋像清晨乍挤出的新鲜牛奶一样洁白。多么文雅，多么考究！正是这些具体生动，而又典型的细节，经过乔叟轻描淡写的手法，隐约含蓄的口吻，把不劳而获的地主阶级真是刻画得入木三分。

乔叟的"温柔敦厚"的讽刺手法达到它的完美境界，可从下面对于一个大修女院副院长的描写中看出：

> 她是一个极力模仿宫廷生活方式的修女。她如此文雅，唱圣诗时只用鼻子发音。她的法语也说得很文雅，就可惜不是巴黎口音。她非常讲究饭桌上的礼貌，从不掉一粒食物到桌上或她的胸前。她极力模仿宫廷中贵妇人的派头，可是她的心却是如此慈善，心肠却是这样软，以至于她看见一只老鼠被捕鼠机夹死，或夹得流血，她都会流眼泪的。她养了一些小狗，用烤肉、牛奶和蛋糕喂它们。她的鼻子细长，眼睛蓝得像玻璃，她的嘴很小，又软又红。她的额头很高，几乎有九英寸长。她手腕上戴着一串小颗珊瑚穿的念珠，上面吊着一枚金别针，别针上刻着三个拉丁字：爱情战胜一切。

乔叟就是这样幽默地嘲笑教会里面的人物，暴露他们安逸的寄生生活，他们的世俗化，以及他们的矫揉造作和虚伪的道貌岸然。在这里我们可以注意乔叟独特的讽刺技巧。他笔下描绘的这幅讽刺画给读者一种明朗轻快的感觉。他的幽默和讽刺像柔和明亮的阳光，投射在这个世俗化修女身上的一些可笑的细节上。他的讽刺轻盈得像点水的蜻蜓，又像在水面上游戏的顽皮的微风，倏忽飞逝。现在让我们看看这种轻快含蓄的讽刺究竟有没有达到它的批判揭露的目的。答案是肯定的，因为我们看了这幅讽刺画后，所得到的最强烈的印象就是这个教会上层人物的世俗和伪善，因而引起对她的鄙视和厌恶。但在这同时我们又觉得她可笑而又可怜，因为她的性格和生活方式又是封建社会所造成的。宫廷风尚和教会教养使她丧失了单纯朴素的自然天性，变成虚伪造作娇生惯养的寄生虫。乔叟用轻快准确的画笔勾出她的相貌、衣着，画出她的习惯和心理。这个修女就变成了有血有肉的活人。细节的准确是生动传神的主要原因。例如，她用鼻子唱圣诗；她看被夹伤的老鼠而流泪；金别针上的铭文：爱情战胜一切，等等。乔叟善于素描，不着色渲染。他的含蓄讽刺达到了高超的艺术水平，从他选择最后一个细节——金别针上的铭文——就可以看出，因为描写衣着佩饰是最自然的事，而佩饰上刻有文字也司空见惯。这里妙在所选的铭文却是“爱情战胜一切”这个格言。恰好佩戴人却又是个修女。这个细节就含着极丰富的内容了。有了这个暗示，我们就不难猜想这个修女的心理活动和精神面貌了。这就是乔叟含蓄讽刺力量的所在。

当时英国社会上骑在人民头上的阶层还有统治阶级的帮凶——法官和律师。乔叟也刻画了一个高级律师的形象。

> 他是非常谨慎而受人尊敬的——或者说表面上看来是如此——因为他的谈话是这样慎重，考虑得这样周到。他曾做过好几任法官，凭他的学问和声望赚了不少的钱。谈到买地的本领，从来也没有人比得上他；任何一块地他想要买的话，他都可以用法律证明他有绝对占有权，而没有人能够指出他哪里做得不对。从来也没有见过像他那样的忙人，而他表面上比他实际上还要忙许多倍。

在这里我们看到了一个假借法律名义强取豪夺农民土地的恶棍的形象，而这个坏蛋表面上却是道貌岸然，受人尊敬的！让我们再看看乔叟怎样画他的讽刺画。在细节中他突出了这个讼棍买地的本领和他的忙。这两个细节最能够说明这个人物的性格：贪财和弄权。乔叟的幽默和含蓄的讽刺在这里表现为他巧妙地运用了话语附带的补充和说明，而这个补充和说明只是轻轻地带过，但却回味无穷。例如，“任何一块地他想要买的话，他都可以用法律证明他有绝对占有权，而没有人能够指出他哪里做得不对。”这里说这个讼棍假借法律名义霸占农民土地，后面的补充说明“而没有人能够指出他哪里做得不对”轻轻地点出了他纯熟地掌握了法律术语，用来作恶害人，达到了天衣无缝的境界。同样，“从来也没有见过像他那样的忙人，而他表面上比他实际上还要忙许多倍。”这个讼棍的忙表示他喜欢玩弄手段，企图陷害别人，自己从中得利。同时他的忙也可以抬高他的身价，扩大他的生意，表示他的重要。“而他表面上比他实际上还要忙许多倍”这句幽默的补充说明更含蓄地暗示了这个讼棍的装模作样和自鸣得意。这样轻描淡写地补充说明却包含着丰富的讽刺内容，大有回味。

危害人民的人物还有爱钱的医生，他只顾赚钱，不顾病人的死活。乔叟写这个医生时说：

> 这个爱钱的医生在大瘟疫中赚了许多钱，但是用得却很俭省。他说金子是一种补药；无疑地，这就是他爱金子胜过爱任何其他东西的缘故。

这个爱钱的医生利用人民的灾难——大瘟疫——而发财；他的座右铭是：“金子是一种补药。”医生在大瘟疫中富有解救众生的神圣职责，但这个医生却善于把自己的幸福建筑在别人的痛苦之上。医生经常给病人介绍补药服用，这个医生所开的最灵验的丹方却是金子。乔叟让医生推荐补药，这是最自然的事情。妙在这个医生推荐的补药不是别的，偏偏是金子。这就充分说明金子是他的第二生命。值得注意的是乔叟很会运用成语、格言或谚语，来达到讽刺嘲笑的目的。“金子是一种补药”这句话听起来就像一句谚语，运用在这个爱钱的医生身上，完全符合他的性格。

乔叟还刻画了一个损害农民和穷学生利益的坏分子——一个磨坊主。

> 这个磨坊主身体非常健壮，肌肉特别发达，参加角力比赛一定能够得奖。他肩阔背圆，肌肉发达。他的胡子像母猪或狐狸那样红，而且很宽，像一把铲子。刚好在他的鼻尖上长了一个瘊子，那上面还长了一撮毛，红得像母猪耳朵上的鬃毛；他的鼻孔又黑又大，他的嘴大得像个熔铁炉。他很会偷粮食，他所得的作为磨费的谷物超过普通磨坊所得的三倍以上，可是他仍不失为一个有金拇指的诚实的磨

坊主！

乔叟着重描写了这个磨坊主的相貌，运用了几个生动的譬喻：红毛的母猪，红毛的狐狸，铲子，熔铁炉，使一个粗鄙、贪婪、狡猾的磨坊老板活生生地跃然纸上。此外，他又运用了一句成语“一个诚实的磨夫手上长着金拇指”，用反话来讽刺这个磨夫的不诚实——偷粮食——的行为。这个磨夫很会剥削贫苦农民和穷学生，谁要是把面粉送到他的磨坊里去磨，谁就得让他勒索三倍于普通磨费的谷物。除此之外，他还像普通长金拇指的磨夫那样偷人家送来磨粉的粮食。这个像野兽一样粗鄙的恶人，真是贪婪、狡猾到了极点。乔叟用生动的野兽譬喻和含蓄的反语讽刺，对这个人物加以谴责和否定。

含蓄的讽刺是一种值得模仿的写作手法，它和生动的譬喻，准确的细节，民间的谚语，以及幽默的口吻结合起来，成为攻击嘲笑的有力战斗武器。世界文学中的讽刺大师，在不同程度上，都会运用这种讽刺手法，但在英国文学中却推乔叟为能手。

英格兰和苏格兰民谣[①]

民谣是人民创造的故事诗或抒情叙事诗。一首分成几个诗节，每个诗节分成四行。第一行和第三行是四音步抑扬格诗行；第二行和第四行是三音步抑扬格诗行。韵律安排是abcb。有些诗节的第二行和第四行里出现叠句，有许多诗节也运用递增重复。叠句即同一诗行的重复。递增重复即重复诗行中某一短语或整个诗节，但每次重复都增加一些细节，使故事情节得到发展。

关于民谣的起源，有各种理论，大致分为两派。一派认为民谣是集体创作；另一派认为是个人创作。最新的研究结果倾向于个人创作的说法。但是民谣是民间流传的口头文学，历代相传，个人的创作经过长期、广泛的传播，必然有许多变更和

① 原载：外国文学Ⅱ//胡乔木. 中国大百科全书. 北京：中国大百科全书出版社，1993：1207-1208.

修改，也可能面目全非。因此，可以说民谣是个人创作与集体创作相结合的产物。民谣产生于中世纪的欧洲，它有押韵的特点，而欧洲文学中开始出现押韵是在11世纪。因此，民谣的起源大约在12世纪，或许更晚。英国最早的民谣来自15世纪。15世纪的后半叶可能是英国民谣创作的黄金时代，产生民谣最肥沃的土壤似乎是英格兰和苏格兰交界的地区。

除上述的叠句和递增重复外，民谣还有以下几个特点：（一）民谣所叙述的故事非常生动，富于戏剧性；（二）民谣所叙述的故事只是一个梗概，用最必需的事件把故事的情节串联起来；（三）民谣一般集中叙述情节的中心事件或高峰，用极端精练的语言来描述这一事件，通常通过独白或对话；（四）民谣用叠句和重复故意暂时中断叙述，使情节的进展显得更紧凑、更必然；（五）民谣常用一些传统的、固定的修饰词，如golden（金黄的），silver（银白的），milk-white（乳白的）等，其他修饰词用得很少；（六）民谣里常出现数字，三、七、九这几个数字用得特别多，这些数字加上叠句和重复，产生一种符咒般的效果；（七）民谣的作者叙述故事时采取客观态度，对故事里的人物和事件不加评论；（八）民谣的结构比较简单，但具有高度浓缩的内容，耐人回味。

英格兰和苏格兰的大多数民谣是15世纪后期和以后的作

品，至18世纪才有文人学士加以收集、整理、出版。托马斯·珀西主教于1765年出版了他所收集的民谣，书名是《英诗辑古》，共有三百余首。这些民谣传到德国，引起德国学者如赫尔德、格林兄弟和毕尔格等人的重视。他们对民谣的热情极高，不但努力收集，而且亲自创作。毕尔格创作的神奇民谣《莱诺勒》（1773）尤其出名。德国学者又影响了英国浪漫主义诗人。瓦尔特·司各特收集并且仿作古民谣，他还把毕尔格的《莱诺勒》译成英文。美国学者弗兰西斯·查尔德于1882年出版《英格兰和苏格兰民谣》一书，可以说集英国民谣之大成，大约有一千余首。

民谣中的故事最常见的题材是海上冒险、家庭纠纷和不幸的爱情，多数是一个悲剧性的事件，如谋杀或意外的死亡，往往包含神奇的因素。而这些故事大多来自欧洲民间传说。属于悲剧类型的英国民谣有《兰德尔爵爷》《爱德华》《巴巴拉·阿仑》《厄席尔井的妇女》《三只乌鸦》《帕垂克·斯本斯爵士》等。叙述谋杀事件的民谣如《爱德华》：爱德华在母亲的唆使下杀死了父亲，受到良心的谴责，因而诅咒他母亲入地狱。叙述爱情悲剧的民谣如《巴巴拉·阿仑》：约翰·格雷穆爵士和农村姑娘巴巴拉相爱，不幸病故，巴巴拉痛不欲生。《帕垂克·斯本斯爵士》叙述海上暴风雨中沉船的故事：

苏格兰英雄帕垂克·斯本斯精于航海。苏格兰国王听信谗言，命令他在暴风雨的季节出海航行，帕垂克·斯本斯深知这时出海危险，但他不能违抗国王的命令。他和伙伴们出海后，遇上了可怕的暴风雨，悲剧终于发生。民谣也叙述神怪故事，如《厄席尔井的妇女》：这个富家妇女打发她三个儿子出海经商，一周后全都在海上遇难，而母亲仍朝思暮想，盼望儿子归来。到了圣马丁节（11月11日）那天晚上，夜又黑又长，三个儿子头上戴着白桦树的枝叶，回到了家里。老妇人以为儿子们活着归来，非常高兴。她让女仆把火生旺，举行宴会，准备卧室。但当黎明前鸡啼时，三个儿子匆忙和母亲告别，回到阴间去了。

此外，还有许多民谣叙述绿林好汉罗宾汉和伙伴们的故事。例如，《罗宾汉和三名随从》叙述罗宾汉化装成一个行脚僧，劫了法场，救了他的三名随从，并把诺丁汉的地方官处死。民谣中把罗宾汉说成是一个仗义疏财、劫富济贫的英雄，深受人民的爱戴。还有一些内容幽默的民谣，类似中世纪的法国滑稽故事，可以《农夫的恶毒妇》和《起来把门闩上》为代表。英国最有名的古民谣是《查维狩猎》。这是一首史诗民谣，它的故事有历史事实的根据。1388年，苏格兰军队在道格拉斯伯爵率领下，围攻英格兰纽卡斯尔城三日，和英国的英雄波西交战，结果道格拉斯阵亡，波西也被对方俘虏。《查维狩猎》民谣却把波西写成故意侵入苏格兰境内狩猎，向道格拉斯挑衅。道格拉斯不愿让无辜的战士们牺牲，要求和波西单独交锋。波西杀死道格拉斯，但又向他的尸体默哀致敬。这首民谣写得非常真诚、动人。1581年，菲利普·锡德尼写道："每当我听到歌唱关于波西和道格拉斯的古老歌曲时，我的心灵就激动得比我听见战场上的军号声时还要激动得更加厉害。"18世纪英国散文作家艾迪生称赞这首民谣具有荷马史诗的雄伟风格。英格兰和苏格兰的古老民谣对英国浪漫主义诗歌影响很深。例如，柯尔律治的杰作《古舟子咏》（1798）和《克理斯特贝尔》（1816）就有意识地模仿古民谣的诗体和风格。

斯宾塞其人其诗[①]

——序曹明伦译斯宾塞十四行诗集《小爱神》

艾德门·斯宾塞（Edmund Spenser，约1552—1599）是英国文艺复兴时期最重要的诗人之一。莎士比亚是这一时期最伟大的戏剧诗人，斯宾塞的重要性主要在于他继承并发展了英国诗歌的叙事、抒情和讽刺传统，在乔叟和密尔顿之间架起了一座桥梁，赢得了“诗人的诗人”（the poet’s poet）这一美誉。斯宾塞对他同时代和后世的英国诗人产生了不可估计的巨大影响。他的极为高超的掌握诗歌音乐效果的技巧启发了与他同时代的戏剧诗人马娄（Christopher Marlowe，1564—1593），使马娄得以把英诗的十音节诗行提高到具有千变万化的表达力的无韵诗体（blank verse）的艺术高度，这样就间接促进了莎士比亚的成长。斯宾塞对密尔顿和18世纪英国沉思诗人汤姆孙（James

① 原载：曹子建. 四川教育学院学报. 1992, 2（45–47）.成都：四川教育学院，1985–.

Thomson，1700—1748）和葛雷（Thomas Gray，1716—1771）都产生过强烈影响。到了19世纪，浪漫主义英国诗人更加深刻地接受了斯宾塞的影响，如雪莱和济慈的早期作品就充满了对斯宾塞的模仿。斯宾塞所建立起的英诗传统是一种富于音乐性和图画性的诗歌语言，诗歌的背景是一种脱离现实的梦幻世界，叙述方式是讽喻性的，写作目的是道德的和严肃的。但是英诗还有另一传统，这就是以邓恩（John Donne，1572—1631）为代表的口语传统。20世纪英国诗人脱离了斯宾塞的诗歌传统，而极力发扬邓恩的口语传统。

斯宾塞虽出身寒微，但他却接受了高等教育，在剑桥大学求学期间，他就熟读了柏拉图和亚里士多德的著作，还有希腊和罗马诗人，以及文艺复兴时期的意大利诗人塔索（Tasso，1544—1595）和阿里奥斯陀（Ariosto，1474—1533）的作品。早在1569年，斯宾塞就已翻译了意大利诗人彼特拉克（Petrarch，1304—1374）和法国诗人杜·博莱（Du Bellay，1522—1560）的诗篇。在他青年时代，斯宾塞还写了《爱情颂》（*In Honor of Love*）和《美颂》（*In Honor of Beauty*）两首赞美诗，这足以说明斯宾塞深受柏拉图思想的影响。通过剑桥大学同学哈尔维（Gabriel Harvey，1552—1631）的介绍，斯宾塞结识了贵族作家锡德尼（Philip Sidney，1554—1586），并且参加了锡德尼的文学俱乐部。这个俱乐部的文学讨论产生了锡德尼的文艺理论名篇《诗辩》（*An Apologie for Poetrie*，1595年出版）和斯宾塞的文学批评著作《英国诗人》（*The English Poete*，没有流传下来）。1579年斯宾塞发表了他的第一部重要诗作《牧人们的日历》（*The Shepheardes Calendar*）。这部作品包括十二首牧歌（eclogues），采取牧人们之间的对话形式。在这部作品里斯宾塞模仿了古罗马诗人维吉尔（Virgil，公元前70—公元前19）和文艺复兴时期意大利拉丁诗人曼图安（Mantuanus，1447—1516）牧歌诗体的风格。

1579年，斯宾塞开始创作他最主要的作品，长诗《仙后》（*The Faerie Queene*）。这首诗的头三卷出版于1590年；另外三卷出版于1596年；第七卷的片断出版于1609年。斯宾塞在这首长诗的序言中告诉读者他写这首诗的崇高目的在于“用美德和善行来塑造和锻炼高贵和纯洁的人”。为了达到这个目的，他设计了一部鸿篇巨制，共分十二卷，每一卷举例说明某一种美德的性质，通过叙述代表这一美德的高贵骑士所经历和遭遇的种种奇特和惊险的故事来达到寓教于乐的目的。作为一名新教徒和柏拉图主义者，斯宾塞深切关心他那个时代的宗教和历史重大问题。在他的作品里，他极力反映出文艺复兴时期人们把诗歌看作最高的道德教育的手段这一观点。诗体神话传奇《仙后》正是通过骑士探险的故事来进行道德教育。在这个意义上，《仙后》又是一部伟大的民族史诗，堪与古代希腊罗马，以及文艺复兴时期意大利的史诗作品相比拟。作为民族史诗，《仙后》是一部洋溢着爱国热情的赞歌，颂扬女皇伊丽莎白一世和在她统治下英国的繁荣富强。另外，在宗教意义上，《仙后》这部幻想传奇又是一部道德讽喻诗，它象征着人类对于道德完善和灵魂拯救的不断追求。

斯宾塞的其他诗歌作品包括：《爱星者》（*Astrophel*，1595年出版）——这是对1586年阵亡于疆场的锡德尼的悼亡诗；《科林·克劳特又重新回到家园》（*Colin Clout's Come Home Again*，1595）——一首讽喻性的牧歌长诗；《小爱神》（*Amoretti*，1595）——一组献给他的情人伊丽莎白·博伊尔（Elizabeth Boyle），表达诗人爱慕之心的十四行诗；《喜歌》（*Epithalamion*，1595）——一首庆祝诗人与伊丽莎白·博伊尔完婚、诗人献给新娘的喜庆之歌；《婚礼预祝歌》（*Prothalamion*，1596）——一首庆祝吴斯特伯爵（the Earl of Worcester）的女儿们结婚的颂诗；等等。

《小爱神》十四行组诗共八十九首。这个作品记录了斯宾塞对伊丽莎白·博伊尔的求婚和他们结婚（1594）的过程。这个求婚过程共经历了两年之久。斯宾塞的《小爱神》十四行组诗继承了文艺复兴时期意大利诗人彼特拉克所建立起来的十四行诗的诗歌传统。斯宾塞不仅模仿彼特拉克，他还发展了这一传统。例如，在韵律方面，他进行了一些创新的试验，把意大利形式的十四行诗诗体和英国形式的这一诗体融合成为一体。意大利形式是八行（octave）加六行（sester），韵脚为：abbaabba cdecde，共为五韵。英国形式为三个四行诗节（quatrains）加一个两行诗节（couplet），韵脚为：abab cdcd efef gg，共为七韵。斯宾塞十四行诗的形式基本上是英国形式，但韵脚却采取意大利形式，即：abab bcbc cdcd ee，较普通英国形式的韵脚更为复杂，更加严格。

尽管斯宾塞的十四行诗在韵律方面有所创新，但他的比喻和意象却是传统的。例如，他把爱情比作一座法庭（《小爱神》第十首），又比作宗教膜拜（第二十二首和第六十八首）；把被追求的情人视作诗人所受痛苦的残忍的施加者和无动于衷的观察者（第二十、三十一、四十一、四十二和五十四首），她又是新柏拉图主义美的理想的化身（第三、九、四十五、六十一、七十九和八十八首），爱情又被比作暴风雨（第四十六首），比作疾病（第五十首），还被比作航海（第六十三首）。诗人有时向他所追求的情人许诺通过他的赞美使她的名声变为永恒（第二十七、二十九、六十九、七十五和八十二首）；有时由于作为诗人他可以尽情施展他的语言才能而感到欢欣鼓舞（第一和八十四首）。诗人献给他的情人的赞词也往往因袭惯例。例如，第四十首：“一百名司美女神”坐在她的“每一个眼睑上”；“当阴云消散时”，诗人“受到暴风雨打击的心灵”感到欣慰。情人的眼睛又被比作武器（第七、十六和四十九首），还被比作陷阱（第三十七首）。情人也被比作一只“温顺的小鹿”（第六十七首），又被比作一只“轻盈的蜜蜂”，被诗人蜘蛛所织的温柔罗网抓住而脱身不得（第七十一首）；情人还被比作残忍的母豹（第五十三首）和老虎（第五十六首）。情人的美丽还被比作宝石和贵重金属（第十五首），比作不同的光源（第九首），比作花卉的芳香（第六十四首）。有些十四行诗运用了古典神话，把情人比作俄底修斯的忠实妻子珀涅罗珀，比作私自打开宙斯交给她的盒子的潘多拉，比作化作月桂树的女神达佛涅，比作大力士赫拉克勒斯的金苹果（第二十三、二十四、二十八和七十七首），又把诗人自己比作化作水仙花的美少年那耳喀索斯，比作被海豚救上海岛的希腊诗人兼音乐家阿里翁，还比作感动鸟兽木石的歌手俄耳甫斯（第三十五、三十八和四十四首）。总之，斯宾塞在《小爱神》十四行组诗里充分发挥了十四行诗的诗歌传统，有继承，也有创新，承上启下，做出了重要贡献。

文艺复兴时期英国文坛上流行着十四行诗的三大组诗：菲力浦·锡德尼的《爱星者和星》（*Astrophil and Stella*，创作于约1580年，出版于1591年）；莎士比亚的十四行组诗（Shakespeare’s *Sonnets*，出版于1609年）和斯宾塞的《小爱神》诗组（*Amoretti*，出版于1595年）。莎士比亚的十四行组诗在我国已有多种译本，读者对莎氏十四行诗较为熟悉。其他两个十四行组诗在国内尚无译本。四川教育学院青年教师曹明伦同志对英诗造诣颇深，他的诗歌翻译才能已在《英诗金库》一书里充分显示出来，令人赞佩。他有志承担斯宾塞《小爱神》十四行组诗的翻译，这是莫大的好事。曹明伦同志中、英文写作水平皆高，他对文学翻译，尤其是诗歌翻译，积累了颇为丰富的经验。他的译诗风格优美、流畅、颇能上口，具有相当好的音乐性和图画性，因此颇为接近斯宾塞原作的风格。我祝贺曹明伦同志在译《小爱神》时取得了又一次的胜利。

（1992年4月）

莎士比亚的《理查二世》[①]

莎士比亚的《理查二世》是一部历史剧（history play），或称编年史剧（chronicle play）。编年史剧是一种文学类型：它是一种说教性的历史剧，取材于16世纪英国编年史家的著作，借古喻今，对观众进行爱国教育。编年史剧盛行于16世纪最后20年间，延续到17世纪初年。在这期间英国剧作家写了150多部编年史剧，其中有半数留传到现在。编年史剧在英国16世纪盛行的原因主要由于在亨利八世和伊丽莎白一世统治下，英国日益富强，民族意识高涨，爱国情绪上升，尤其在1588年英国战胜西班牙无敌舰队以后，更是如此。

英国编年史剧为政治服务的目的性十分明确。剧作家托马斯·海伍德（Thomas Heywood）在《为演员辩护》（*An Apology*

① 原载：中国莎士比亚研究会. 莎士比亚研究（第二期）.杭州：浙江文艺出版社，1984：15–27.

for Actors，1612）一文中写道："编年史剧的写作目的和方法是为了教导臣民服从君主，让人民看到制造暴乱或违反的人没有好下场，而奉公守法的和平居民则日益兴旺，以此鼓励人民忠君爱国，告诫人民切勿做出叛国的罪恶勾当。"另一方面，人民有理由推翻暴君的统治，如理查三世的命运就是如此。

伊丽莎白时代英国有许多编年史的著作，剧作家一方面取材于这些历史著作，同时，也接受了这些著作的历史观点和为当前政治服务的意图。最有影响的两部编年史著作是：爱德华·霍尔（Edward Hall）写的《兰加斯特和约克这两个高贵、显赫家族的结合》（*The union of the two noble and illustre famelies of Lancaster and Yorke*，1548）和拉斐儿·贺林希德（Raphael Holinshed）写的《英格兰、苏格兰和爱尔兰编年史》（*Chronicles of England*，*Scotlande*，*and Irelande*，1577，1587）。莎士比亚的政治哲学，他对历史人物的评论，以及他的写作风格，都来自霍尔。贺林希德的编年史是莎士比亚的历史剧取材的主要来源。

作为一种文学类型，编年史剧溯源于中世纪的道德剧（morality play）。例如，约翰·贝尔（John Bale）的剧本《约翰王》（*Kynge Johan*，1538）就是一部说教的道德剧，同时也是编年史剧的前身。莎士比亚在写他的编年史剧《约翰王》（*King John*，1595）时曾参考了贝尔的同名剧。贝尔的道德剧可以看成中世纪道德剧和伊丽莎白时代的编年史剧之间的重要衔接环扣。贝尔的《约翰王》显示出从道德剧转变为编年史剧的过渡特点。例如，在这部剧中，除约翰王是历史上实有其人外，剧中角色都是虚构的讽喻人物，如英格兰寡妇（Widow England）、叛乱行为（Sedition）、私人财富（Private Wealth）等。在16世纪以前，道德剧的内容主要反映善和恶相互斗争，为了争夺人的灵魂。随着民族意识的加强，由于政教的分家，国家统治者开始有权支配人民的命运。这些原因促使道德剧的作者对政治比对宗教发生更大的兴趣，因而在剧本内容上更多地取材于历史。例如，约翰·贝尔拥护亨利八世的政策；使英国教会和国家脱离罗马天主教会和教皇的控制，于是写了《约翰王》这个道德剧，来为当时的英国政治服务。为什么选中了约翰王统治时期的历史？因为在约翰王统治时期（1199—1216）也曾发生过类似的国王反对教皇的政教之争。从这个具体的例子中，我们可以看到道德剧怎样演变成为编年史剧。

编年史剧的另一部重要的先驱剧本是《戈博达克》（*Gorboduc*，1561），它是托马斯·萨克维尔（Thomas Sackville）和托马斯·诺尔顿（Thomas Norton）合写的。这部剧本取材于理查德·格拉夫顿（Richard Grafton）的编年史著作（1556），因此和编年史剧有密切关系。这部剧本不仅在取材来源和题材上同编年史剧十分相似，而且具有编年史剧的浓厚的政治说教色彩。在这里还必须提到另一部极有影响的作品，就是《统治者的一面镜子》（*A Mirror for Magistrates*，1559，1563）。这是一部诗体故事集，采取历史人物以独白（monologue）的方式叙述自己的悲惨遭遇，因此同时具有史诗、抒情诗和悲剧的某些特点。但是这部作品的最突出的特点还在于它的政治说教：警告君主勿施暴政，警告臣民切莫造反。这部作品的原作者之一威廉·鲍德温（William Baldwin）向统治者说明作品标题的用意是："在这里，就好像在一面镜子里，你们将能看到你们身上是否有任何罪恶，看到前人身上类似的罪恶如何受到惩罚；这样受到警告后，我相信你们会借此良机改正错误。"这里必须指出：《戈博达克》的作者之一萨克维尔给这部作品的1563年版写了一个诗体"导言"（"Induction"）描写在一个冬天的夜晚，诗人遇见一系列代表抽象概念的人物的幽灵，如悲哀（Sorrow）、复仇（Revenge）、痛苦（Misery）、老年（Old Age）、饥荒（Famine）、疾病（Malady）、死亡（Death）等。这些抽象人物在道德剧里经常出现。《戈博达克》剧里也出现了代表善和恶的抽象人物：尤布勒斯（Eubulus）代表"善良的顾问”（“good counselor”），赫尔蒙（Hermon）代表“罪恶的参谋”（“evil adviser”）。道德剧的主题是善和恶的势力争夺人的灵魂。《戈博达克》的主题也是善和恶的斗争，它们争夺的对象就是不列颠国家的统治权。

《戈博达克》的两位作者都是女王伊丽莎白一世手下的政治家。他们非常关心英国的统一和富强，非常担心英国发生分裂和内乱，因此他们写了这部编年史剧对女王和英国人民进行政治说教。假若女王不结婚，她将没有后嗣，没有合法的王位继承人，英国就有发生内战的危险。因此他们利用历史，借古喻今，来给国家的统治者和人民上政治课。和《统治者的一面镜子》的作者一样，《戈博达克》的两位作者也把他们的剧本看作是一面镜子，君主从《戈博达克》里面可以看到国家分裂的可怕后果，老百姓从中也可看到造反和制造叛乱的人没有好下场。在对观众进行政治教育这一点上，《戈博达克》的两位作者对莎士比亚也有深刻的影响。和他们一样，莎士比亚也认为历史是政治经验教训的总结，这些经验教训可以应用在当前的政治上，为当前的政治服务。莎士比亚的编年史剧也是为他自己时代的英国政治服务的。

让我们总结一下编年史剧在16世纪后期的英国流行起来的原因：在政治上，玫瑰战争结束后，亨利七世统一了英国，实行中央集权制，英国开始富强起来，民族意识和爱国精神高涨。在文学方面，英国编年史的著作数目激增，满足了人民对本国历史知识的渴望和要求，如上述霍尔、贺林希德、格拉夫顿等人的英国历史著作就受到当时广大读者的欢迎。另一个文学上的原因就是叙事诗和戏剧诗的盛行，如上述的《统治者的一面镜子》就是这一类型的作品。这部作品把15世纪英国诗人约翰·利德盖特（John Lydgate）写的长诗《君主的下台》（*The Fall of Princes*，1431—1438）里的中世纪对于悲剧的概念和16世纪英国编年史著作里的历史材料结合起来，尤其是和玫瑰战争中的人物和事件结合起来，成为叙事诗、抒情诗与戏剧诗相结合的文学类型。

莎士比亚的历史剧主要写的是玫瑰战争中的人和事。兰加斯特和约克这两个王室之间的互相残杀的浴血斗争构成莎士比亚的第一个历史剧四部曲（tetralogy of history plays）。这个四部曲包括《亨利六世》一、二、三部（*Henry* Ⅵ，Parts Ⅰ，Ⅱ & Ⅲ，1589—1590）和《理查三世》（*Richard* Ⅲ，1592）。这个四部曲是莎士比亚写的最早的编年史剧。在莎士比亚以前，还有一些无名氏写的编年史剧，如《英国国王约翰的动乱的统治》（*The Troublesome Reign of John*，*King of England*，1588）等。这个编年史剧开始上演的时间和马娄（Marlowe）

写的悲剧《帖木儿》（*Tamburlaine*，1588）最初上演的时间大致相同。莎士比亚后来写的历史剧《约翰王》（*King John*，1596）受了这个在先的关于约翰王的编年史剧的影响。

在马娄和莎士比亚以前，编年史剧的结构很松散，完全按照时间的顺序把历史事件搬上舞台，根本没有戏剧顺序（dramatic order）的概念。编年史剧的作家从编年史的著作中寻找材料，往往原封不动地把历史著作里的事件塞进他们写的剧本里去。莎士比亚的《亨利六世》三部曲的结构是插曲式的，没有统一性或连贯性。主题也很分散。人物塑造也把握不稳。这些都是早期编年史剧的一些共同缺点。

马娄和莎士比亚把编年史剧引入发育成熟的阶段。马娄的《爱德华二世》（*Edward* Ⅱ，1592）和莎士比亚的《理查二世》（*Richard* Ⅱ，1595）就是发育成熟了的编年史剧的代表作。在他的早期悲剧《帖木儿》里马娄已经显示出新的写作技巧，即在一部剧作中突出一个戏剧人物，集中地表现这个人物的思想感情。这个新的戏剧技巧也可以应用到编年史剧的创作上面。运用这个技巧就可以从许多庞杂纷繁的细节中理出一个条理，把许多分散的插曲统一在一个中心人物周围。这样一来，编年史剧就开始有了初步的戏剧结构，在艺术性上向前跨了一大步。编年史剧在艺术上前进一步的另一个重要原因是伊丽莎白时代的英国悲剧艺术达到了成熟阶段，推动了编年史剧在内容和形式上的提高。例如，悲剧作家把注意力集中到人物性格的某些重要特点上面，用来说明造成悲剧后果的原因。受到悲剧作家的启发，编年史剧作家也把注意力集中到历史人物性格的某些重要特点上，从这个角度来解释编年史著作中所叙述的历史事件。例如，把历史事件看成是两个历史人物相互对抗的个性矛盾冲突的结果，如理查二世和波林勃洛克的对抗。除了着重表现历史人物的个性外，编年史剧还从发育成熟了的悲剧艺术学到其他戏剧技巧，如情节的简化和主题的集中。在《爱德华二世》中，马娄塑造了一个马基雅弗利式的恶棍（Machiavellian villain）的形象：莫蒂默（Mortimer）。此人拐骗了爱德华的王后，而且阴谋篡夺王位。另外，马娄把编年史中的纷纭繁多的历史事件简化成为爱德华二世性格中的戏剧冲突：一方面是他的作为一般的人所具有的个人享乐的欲望，另一方面是他作为君主所具有的公职责任感。虽然马娄没有使爱德华和莫蒂默代表相互对抗的政治概念，如同莎士比亚使理查二世和波林勃洛克所代表的那样，但马娄和莎士比亚一样，都能在戏剧的结尾唤起观众对失败者或弱者的同情，以及对胜利者或强者的憎恨和鄙视。

在莎士比亚笔下，成熟了的编年史剧更加酷似悲剧。莎士比亚的《理查二世》就是个突出的例子。《理查二世》属于莎士比亚的第二个历史剧四部曲。这个四部曲包括《理查二世》《亨利四世》第一、二部（*Henry* Ⅳ，Parts Ⅰ & Ⅱ，1597，1598）和《亨利五世》（*Henry* Ⅴ，1599），在莎士比亚的成熟时期的历史剧中，我们可以找到深刻的心理分析和哲理探讨的内容。莎士比亚深刻地分析了政治社会的性质和问题，反映了他自己的历史观点和政治思想。莎士比亚的两套历史剧四部曲可以看成是一部伟大的戏剧史诗。它总结了英国中世纪100多年动乱时期的历史（1377—1485），生动地、明确地指出了政治上由乱到治的历史经验和教训。莎士比亚赋予历史剧以悲剧的深刻性，使观众对历史上的悲剧事件感到触目惊心，引起他们的恐惧和怜悯的感情，因而达到对观众进行深刻的政治教育的目的。

莎士比亚的《理查二世》和马娄的《爱德华二世》一样，利用对照手法来突出戏剧矛盾。在《理查二世》中，莎士比亚不仅对照了两个截然不同的人物性格，而且也对照了两种不可调和的有关统治国家的观点和理论：一方面是软弱的，但是合法的、君主理查二世的统治；另一方面是能力很强的，但非法的、篡位者波林勃洛克的统治。莎士比亚从政治理论和历史哲学上深化了历史剧的戏剧矛盾，赋予这个文学类型严肃、重大的现实政治意义。在这一点上，莎士比亚的确做出了杰出的贡献：他把从中世纪末道德剧演变来的简单、粗糙的编年史剧提高到内容和形式都趋向完美的水平。这是别的剧作家（除马娄外）望尘莫及的。和马娄一样，莎士比亚用悲剧的技巧充实了历史剧的情节。例如，给情节加上“惩罚、报复”（nemesis）的悲剧因素，加上反映不可抗拒的历史必然性的斗争（如互相对抗的两种强大势力之间的斗争，一方面是命运的宠儿，另一方面则是命中注定要失败的），同时又把情节中的胜利和失败归因于对抗着的双方主要人物的性格特点和行为动机。结果是莎士比亚在他的创作成熟时期所写的历史剧在一定程度上，具有莎士比亚悲剧的深度和高度。

莎士比亚的《理查二世》向莎士比亚的悲剧作品靠拢。主人公理查二世属于莎士比亚的悲剧主人公的行列——从理查二世、勃鲁托斯（Brutus）到哈姆雷特（Hamlet）。莎士比亚悲剧主人公的性格十分复杂：内向、犹豫不决、自我欺骗、孤独、傲世、忧郁、理想主义，但是一旦感情冲动却是相当莽撞的。莎士比亚悲剧主人公性格上最突出的特点是自我剖析。在理查二世身上我们可以看到上述的这些特点。其次，莎士比亚在《理查二世》中着重对照两个主人公的水火不相容的性格，以及这两种性格所代表的道德价值和政治力量。理查二世喜欢空想，容易感情冲动，他的能力同他的职务不相称。他是一个空谈者，不是一位实干家。他的对手是波林勃洛克。这个人注重实际、精明机灵、冷静沉着、办事迅速。他是一位实干家，不是一个空谈者。理查二世有诗人和哲学家的气质，波林勃洛克却像个军人或实业家。理查二世是浪漫主义的，波林勃洛克则是现实主义的。理查二世爱豪华、喜铺张，重视典礼和仪式——他是英国历史上金雀花王朝最后一位君主，他代表中世纪封建主义和骑士制度。波林勃洛克则是新时代的先驱者——他预示了资本主义上升时期政治上的功利主义和人们行动上的果断、敏捷和干劲。理查二世的失败和波林勃洛克的胜利间接反映了资本主义代替封建主义的历史发展规律。

理查二世和波林勃洛克的斗争也说明两种政治观点的斗争。理查二世固然有缺点：骄傲自大、腐化奢侈、专制暴虐，但是他是上帝委派的君主，他的君权是神授的，是不容许侵犯的。另一方面是波林勃洛克。他精明强干，受人民拥护，他讨伐理查二世也是师出有名的，但是他登上王位却是不合法的。那么莎士比亚究竟是站在哪一边呢？他把两方面的优缺点都摆在观众面前，让观众自己来判断。一方面是神授的君权，另一方面是优越的治理国家的才能。莎士比亚笔下的理查二世刚愎自用、爱好虚荣。这是他的缺点，但是他绝不是坏人。随着他的失势、倒台，莎士比亚对他越来越同情。另一方面，波林勃洛克也并不是一般的篡位者。他从流放中归来，仅仅为了维护他的遗产继承权，收回被理查二世剥夺了的权利，他有合法权利继承冈特公爵的财产。他被诸侯和人民推上了王位，而且是理查二世自己把王冠交到他的手中。在理查二世和波林勃洛克身上都有各自的优缺点，显然他们都不是莎士比亚心目中的理想国王。这个理想国王后来在亨利五世身上才得到了体现。

从《戈博达克》开始，伊丽莎白时代的编年史剧就和悲剧结合在一起。马娄和莎士比亚把编年史剧提高到悲剧的高度，但是他们的编年史剧仍然达不到莎士比亚四大悲剧的高度。主要原因在于悲剧主人公的性格太软弱，他们的思想境界太狭窄，局限于个人的权势、地位和命运，缺少哈姆雷特和李尔王探讨、概括宇宙人生最根本问题的胸怀和气度，因此也就使《爱德华二世》和《理查二世》缺少莎士比亚四大悲剧的深度和广度。但是莎士比亚笔下的理查二世毕竟属于莎士比亚悲剧主人公的行列。和四大悲剧的主人公一样，理查二世也富于幻想，喜欢剖析自己的思想感情，对宇宙和人生做出带有哲理性的评论。理查二世被迫让位给波林勃洛克后，被囚禁在英国北部约克郡一个古堡里。每日，除给他送饭的狱卒外，他见不到任何人。为了消磨时光，他幻想囚室就是整个世界，他自己的思想就是世界上的居民。他把自己的思想分为上、中、下三类，相当于社会上的上、中、下三个阶层。他自己轮流扮演这些角色，时而扮演国王，时而扮演乞丐。他又把自己的忧思、叹息声、眼泪和痛苦的呻吟比作时钟的嘀嗒，以此来计算时间的推移。在这里理查二世充分显示出他的诗人气质和高度的想象力。

莎士比亚的《理查二世》是一首中世纪文明和制度的挽歌。在理查二世统治时期，英国宫廷生活和文学艺术都达到高度发展的阶段。乔叟就是当时最有名的诗人之一。理查二世的宫廷非常豪华、奢侈。他提倡文学艺术不遗余力。他重视封建骑士制度的典礼和仪式。莎士比亚在《理查二世》剧中着重描绘中世纪文明和制度的典雅和美丽。理查二世是中世纪文明和制度的代表和化身。他的没落和失败象征中世纪文明和制度的没落和衰亡，因此莎士比亚的《理查二世》历史剧也可以看成是一首哀悼的挽歌，具有强烈的抒情气氛。

总结以上的分析，我们可以说莎士比亚的历史剧《理查二世》同时具备好几种文学类型的特点，既是历史，又是文学；既像编年史，又像戏剧；既像中世纪的道德剧，又像伊丽莎白时代的悲剧；既像中世纪的宗教、道德、政治的说教叙事诗和抒情诗，又像伊丽莎白时代充满爱国精神，赞颂英国制度和文化的史诗（如斯宾塞的《仙后》，*The Faerie Queene*，1589，1596）和传奇（如锡德尼的《阿凯迪亚》，*Arcadia*，1590）。

在以《理查二世》开始的第二部历史剧四部曲中，莎士比亚一方面总结了中世纪英国的多灾多难的历史，另一方面也预示了英国的未来发展和光辉成就。在这个意义上，《理查二世》也的确具有史诗的性质。尤其是莎士比亚善于运用生动、形象的语言来表现历史发展的不可抗拒的必然性。例如，他把理查二世比作一个雪人，在象征波林勃洛克的升起的太阳的光辉照耀下融化成一滴一滴的泪水。

莎士比亚戏剧作品的思想内容和艺术特色是非常丰富、复杂的。本文主要从文学史的角度来探讨莎士比亚历史剧《理查二世》与中世纪和文艺复兴时期在英国流行的某些其他文学类型的关系，从而认识到莎士比亚的戏剧作品具有深刻的政治教育作用，而且是寓教育于娱乐之中。莎士比亚戏剧作品达到了思想性和艺术性的高峰，并且把二者很好地结合起来。后世的作家应该努力学习、效法莎士比亚树立的光辉榜样。

附：浅谈文学翻译[①]

古今中外，人们对文学翻译发表了许多议论，但是众说纷

① 原载：翻译通讯编辑部. 翻译通讯. 1983, 11（6–11）. 北京：中国对外翻译出版公司, 1979–.

纭，莫衷一是，甚至往往出现针锋相对、截然相反的意见。例如，根据《卡塞尔文学百科全书》（*Cassells' Encyclopaedia of Literature*）中关于“翻译”（Translation）的条目，可以归纳出五种对立的提法：

（1）译文必须译出原文的词（words）——译文必须译出原文的意（ideas）。

（2）译文应该读起来和原文一样——译文不应该读起来像原文，而应该地地道道像一篇译文。

（3）译文应该反映原文的风格（style）——译文应该具有译者自己的风格。

（4）译文应该读起来像与原文同时代的作品一样——译文应该运用与译文同时代的语汇（idiom）。

（5）译文可以对原文有所增减——译文绝不可对原文有所增减。

就外国文学的英文翻译来说，一般分为三类：第一类属于直译，其特点是准确地译出原文的字面意思，而对译文的语言（包括语法、句子结构、口语词及惯用语等）则不免做出一些牺牲。这一类的代表是安德鲁·朗格（Andrew Lang）与W.

Leaf，以及E.Myers合译的荷马史诗《伊利亚特》（*The Iliad*，1883）。第二类属于意译，即通过选择译文语言中与原文相对应的语法、句子结构和惯用语，力求传达原文的精神、意思和风格。这一类的代表是约翰·德莱顿（John Dryden）译的古罗马诗人维吉尔（Virgil）的全集（1697年出版）。第三类属于自由翻译，一方面保持原文的精神，另一方面却可以对原文的风格、语法、句子结构和惯用语等做出相当大的变动。这一类的代表是Edward Fitzgerald译的波斯诗人欧玛尔·海亚姆（Omar Khayyám）的《鲁拜集》（*The Rubáiyát*，1859年出版）[①]。我们认为第二类的翻译比较好，因为它既忠实于原文，又符合译文的语言习惯，把原文和译文之间的矛盾很好地统一起来。

因此，我们认为，好的文学翻译家应能运用译文语言中最自然的表达手段来表达原文的意思和风格、内容和形式。翻译家不要拘泥于原文的语言细节（如词序、句子结构、句型等），但必须对原文总的语言特点（全文的结构、着重点、修辞手段、气氛和感情效果）牢记在心，也就是说，对原文要窥全豹，要胸有成竹。然后把原文投入翻译家的语言炼金炉中，

① 参看：J. A. Cudden, *A Dictionary of Littrary Terms*, 1979.

加以熔化、分解、重新组合、再创造，结果产生出最自然、最通畅的译文。这样，翻译家就出色地完成了自己的任务。

下面我打算分析一下朱生豪先生译的莎士比亚历史剧《理查二世》中的一个片断，谈一点自己的看法。理查二世是英国历史上一个国王。莎士比亚把他写成一位悲剧人物。他的性格优柔寡断，可有时感情冲动，也会做出鲁莽的事，但又富于幻想，喜欢剖析自己的思想感情，对宇宙和人生做出带有哲理性的评论。与他性格正相反的，是他的堂兄波林勃洛克。这是一个实干家，受到人民和诸侯的拥护，终于篡夺了王位，成为英国国王亨利四世。因此莎士比亚的历史剧《理查二世》也是一部悲剧。主人公理查是一位悲剧英雄。让我们先引莎士比亚的原文，然后再来分析朱先生的译文。

Richard II，Act V，Scene V Pomfret Castle, Enter ［KING］ RICHARD alone. KING RICHARD I have been studying how I may compare

This prison where I live unto the world;
And，for because the world is populous
And here is not a creature but myself,
I cannot do it. Yet I'll hammer't out.

My brain I'll prove the female to my soul,
My soul the father, and these two beget
A generation of still-breeding thoughts;
And these same thoughts people this little world,
In humours like the people of this world,
For no thought is contented. The better sort,
As thoughts of things divine, are inter mixed
With scruples and do set the word itself
Against the word, As thus: 'Come, little ones';
And then again:
'It is as hard to come as for a camel
To thread the postern of a needle's eye.'
Thoughts tending to ambition, they do plot
Unlikely wonders-how these vain weak nails
May tear a passage through the flinty ribs
Of this hard world, my ragged prison walls,
And, for they cannot, die in their own pride.
Thoughts tending to content flatter themselves
That they are not the first of Fortune's slaves,
Nor shall not be the last; like silly beggars

Who sitting in the stocks refuge their shame
That many have and others must sit there;
And in this thought they find a kind of ease,
Bearing their own misfortunes on the back
Of such as have before endured the like.
Thus play I in one person many people,
And none contented. sometimes am I king;
Then treasons makes me wish myself a beggar,
And so I am. Then crushing penury
Persuades me I was better when a king;
Then am I kinged again:　and by and by
Think that I am unkinged by Bolingbroke,
And straight am nothing; But whate'er I be,
Nor I nor any man that but man is
With nothing shall be pleased till he be eased
With being nothing. Music do I hear ?
［ 'The music plays' ］
Ha,　ha, keep time! how sour sweet music is
When time is broke and no proportion kept !
So is it in the music of men, s lives.

And here have I the daintiness of ear
To check time broke in a disordered string,
But for the concord of my state and time,
Had not an ear to hear my true time broke.
I wasted time, and now doth time waste me;
For now hath Time made me his numb, ring clock:
My thoughts are minutes; and with sighs they jar
Their watches on unto mine eyes, the outward watch,
Whereto my finger, like a dial's point,
Is pointing still, in cleansing them from tears.
Now, sir, the sound that tells what hour it is
Are clemorous groans that strike upon my heart,
Which is the bell. So sighs, and tears, and groans,
Show minutes, times, and hours. But my time
Runs posting on in Bolingbroke's proud joy,
While I stand fooling here, his Jack o' the clock.
This music mads me! let it sound no more;
For though it have holp madmen to their wits,
In me it seems it will make wise men mad.
Yet blessing on his heart that gives it me,

For' tis a sign of love; and love to Richard

Is a strange brooch in this all-hating world.

第五场 邦弗雷特。堡中监狱

理查王上。

理查王 我正在研究怎样可以把我所栖身的这座牢狱和整个的世界两相比较；可是因为这世上充满了人类，这儿除了我一身之外，没有其他的生物，所以它们是比较不起来的；虽然这样说，我还要仔细思考一下。我要证明我的头脑是我的心灵的妻子，我的心灵是我的思想的父亲；它们两个产下了一代生生不息的思想，这些思想充斥在这小小的世界之上，正像世上的人们一般互相倾轧，因为没有一个思想是满足的。比较好的那些思想，如关于宗教方面的思想，却和怀疑互相间杂，往往援用经文的本身攻击经文；譬如说，“来吧，小孩子们”；可是接着又这么说，“到天国去是像骆驼穿过针孔一般艰难的”。野心勃勃的思想总在计划不可能的奇迹；凭着这些脆弱无力的指爪，怎样从这冷酷的世界的坚硬的肋骨，我的凹凸不平的囚墙上，抓破一条出路；可是因为它们没有这样的能力，所以只能在它们自己的盛气之中死去。安分自足的思想却用这样的话安慰自己：它们并不是命运的最初的奴隶，也不会是它的最后的奴隶；正像愚蠢的乞丐套上了枷，自以为许多人都在他以前套过枷，在他以后，也还有别的人要站在他现在所站的地方，用这样的思想掩饰他们的羞辱一样。凭着这一种念头，它们获得了精神上的宽裕，假借过去的人们同样的遭际来背负它们不幸的灾祸。这样我一个人扮演着许多不同的角色，没有一个能够满足他自己的命运：有时我是国王；叛逆的奸谋使我希望我是一个乞丐，于是我就变成了乞丐；可是压人的穷困劝诱我还不如做一个国王，于是我又变成了国王；一会儿忽然想到我的王位已经被波林勃洛克所推翻，那时候我就立刻化为乌有；可是无论我是什么人，无论是我还是别人，只要是一个人，在他没有彻底化为乌有以前，是什么也不能使他感到满足的。我听见的是音乐吗？（乐声）嘿，嘿！不要错了拍子。美妙的音乐失去了合度的节奏，听上去是多么可厌！人们生命中的音乐也正是这样。我的耳朵能够辨别一根琴弦上的错乱的节奏，却听不出我的地位和时间已经整个失去了谐和。我曾经消耗时间，现在时间却在消耗着我；时间已经使我成为它的计时的钟；我的每一个思想代表着每一分钟，它的叹息代替了嘀嗒的声音，一声声打进我的眼里；那不断地揩拭着眼泪的我的手指，正像钟面上的时针，指示着时间的进展；那叩击我的心铃的沉重的叹息，便是报告时辰的钟声。这样我用叹息、眼泪和呻吟代表一分钟一点钟的时间；可是我的时间在波林勃洛克的得意的欢愉中飞驰过去，我却像一个钟里的机器人一样站在这儿，替他无聊地看守着时间。这音乐使我发疯；不要再奏下去吧，因为虽然它可以帮助疯人恢复理智，对于我却似乎能够使头脑清醒的人变成疯狂。可是祝福那为我奏乐的人！因为这总是好意的表示，在这充满着敌意的世上，好意对于理查是一件珍奇的宝物。

朱生豪先生的译文虽然没有用诗体来表达莎士比亚原文的无韵诗体（blank verse），但是朱先生的散文译文却能再现无韵诗体的口语节奏。例如，“这样我一个人扮演着许多不同的角色，没有一个能够满足他自己的命运”；（Thus Play I，in one person，many people，And none contented）“有时我是国王，叛逆的奸谋使我希望我是一个乞丐，于是我就变成了乞丐”；（sometimes am I king； Then treason makes me wish myself a beggar，And so I am）“可是压人的穷困劝诱我还不如做一个国王，于是我又变成了国王”；（then crushing penury Persuades me I was better when a king； Then am I kinged again）“一会儿忽然想到我的王位已经被波林勃洛克所推翻，那时候我就立刻化为乌有”；（and by and by Think that I am unkinged by Bolingbroke. And straight am nothing）通过再现莎士比亚无韵诗体的口语节奏，朱生豪先生使自己的译文获得流畅、自然的效果。

另一方面，朱先生通畅、自然的译文又能紧扣原文，把原文的意思准确、充分地表达出来。例如，“野心勃勃的思想总在计划不可能的奇迹；凭着这些脆弱无力的指爪，怎样从这冷酷的世界的坚硬的肋骨，我的凹凸不平的囚墙上，抓破一条出路；可是因为它们没有这样的能力，所以只能在它们自己的盛气之中死去”。（Thoughts tending to ambition， they do plot Unlikely wonders： how these vain weak nails May tear a passage through the flinty ribs of this hard world， my ragged prison walls； And， for they cannot， die in their own pride.）理查王在狱中也曾有过想恢复王位的政治野心，也曾有过越狱的念头。他想入非非，“总在计划不可能的奇迹”。他想凭着脆弱的指甲在“凹凸不平的囚墙上，抓破一条出路”。朱先生的译文准确、充分地把这个意思表达了出来。他把tear a passage译为“抓破一条出路”，把ragged prison walls译为“凹凸不平的囚墙”，是十分确切的。又如，他把beget A generation of still-breeding thoughts译为“产下了一代生生不息的思想”，既符合原文的意思，又符合汉语的表达习惯，的确表现出炉火纯青的翻译技巧。再看他把do set the word itself Against the word译成“往往援用经文的本身攻击经文”，也独具匠心。他把英语强调的动词形式do set用汉语时间状语“往往”表现出来，同样收到了强调的效果。他对短语名词word的词义，结合具体的上下文，吃得很透，译为“经文”极为妥帖，因为下面紧接着就援用《圣经》里面的话。

再看理查王在狱中过着孤寂的生活，每天用叹息、眼泪和呻吟来计算时间。他悔恨自己无所作为，觉察到时光的飞逝，自己虚度此生，心里充满了懊恼与愤懑。他责备自己像时钟里的机器人一样，替波林勃洛克看守时间。朱先生把but my time Runs posting on in Bolingbroke’s proud joy，While I stand fooling here，his Jack of the clock 译为“可是我的时间在波林勃洛克的得意的欢愉中飞驰过去，我却像一个钟里的机器人一样站在这儿，替他无聊地看守着时间”。朱先生把Bolingbroke’s proud joy译作“波林勃洛克的得意的欢愉”，尤其把I stand fooling here，his Jack of the clock译成“我却像一个钟里的机器人一样站在这儿，替他无聊地看守着时间”，这些都译得非常好。尽管他的译法和原文的字面意思有出入（例如，把proud译为“得意的”，把分词fooling译为副词“无聊地”），尽管他的译法和原文的句子结构不相符合（例如，把英语的同位语结构I，his Jack of the clock译为“我却像一个钟里的机器人一样”），尽管他的译文给原文加了字（例如，“看守着时间”在原文里并没有出现），但是朱先生对原文的意思却吃得非常透，他的译法把原文的意思十分准确、充分地表达了出来。在译Jack of the clock这个英语名词短语时，朱先生简练地把它译为“钟里的机器人”，同时又极为巧妙地把这个机器人的作用（看守着时间）和分词fooling结合在一起译为“替他无聊地看守着时间”。这种译法可以说是达到了化境。它可以说明我在上面所说的“熔化、分解、重新组合”的过程。

朱先生的译文也有不足之处，就是他偶然也有对原文理解不足或理解错误的地方。例如，他把I have been studying how I may compare this prison where I live unto the world译成“我正在研究怎样可以把我所栖身的这座牢狱和整个的世界两相比较”。朱先生把英语现在完成进行时have been studying译作现在进行时“正在研究”（am studying），表现出他对原文时态注意不够。理查王于1399年9月30日被迫退位，关入监狱，于1400年1月死在狱里。他在狱中一共度过了三四个月的时间。在这期间他一直在研究（have been studying）怎样把监狱和整个世界相比较，而不应是像朱先生所译的“正在研究”。又如，朱先生把yet I’ll hammer it out译作“虽然这样说，我还要仔细思考一下”。朱先生对hammer it out这个习语成语的含义似乎理解得不够准确。根据《袖珍牛津字典》（*the POD*），hammer out被解释为“devise laboriously（费力地想办法）”。因此朱译的这一句似可改为“虽然这样说，我还要费力地去完成它”。从以上这几个例子来看，像朱生豪先生这样的英语造诣很深的翻译家偶尔也会有疏忽之处。那么，对大多数年轻的从事翻译工作的人来说，更应加倍细心，努力做到准确地理解原文的语法结构和词汇及短语的含义，彻底吃透原义的意思。在这个基础上才谈得到怎样把原文投入翻译的熔炉，加以冶炼，化成既准确又自然的译文。

莎士比亚的《皆大欢喜》[①]

本文的目的在于通过莎士比亚的喜剧《皆大欢喜》说明莎士比亚的人文主义理想如何由于当时英国社会矛盾的加深，因而变得更加深刻和更加成熟；指出莎士比亚在他的作品中如何加强了对于当时英国社会的批判，如何使用讽刺这一武器来达到批判社会生活和人与人之间关系的目的；同时指出莎士比亚的作品和人民大众的血缘关系，他的人文主义理想如何代表了人民大众的愿望和要求，他的人文主义理想的深刻化和成熟化的转变也反映了由于当时英国社会矛盾的加深、人民大众对于资产阶级关系日益上升和封建压迫和束缚尚未消除的英国社会所抱的不满和批判的态度。

① 原载:《北京大学学报》编辑部. 北京大学学报（人文科学版）. 1956, 10（51–66）. 北京:《北京大学学报》编辑部, 1955-.

莎士比亚的时代

英国在16世纪中叶技术的革新促进纺织工业的巨大发展。以前英国的羊毛是出口商品，现在需要输入一部分羊毛来满足纺织工业的要求。此外，冶金、煤、锡、铜等矿藏的开采，以及盐、玻璃、肥皂等的制造，这些工业都建立起来，而且得到很大的发展。工业和对外贸易都需要大量资金，资金的积累就成了人们各种活动的目标。为了积累资金，地主们圈占公共土地，甚至侵占农民的耕地，作为养羊的牧场，因为羊毛的利润极大。这种“圈地运动”的结果使得大批农民流离失所，成为乞丐或流氓。在16世纪的作品和文献里我们经常可以读到人们对“圈地运动”所发的愤怒的抗议。自从英国的纺织工业需从外国输入一部分羊毛进行生产以来，国内的“圈地运动”更变本加厉了。16世纪中叶约翰·海勒斯在他的散文作品《论英国这个国家的公共利益》中有一段对话可以说明在这个资本主义原始积累时期，人们的道德观念是如何的混乱和动摇。参加对话的是一个骑士和一个学者。谈到地主们的圈地行为时，骑士说：“既然他们这样做比用别的办法能够得到更大的利润，那么他们为什么不可以这样做呢？”学者回答说：“我能够很好地告诉你他们为什么不可以这样做，因为他们不应该损人利己。可是怎样才能使他们不愿意这样做呢？这就是问题的症结所在；因为只要他们看到牧场比耕地更为有利，那他们永远就要圈地，就要把耕地变为牧场。”①在原始积累时期，古老的道德观念开始被新的唯利是图、损人利己的资产阶级的行为准则所代替。在这个时期出现了大批凶狠自私的冒险家。为了达到积累资金的目的，他们不惜采取一切罪恶的手段（如《李尔王》中的爱德蒙）。金钱的关系、利害的关系像一种腐蚀剂，把人和人之间的互相友爱化为乌有了，使人和人之间的正常关系不复存在了。在16世纪的文献里我们常常遇见对于慈善事业衰落、穷人得不到救济这种现象的不满和抱怨。1577年葛劳斯特郡的诉苦书中指出从前英国有许多教堂和寺院，在那里，僧侣阶级过着懒惰寄生的生活。现在，虽然懒惰和寄生的现象已不存在，但是从前教会和寺院对穷人的普遍救济却没有人肯担

① 约翰·海勒斯，《论英国这个国家的公共利益》，伊丽莎白·拉蒙德编辑（英国剑桥，1893），第50页。引自海利特·斯密斯:《伊丽莎白时代诗歌》（美国麻省剑桥，1952），第199页。［John Hales, *A Discourse of the Common Weal of this Realm of England*, ed. Elizabeth Lamond（Cambridge, England, 1893）; Hallett Smith, *Elizabethan Poetry*（Cambridge, Massachusett； 1952）.］

负起来了[①]。由于英国实行宗教改革，没收了天主教会的土地和财产，英国资产阶级得到了很大的好处。原来属于教会的土地多半转入资产阶级和新贵族手中。资产阶级把资金是看得极重的，当然不肯拿出一部分钱来从事慈善事业，来救济贫民。当时使许多人感到迷惑费解的是英国实行宗教改革后反而变得自私自利了，反而没有天主教国家那样乐善好施了。1593年英国作家纳西写道："我听见可靠的旅客们说在伦敦一星期中所施舍给穷人的钱还不及法国最穷的被围困的城市在一天之内所施舍给穷人的十分之一。怎么？难道我们的宗教只是贪财而无善行吗？"[②]这种穷人得不到救济的现象也说明了在16世纪的英国资产阶级社会中，人和人之间只存在着金钱关系和利害关系。

此外，由于粮价的高涨，在16世纪的英国就出现了粮食投机商人。为了积累资金，人们不择手段来追逐暴利，囤积粮食，造成饥荒，给穷人带来极大的灾难。在16世纪的作品和文献里，从世纪的中叶到世纪末不断出现对于粮食投机商人的攻

---

① 登纳木和斯坦莱·帕尔格里斯，《英国的疾苦和改革》（纽约，1938），第450页。引自海利特·斯密斯，同书，第197页。［W. H. Dunham and Stanley Pargellis, *Complaint and Reform, in England*（New York, 1938）.］

② 马斯·纳西，《作品》，麦开罗编辑，第2卷，第161页。［Thomas Nashe, *Works*, ed. McKerrow .］

击。哈利孙把这些投机粮商叫作“獾子”，说他们把穷人从市场上完全赶了出去，一点粮食也买不到。哈利孙又说他除了祈祷外，想不出任何办法来改变这种情况[①]。另外一种积累资金的方法就是放高利贷。由于商业、工业和航海业都需要更多的资金，需要贷款，因此高利贷者就大为活跃起来。另一方面，贵族们过着穷奢极侈的生活，他们为了付庞大的日常开支，也向高利贷者借债。当时贵族莱斯特伯爵欠债达五万九千镑之多[②]。贵族地主们不能无止境地靠举债度日，他们要改善他们的处境就更加紧剥削佃户，增加地租。因此纳西写道：“蛇吞食了青蛙，青蛙吞食了蜗牛：放高利贷者吞食了地主，地主又吞食了农民，三者互相吞食，互相抱怨。”[③]这就是当时英国社会人和人之间的关系：互相残杀、互相吞食的关系。此外，伊丽莎白女王的宠臣们——新贵族——还有另一种积累资金的方法：他们从女王那里得到工商业的专利权：如若黎得到开采

① 佟尼和埃林·鲍威尔编辑，《都铎朝经济文献》共3卷（伦敦，1924），第3卷，第77页。引自海利特·斯密斯，同书，第201页。［R. H. Tawney and Eileen Power, eds., *Tudor Economic Documents*, 3 vols.（London, 1924）.］

② 托马斯·威尔森，《论高利贷》，佟尼编辑（伦敦，1924），第32页。引自海利特·斯密斯，同书，第202页。［Thomas Wilson, *A Discourse upon Usury*, ed. R. H. Tawney（London, 1924）.］

③ 托马斯·纳西，《作品》，麦开罗编辑，第2卷，第159页注。

康威尔锡矿的专利，艾赛克斯得到酿造甜酒的专利等。当时许多日常生活必需品的制造和销售都被女王的宠臣所垄断，如玻璃、染料、皮革、铁、盐、肥皂、纸等日用必需品都如此。这种专利和垄断，一方面阻碍了技术的革新和生产力的提高，另一方面大大地增加了广大的消费群众的负担，而且也使得小手工业者和小商人遭到破产的命运。当时有人统计：由于四个宠臣得到专利造成六千到八千人的破产①。由此看来，这种积累资金的方法，它的残酷性也不下于圈地运动了。人们对于伊丽莎白女王滥发专利是十分痛恨的。当时有人写讽刺诗说女王宫廷中有各式各样的朝臣：皮革朝臣，别针朝臣，肥皂朝臣，酸醋朝臣，淀粉朝臣，纸片朝臣，酒杯朝臣等②。由于议会中对于专利权不断的攻击，由于人民的请愿和示威，最后女王不得不宣布取消所有的专利权（1601年11月30日）。从以上列举的事实来看，16世纪的英国是一个非常残酷的时代。为了积累资金，人和人之间只存在着互相残杀、互相吞食的关系，只存在着金钱关系和利害关系。那是一个少数人发财致富、大多数

---

① 登纳木和斯坦莱·帕尔格里斯，《英国的疾苦和改革》（纽约，1938），第272页。引自海利特·斯密斯，同书，第203页。

② 斯它尔德，《致用集》，第2卷，第17诗。引自勒·西·奈兹：《琼森时代的戏剧和社会》（伦敦，1937），第77页。[Bastard, *Chrestoleros*, Book Ⅱ, Epigr. 17; L. C. Knights, *Drama and Society in the Age of Joson* (London, 1937).]

人贫困破产的时代。

《皆大欢喜》和牧歌文学以及罗宾汉歌谣和剧本之间的关系

《皆大欢喜》是根据16世纪英国作家托马斯·罗奇用散文写的牧歌传奇《罗瑟琳》[①]（1590年出版）写的，因此《皆大欢喜》属于牧歌文学或田园文学这个类型。《皆大欢喜》中亚登森林内的世界是牧歌文学的世界。莎士比亚在这里描绘了一幅理想的田园生活的图画。牧童和牧女们在这里过着简单纯朴、自给自足的生活，远离城市和宫廷中的你争我夺和互相倾轧。《皆大欢喜》的第一幕用西莉亚向罗瑟琳说的一句话来结束："现在让我们满足地走向自由，而不是走向流放。"[②]在

---

① 托马斯·罗奇，《罗瑟琳，或名尤浮讲斯的黄金遗产》，屋·屋·格雷格编辑（1907；第二版，1931）。我用的是海·海·佛尔尼斯编辑（莎士比亚新集注本）：《皆大欢喜》（美国费城，1891），附录，第317–387页。［Thomas Lodge, *Rosalynde, Euphues golden legacie, ed.* W. W. Greg；H. H. Furness, ed.（New Variorum ed. Of Shakespeare），*As You Like It*（Philadelphia, 1891），Appendix.］

② 吉·屋·浩勒穆编辑（亚登莎士比亚），《皆大欢喜》，第1幕，第3场，第133–134行。本文引《皆大欢喜》皆根据浩勒穆本的幕数、场数、行数。［J. W. Holme, ed.（The Arden Shakespeare），*As You Like It.*］

第一幕第一场中菲德烈公爵的摔跤师查理告诉奥利弗说被放逐的公爵“已在亚登森林内，许多快乐的人们和他在一起；在那里他们像古时候英国的罗宾汉一样生活着；听说每天都有许多青年贵族们成群地去依附他，他们无忧无虑地打发岁月，像人类在黄金时代那样”。（I. i., 109–113）这种无忧无虑、自由满足的生活正是牧歌文学所描绘、所歌颂的。18世纪英国诗人蒲伯曾给牧歌文学下过这样一个定义：“牧歌文学的第一条定律就是它的思想必须从黄金时代的风俗习惯中提取出来，它的教育作用必须建立在对于天真、纯朴这个美德的表现上。”①通常人们总把牧歌文学看成是一种逃避现实的文学，其实牧歌文学在文艺复兴时期欧洲文学中盛行是有它的社会根源的。文艺复兴时期的欧洲（如牧歌文学特别盛行的国家：意大利、英国等）正当封建制度开始瓦解，资本主义生产关系发生、滋长的时期，也就是资本主义原始积累时期。牧歌文学反映了人民对资本主义生产关系不满和厌恶的感情，它提出一个正面的社会理想——牧歌式的社会，也就是人类黄金时代的社会，来和资本主义社会对抗。古罗马悲剧诗人塞涅卡在他的悲剧《希波里特》中关于人类的黄金时代这样写道：“人们对金钱还没有

① 引自戴维德·哈尔德曼，《关于莎士比亚》（1938），第110页。［David Hardman, *What about Shakespeare*（1938）.］

盲目的爱情；还没有神圣的界石在广阔的平原上把田地分开；还没有鲁莽的船只在大海中行驶；每个人只知道他自己的家乡。”[①]塞涅卡拿来和人类黄金时代的无阶级、无私有制的社会相对照的阶级社会的特点：对金钱的盲目崇拜，私有观念的浓厚，商品关系的发达，这些特点在文艺复兴时代的欧洲资本主义社会中更是变本加厉了。因此在文学中提出关于人类黄金时代的社会理想，正是对于资本主义社会的一种批判和抗议。牧歌文学所提出的正面理想是一种悠闲满足的精神生活和美德生活。这样一种生活理想它的积极意义在于它和资本主义的生活理想是相对抗的，因为资本主义的生活理想不是悠闲满足的生活，而是不断地扩展事业、无穷地积累财富的生活。在资本主义原始积累时期，资产阶级最高的美德就是一种进取的野心，这种进取的野心在16世纪英国文学中称为“向上心”（the aspiring mind）。马娄的戏剧作品突出地表现了资产阶级进取的野心，他的帖木儿是这种资产阶级“向上心”的最好的代表。帖木儿说：

---

① 《希波里特》，见《塞涅卡悲剧集》，弗·吉·密勒译，洛布古典丛书，共2卷（1916—1917），第1卷，第525-539页。［*Hippolytus, in Senecas Tragedies*, trans. F. J. Miller, Loeb Classical Library.］

自然用四种元素塑造我们，
在我们心中它们互争统治地位，
可是她教导我们所有的人
都要有一颗向上的心①。

这种“向上心”当然有它的进步作用：它提高了生产，它鼓励人们对知识的追求，它帮助了社会的前进。但是另一方面，这种“向上心”也促使大批冒险家用各种骇人听闻的残酷罪恶的手段来争权夺利，陷害无辜的人们，正是这种“向上心”才造成了资本主义原始积累时期英国社会的黑暗和罪恶。因此牧歌文学所提出的悠闲满足的精神生活和美德生活正是对于资本主义社会生活和资产阶级的活动所做的批判和抗议。《皆大欢喜》中的反面人物奥利弗、菲德烈公爵、摔跤师查理都在某种程度上表现了资产阶级进取的野心。这些反面人物的世界是资产阶级的世界，是和亚登森林中的牧歌世界相对立的。莎士比亚用被放逐的公爵对他的同伴们所说的一段话来作为牧歌生活的开场白：

① 克里斯朵夫·马娄，《帖木儿大帝》，第869–871行。[Christopher Marlowe, *Tamburlaine the Great*,]

我们这种远离尘嚣的生活
使我们听到树木的声音，读到溪流的卷册，
在石头里找到教训，从每一件东西里得到好处①。

被放逐的公爵的这一段话说出了牧歌文学的生活理想：纯朴、自然、悠闲、满足的精神生活和美德生活。公爵对于亚登森林中牧歌生活的赞美在他的同伴中得到了反响。他的会唱歌的同伴阿米恩斯说："我不愿意改变它。"②牧人柯林的一段话也说出了牧人们自给自足、愉快满足的情况：

先生，我是一个真正的劳动者：我赚我吃的，赚我穿的，不恨任何人，也不妒忌任何人的幸福，我高兴听见别人的幸运，满足于自己的不幸，我最大的快乐就是看着我的牝羊吃草和我的小羊吸奶③。

在《皆大欢喜》中，莎士比亚动人地写出了牧歌社会和人类黄金时代人与人之间的互相友爱的关系，来和资本主义社会

---

① 第2幕，第1场，第15–17行。
② 第2幕，第1场，第18行。
③ 第3幕，第2场，第71–75行。

中的金钱关系和利害关系相对照。菲德烈公爵篡夺了自己哥哥的爵位和财产，放逐了自己的哥哥，并且要把自己的哥哥置之死地而后快。这说明资本主义社会中人和人之间的互相争夺、互相残杀的利害关系。可是菲德烈公爵的女儿西莉娅和被放逐的公爵的女儿罗瑟琳之间的友谊却是属于牧歌社会和人类黄金时代的。西莉娅这样安慰父亲被流放的罗瑟琳：

> 你知道我父亲只有我一个孩子，而且不可能再有；所以，真的，当他去世了，我将要让你做他的继承人，因为他用暴力从你父亲手中所夺去的东西我一定要友爱地赠还给你；用我的荣誉起誓，我一定要这样做；假若我违背了我的誓言，让我变成人人憎恨的怪物：所以，我温柔的罗丝，我亲爱的罗丝，愉快起来吧[①]。

当暴虐的菲德烈公爵下令把罗瑟琳流放，西莉娅勇敢地向她的父亲抗议，并且毅然决然自愿地跟随罗瑟琳一同去过流放的生活。为了友谊，西莉娅愿意牺牲一切：金钱、爵位、宫廷的享受，等等。这种对于友谊的重视和对于金钱、地位的蔑视是和

---

① 第1幕，第2场，第16-22行。

资产阶级的道德准则和行动背道而驰的。另外一个例子就是老仆亚当和奥兰多之间的关系，这种关系不是属于资本主义社会的，而是属于牧歌社会和人类黄金时代的。奥利弗欺骗了弟弟奥兰多，霸占了弟弟应得的遗产一千克郎，而且要放火把弟弟活活烧死在房中。老仆亚当偷偷地把奥利弗的阴谋告诉给奥兰多，叫他不要回家，他说：

> 这不是家；这个房子不过是一个屠宰场；
> 憎恨它，畏惧它，不要进里面去①。

亚当从17岁起就在奥兰多父亲家里当仆人，现在快80岁了。在他的暮年，他还要忠心耿耿地跟随他心爱的少主人到外方去流浪，并且他把一生所有的积蓄——五百克郎——赠给奥兰多，这笔钱是他一点一滴积蓄起来做他的养老金用的。他慷慨地、毫不犹豫地给了奥兰多。奥利弗霸占了奥兰多一千克郎，老仆亚当把他的养老金五百克郎赠送给奥兰多。莎士比亚用这两个细节来对照资本主义社会和牧歌社会中人与人之间的关系。

假若我们拿莎士比亚的喜剧《皆大欢喜》和罗奇的散文传

① 第2幕，第3场，第27−28行。

奇《罗瑟琳》来比较，我们将会发现《皆大欢喜》的情节是脱胎于《罗瑟琳》的情节的。不仅在情节方面如此，而且在向往牧歌生活这一点上也是如此。在《罗瑟琳》中，罗奇不止一次地提到牧人们愉快满足的生活。罗奇也歌颂了阿林达（西莉娅）和罗瑟琳之间的友谊，歌颂了老仆亚当的忠心耿耿，但是罗奇对于牧歌世界的描写给读者一种不真实和矫揉造作的印象。在《罗瑟琳》中我们呼吸不到《皆大欢喜》的亚登森林中牧歌世界的纯朴、自然、自由、幸福的空气。罗奇的牧歌传奇究竟是为文人学士欣赏的，它是学究气的，说教式的，有许多冗长庸俗的议论，而莎士比亚的喜剧却真正表现了文艺复兴时期人文主义思想家关于黄金时代和牧歌生活的理想，而且也真正代表了人民群众的愿望和要求。

罗奇的牧歌传奇《罗瑟琳》，在情节方面，又脱胎于14世纪中叶英国诗体传奇《盖麦林》①。这个作品的手稿和《坎特伯雷故事集》的手稿保存在一起，所以前人误认为《盖麦林》是乔叟写的。《盖麦林》一直要到1721年才付印②，可是乔叟

---

① 《盖麦林》，见屋·屋·斯吉特编辑，《吉弗里·乔叟的作品》（1894），第4卷，第645—667页；佛尔尼斯（新集注）：《皆大欢喜》，附录，第313—316页。［*The Tale of Gamelyn*, W. W. Skeat, ed., *The Works of Geoffrey Chaucer*.］

② 约翰·厄利编辑《乔叟集》。［ed. Of Chaucer by John Urry.］

作品的手稿一向流传在读者群众当中，因此罗奇和莎士比亚都可能有机会读到《盖麦林》的手稿。《盖麦林》是一部反抗性很强的作品。它叙述盖麦林的长兄约翰如何霸占了盖麦林的遗产，如何对待盖麦林像对待奴仆一样；盖麦林如何反抗他的地主哥哥约翰，他如何在角力比赛中战胜了大力士，替一个农民的两个被大力士打死了的儿子报了仇；当盖麦林得胜回来，他哥哥如何命人紧关大门，不准盖麦林进来；盖麦林如何把门踢开，把守门人的脖子打断，并且把他投入井中；盖麦林如何在他的地主哥哥家里招待他的伙伴们，大吃大喝，消耗他哥哥的财产；他哥哥如何藏在一间屋顶小房内，看着他们狂欢作乐，但是一句话也不敢说。等到盖麦林的伙伴们告别回去了，约翰才敢出来和盖麦林见面。他用甜言蜜语欺骗了盖麦林，并且起誓要把盖麦林立为他的财产继承人。盖麦林上了他的当，被他用铁链绑在一根柱子上，两天两夜不给他吃喝。管食物的仆人亚当偷偷地来照顾盖麦林。约翰告诉他的亲友们说盖麦林疯了，因此把他拴在柱子上。星期天约翰在家里举行宴会，请了许多客人来饮酒作乐，并且来看盖麦林疯到怎样的程度。客人当中有好些是教会里的上层人物：修道院院长、主持僧，等等。当盖麦林向他们诉说他如何被他的哥哥欺骗虐待，请他们主持公道时，这些势利的寄生虫不但不替盖麦林申冤，而且用教会的名义来诅咒盖麦林。由于盖麦林事先已和亚当定好计策，亚当早已替盖麦林打开了锁链，这时他们二人（盖麦林和亚当）每人拿着一根粗棍，把那一群教会里的坏蛋痛痛快快地打了一顿，打断了他们的腿和胳膊。盖麦林打伤了他哥哥约翰的脊椎骨，并且把约翰用铁链锁了起来。乡长带了许多人来捉拿盖麦林，盖麦林和亚当冲出重围，逃往森林中去。盖麦林和亚当在森林里看见一百四十个青年，穿着漂亮的衣服，围坐在树下，在那里吃东西。这些人都是绿林好汉，他们的领袖热情款待盖麦林和亚当。过了些时，盖麦林被推选为这些绿林好汉的领袖，而他的地主哥哥约翰也当上了乡长。约翰买通官府，下令缉拿大盗盖麦林，把盖麦林押解到法庭受审。盖麦林说："唉，我真是太疏忽了，那时只打断了他的脊骨，没有扭断他的脖子。"盖麦林被关入监狱。由于他的二哥奥梯给他作保，保证他在法庭开审时一定来受审，盖麦林才得暂时被释放，回到森林中去。到了庭审那一天，盖麦林带着他的无忧无虑的伙伴们来到了法庭。当他发现他的乡长哥哥约翰给那些陪审员行了贿赂，把他二哥奥梯定了死罪，因为盖麦林还没有出庭受审，盖麦林十分愤怒，他把法官、乡长和陪审员们一个一个从他们的座位上拉了下来，他自己坐在法官席上，下令把这些作威作福、欺压善良老百姓的恶棍们绞死。盖麦林这个行动不但没有受到国王的处罚，反而得到国王的奖励。国王任命他做大法官，他的二哥奥梯也做了官。

从以上《盖麦林》的情节梗概来看，《盖麦林》这部作品和在十五六世纪英国极为流行的罗宾汉歌谣和剧本的基本精神很有相似的地方。《盖麦林》突出地表现了英国农民群众对于剥削压迫他们的地主阶级、教会和法庭的强烈仇恨，通过对于绿林好汉（盖麦林和他的无忧无虑的伙伴们）的向往来表达人民的复仇心理和建立合理的社会制度的要求。同样地，罗宾汉歌谣和剧本也具有强烈的反封建的倾向性。罗宾汉是英国人民最热爱的英雄，他是英国农民的理想人物。他重新分配社会上的财富：他抢劫有钱人，救济穷人。他虔信宗教，可是对僧侣阶级和教士们恨入骨髓。他是一个善射的猎手，热爱森林和独立自由的生活。他勇敢机智，幽默有趣，慷慨大方，热情地帮助、保护弱者，和统治阶级及它的走狗们进行不断的斗争，而且取得了最后的胜利。罗宾汉歌谣和剧本特别在英国封建社会的末尾和资本主义社会的初期开始盛行，那是因为行将退出历史舞台的封建阶级想做垂死的挣扎，加强了它的统治和压迫，因此激起农民群众更强烈的愤怒和更猛烈的反抗。同时也因为新的资本主义生产关系产生了进步的、要求解放的人文主义思想，这种新的思想也鼓舞了农民对于地主阶级和教会、法庭的反抗，以及一切受压迫阶级的反封建的斗争。《盖麦林》和罗宾汉歌谣和剧本正是反映了封建制度末期和资本主义制度初期英国人民群众（尤其是农民）反封建和争取解放的要求。这些作品极富于人民性，它们甚至于也反映了英国农民世界观中的一些局限性，如对于贤明的国王所抱的幻想（《盖麦林》的结尾可以说明这一点）。我们有理由相信《盖麦林》、罗宾汉歌谣和剧本同样受到广大读者和听众的热爱和欢迎。莎士比亚的《皆大欢喜》在某些方面继承了《盖麦林》和罗宾汉歌谣和剧本的民间传统和人民性，而罗奇的《罗瑟琳》和民间文学之间却保持着一定的距离。

《皆大欢喜》和罗宾汉歌谣和剧本之间的联系主要表现在莎士比亚所创造的亚登森林的气氛。这种无忧无虑、自由、幸福的气氛也就是罗宾汉和他的伙伴们所居住的谢尔屋德森林（Sherwood Forest）的气氛。在英国人民的幻想中，人类的黄金时代只有在谢尔屋德森林中才重新来到了人间，只有在那里才会有“许多快乐的人们……无忧无虑地打发岁月”。莎士比亚之所以在1599年编写《皆大欢喜》，那是因为他想和1598年海军大臣剧团所上演的两个罗宾汉剧本相竞争。这两个剧本是孟迪写的《亨庭顿伯爵罗伯特的没落》及孟迪和切特合写的《亨庭顿伯爵罗伯特的死亡》[①]，它们受到观众极大的欢迎。人民群众热爱罗宾汉和他的伙伴们的故事，对于他们在谢尔屋德森林中所过的自由快乐的生活抱着无限的向往。尤其是孟迪的《亨庭顿伯爵罗伯特的没落》，在描写谢尔屋德森林中的生活这一方面，特别成功，特别值得和《皆大欢喜》中关于亚登森林中生活的描写来比较。我们知道孟迪是非常受人民群众欢迎而为文人学士所嘲笑的一位通俗文学的作者。他不仅写剧本，而且写歌谣，并且翻译了大批的法国传奇小说。在他的剧本里，他常把历史和民间传说结合起来，这些民间传说多半是人民群众所熟悉和热爱的。例如他最早一部剧作《肯特的约翰和坎伯尔的约翰》[②]（1594），就是根据在英国农民中间流传着的一个魔术师的故事写成的。同样地，他的《亨庭顿伯爵

① 安东尼·孟迪，《亨庭顿伯爵罗伯特的没落》；孟迪和切特：《亨庭顿伯爵罗伯特的死亡》；吉·普·考里尔编辑（“五出老戏”，1833），收入道兹莱的《老戏》，第13卷（1874）。参考桑戴克，“‘皆大欢喜’，和罗宾汉剧本的关系”，《英吉利和日耳曼语言学报》，第4期（1902），第59–69页。［Anthony Munday, *The Downfall of Robert Earl of Huntington*； Munday and Chettle, *The Death of Robert Earl of Huntington* ed. J. P. Collier（*Five Old Plays*, 1833），in Dodsley′s *Old Plays*, vol. XⅢ（1874）； Thorndike, “The Relation of ‘As You Like It’ to Robin Hood Plays”，*JEGP*, IV（1902）.］

② 东尼·孟迪，《肯特的约翰和坎伯尔的约翰》，吉·普·考里尔编辑（“莎士比亚学会”，1851）。［Anthony Munday, *John a Kent and John a Cumber*, ed.J.P, Collier（Shakespeare Society, 1851）.］

罗伯特的没落》也把约翰王朝的历史人物亨庭顿伯爵和英国民间关于罗宾汉的故事联系在一起。在孟迪这个剧中，罗宾汉虽然出身贵族，但他却受到残暴的国王的迫害，他的爵位被剥夺，财产被没收，他不得不栖身在谢尔屋德森林中，成了穷人们的保护者。孟迪描写罗宾汉和他的快乐的伙伴们在绿树林中猎鹿，也描写了罗宾汉和马丽安姑娘之间的纯洁、美好的爱情。罗宾汉在绿树林中所感到的愉快满足的心情和被放逐的公爵的心情很相似。此外，孟迪这个剧本和《皆大欢喜》还有其他一些相似的地方，因此我们相信莎士比亚可能因受了孟迪的罗宾汉剧本的启发，参考了14世纪作品《盖麦林》，而把罗奇的牧歌传奇《罗瑟琳》改编成为喜剧《皆大欢喜》。通过这些作品的影响，莎士比亚在《皆大欢喜》中，把牧歌文学的社会理想和英国民间流传的英雄故事（罗宾汉的故事）结合起来，因此我们可以说《皆大欢喜》是一部具有高度人民性的作品。它的人民性表现在莎士比亚用人民所喜闻乐见的文学形式（牧歌体）和人民所熟悉和热爱的民间传说（罗宾汉的故事）来表达他的来自人民群众中的人文主义理想。这个人文主义理想的主要内容包括反资本主义和反封建两个方面：对于牧歌社会和人类黄金时代的向往表现了它的反资本主义的一面；对罗宾汉和他的伙伴们的钦佩表现了反封建的一面。

《皆大欢喜》和讽刺文学之间的关系以及莎士比亚创作由喜剧到悲剧的转变

在伊丽莎白王朝末期，英国社会生活的矛盾日益深刻化和尖锐化。社会财富分配的不平衡越来越严重；主要工商业部门的专利和垄断愈益集中了；英国专制制度的进步作用已经完结，成为阻挠社会发展的反动势力了；宫廷生活的腐败日益暴露；城市手工业者沦为雇佣工人，受到资本家的剥削越来越残酷了；大批农民的破产和流离失所造成严重的社会问题。反抗和不满的情绪在人民群众中间普遍地酝酿着和滋长着。莎士比亚对于他的时代脉搏的跳动是敏感的。因此，由于时代的转变，他的作品也加深了它的社会内容。莎士比亚更锐利地观察社会，更深刻地分析和批判人和人之间的金钱关系和利害关系。这种人和人之间的利害关系和莎士比亚的人文主义理想，也和人民大众的感情和愿望，发生强烈的冲突。莎士比亚在他的最伟大的悲剧作品中（《哈姆雷特》《李尔王》），对于这种人与人之间的利害关系做了极深刻、极生动的分析和描写，同时在这个极端黑暗丑恶的社会背景下，更鲜明地衬托出他的感人的人文主义理想，衬托出他所幻想的、所追求的人和人之间的真诚友爱的关系。莎士比亚在他创作的第一个时期就已经开始对这种人与人之间的利害关系做过一些批判和暴露，但这种批判和暴露在第一时期内，只是偶然的、附带提起的（例如，《威尼斯商人》中安东尼奥对于商业世界中人与人之间的关系所表现出的憎恶厌恨），尚不是莎士比亚作品的主要思想内容。这个主题思想——人和人之间的利害关系——在莎士比亚创作的第二个时期（即悲剧时期）内得到了充分的表现和发挥。莎士比亚的喜剧《皆大欢喜》的创作年代（约1599）处在莎士比亚创作第一时期和第二时期行将交替的时期。由于当时英国社会矛盾的加深，莎士比亚在他的创作中也加深了对于社会矛盾的批判，加强了对于人和人之间利害关系的暴露和批判。《皆大欢喜》本身是一个喜剧，但它的创作年代决定了它的社会内容的加深，因此这个剧本可以帮助我们认识莎士比亚的创作由第一时期到第二时期（即由喜剧时期到悲剧时期）的转变。同时，《皆大欢喜》也说明了莎士比亚的人文主义理想的深刻化和成熟化的转变过程。此外，《皆大欢喜》还证明了莎士比亚对于时代的新的要求极为敏感，对于新的文学形式勇于采取，对于人民大众最迫切的愿望和最强烈的感情能给予迅速的、及时的表现。时代向他提出的新的要求就是在他的作品中反映社会矛盾的加深；在十六七世纪交替的时期内新的流行的文学形式是讽刺剧；人民大众最迫切的愿望和最强烈的感情就是对英国资本主义社会的不满和反抗的情绪，以及要求社会改革的意志。

1599年6月英国政府枢密院下令禁止并烧毁正式的讽刺文学作品。出版物登记册中有一条记载说6月1日政府下令禁止讽刺诗、未经批准的英国历史剧和其他作品，并且命令收集已印行的这一类的作品，送交伦敦主教加以焚毁。6月4日项下有一批烧毁和禁止出版的书目①。英国政府采取这一行动最主要的动机在于阻止富有政治煽动性的书籍和剧本的出版。例如，海威尔德（Heyward）的历史著作和莎士比亚的剧本《理查二世》，后者在埃塞克斯的暴动中曾起了一定的作用②。在《皆大欢喜》中西莉娅说的一句话可能影射英国政府新近所采取的这一镇压行动。试金石说："这是更加值得惋惜的事：傻子不许说聪明话、批评聪明人所干的傻事。"西莉娅回答道："当真的，你说对了，自从傻子所有的一点聪明被禁止发言以来，聪明人所干的一点傻事便大出起风头来了。"③由于英国政府

---

① 艾德华·阿尔伯编辑，《伦敦出版物登记册抄录，1554—1640年》，共5卷（伦敦，1875—1894），第3卷，第677-678页。［Edward Arber, ed., *A Transcript of the Registers of the Company of Stationers of London*, 1554—1640, 5 vols.（London, 1875—1894）.］

② 海利特·斯密斯，同书，第250页。

③ 第1幕，第2场，第94行。

实行这一高压政策，却使讽刺文学在戏剧作品的伪装之下继续担负起它的批判暴露社会黑暗和罪恶的职责来了。由于正式的讽刺文学被禁，人民群众对于讽刺文学的需要就由戏剧作品担负起来。例如，本·江森的喜剧作品《每个人脱离了他的幽默》（1599年上演，1600年出版）就继承了霍尔（Hall）和马尔斯顿（Marston）讽刺文学的传统，而把他们那种极为尖刻的讽刺搬上了舞台。莎士比亚一向被资产阶级学者认为“温柔敦厚”，却也敏捷地担负起时代交给他的新任务，在他的戏剧作品里加强了讽刺的成分。这可由他的创作第二时期的悲剧作品和一些所谓的“问题剧”的喜剧作品（尤其是《特罗勒斯和克莱西德》）充分证明。而《皆大欢喜》这个喜剧也正可以说明莎士比亚的戏剧创作从抒情的到讽刺的这一转变。在《皆大欢喜》中，莎士比亚削弱了他这个作品的蓝本中的牧歌成分，并且加强了它的讽刺成分。他对于牧歌因素的削弱表现在他在《皆大欢喜》中对牧歌文学传统的嘲笑，以及他对牧歌社会的完满性所抱的怀疑和批判的态度。他对于讽刺因素的加强表现在他对于16世纪末英国社会人与人之间的关系所做的更为深刻的批判和暴露。

首先让我们看看他如何嘲笑牧歌文学的传统。莎士比亚一方面同情牧歌文学所理想化了的青年男女之间的爱情，但他却毫不容情地对牧歌传统中情人们表示爱情的方式加以嘲笑和讽刺。例如，《皆大欢喜》的男主人公奥兰多，虽然有许多优点，但作为一个情人，他却表现得和一般牧歌文学中的情人们同样可笑，同样喜用夸张的爱情语言。他把他的爱人罗瑟琳的名字刻在亚登森林中每一棵树的树皮上，并且把他写的可笑的爱情诗挂在树枝上。罗瑟琳虽然用她的整个心灵热恋着奥兰多。但她对奥兰多的爱情诗却不敢恭维。她听完西莉娅朗诵奥兰多所写的一首情诗，不禁喊道，“噢，最仁慈的鸠匹特！多么冗长的爱情说教呀！”[1]看见牧童西尔维斯对牧女菲碧的热烈爱情和单相思的痛苦，罗瑟琳也感觉到她自己受爱情折磨的心情。对爱情痛苦的描写是牧歌文学作品中常常可以遇见的。所以罗瑟琳和西尔维斯的表示爱情的语言，对牧歌文学说来，是正常的、恰当的。可是莎士比亚却让试金石模仿牧歌文学对于单恋痛苦的描写，借以嘲笑牧歌世界中情人们的可笑行为。试金石说：“我记得，当我在谈恋爱的时候，我在一块石头上击碎了我的剑，我叫它挨了那一下，因为它在晚间绊了琴·史美尔的脚；我记得我吻她洗衣裳用的棒槌，亲被她那双可爱的叫风吹裂的手挤过奶的那些母牛的奶头；我还记得我向豌豆荚

① 第3幕，第2场，第152行。

求爱，算是向她求爱。我从豆荚里拿出两颗豌豆，把它们还给了她，流着眼泪向她说：‘请为我戴上这两颗’。”[①]

在《皆大欢喜》中，莎士比亚对于牧歌社会的完满性也表示了怀疑和批判的态度。当被放逐的公爵发表了那段赞美牧歌生活的美丽动人的演说之后，紧跟着就是忧郁、不满的杰奎斯对于牧歌世界的批评。在杰奎斯眼中看来，牧歌世界里也存在着罪恶和不公平的现象，也存在着人对人的压迫和欺凌。杰奎斯说被放逐的公爵和他的伙伴们实际上也是一些暴君和篡夺者，因为他们把亚登森林中原有的居民——梅花鹿——从它们土生土长的土地上赶走和杀死[②]。他们这种行为和当时英国的贵族和资产阶级用圈地养羊、垄断工商业专利权，以及其他残酷手段，使广大人民破产和流离失所，有何两样？莎士比亚的用意是想指出他那个时代人和人之间的利害关系，互相残杀、互相吞噬的关系，甚至于也已经侵入到牧歌世界里面，并且破坏了牧歌社会的纯朴、和谐、友爱和完满。莎士比亚指出牧歌社会并不是完满的、完美无缺的，但这并不是说他根本否定了牧歌文学所提出的社会理想，而是说他深深地感觉到在当时的英

① 第2幕，第4场，第43–51行。

② 第2幕，第1场，第60–63行。

国想实现那样的社会理想是很不可能的。因此他所描写的亚登森林中的牧歌世界并不是一幅完全脱离现实的、纯粹理想化了的图画，而是一方面提出牧歌社会的理想，另一方面也反映了资本主义原始积累时期英国社会生活的现实，这种现实是和牧歌社会的理想相对立、相矛盾的。由于牧歌社会的理想在当时的历史条件下无法实现，莎士比亚开始感到这种理想是不现实的，是多少流于空想的，因此他对牧歌社会加以嘲笑、批判和暴露，进而面对当时的社会现实，更深入地观察、研究生活，更严肃地思考人与人之间的关系。这样看来，莎士比亚对牧歌社会的完满性所抱的怀疑和批判态度也就意味着他对于当时英国社会的不满和憎恶。

现在让我们再考察一下莎士比亚如何在《皆大欢喜》中利用讽刺的手法，更加深刻地暴露当时英国社会的实质，更加严厉地批判人与人之间的关系。在这里我们首先对杰奎斯的形象应该有正确的认识。在罗奇的《罗瑟琳》中并没有杰奎斯这样一个角色，因此他完全是莎士比亚自己创造出来的。杰奎斯最突出的特点就是他的忧郁和他对周围现实的不满，因此他直率地批评他周围的人们，用冷言冷语讽刺他所不赞成的事物，并且找机会给别人头上浇冷水，发表他的悲观厌世的哲学。这样一个人物形象，莎士比亚用夸张的手法把他描绘出来。杰奎斯永远穿着黑衣[①]，他不愿和别人在一起，他喜欢独自躲在树荫下，傍着溪流，长吁短叹，甚至伤感落泪。杰奎斯的性格是不健康的，是可笑的。莎士比亚让这样一个人物在《皆大欢喜》中起着双重作用：一方面他是讽刺的对象，另一方面他又是讽刺者。资产阶级批评家对杰奎斯的性格曾做出各式各样的解释。有一派把杰奎斯的忧郁解释为病理现象，认为是消化不良的后果[②]。还有人说这是由于痰火所造成的（the adustion of phlegm）[③]。这种忧郁症的患者表现得喜怒无常，时而流泪，时而大笑，并且富于幻想和机智。这一派批评家从《皆大欢喜》中找出证据，证明杰奎斯得的是这种忧郁症。他们指出杰奎斯看见一只受伤的鹿在溪流旁边痛得流泪，他也就陪着这只动物流泪。可是过了一会儿，当他听见试金石拿出日晷，对时间和人生大发议论时，他又像公鸡那样大笑起来了。他们同时认为杰奎斯的机智和精辟的言论也可以用痰火来解释。我们知

---

① 艾·特·魁勒枯奇和吉·德·威尔森编辑，《皆大欢喜》（剑桥大学版，1926），第xiv页。［A. T. Quiller-Couch and J.D. Wilson, eds., *As You Like It*（Cambridge Univ. Press, 1924）.］

② 尼可拉斯·布雷登，《忧郁的性格》，吉·布·哈利孙编辑（1929），第57-61页。［Nicholas Breton. *Melancholike Humours*, ed, G.B. Harrison （1929）.］

③ 奥·吉·坎贝勒，《杰奎斯》，《亨庭顿图书馆通报》，第8期（1935年10月），第71-102页。［O.J.Campbell, "Jaques, " *Huntington Library Bulletin,* Ⅷ（Oct. 1935）.］

道在16世纪末和17世纪初的英国，忧郁特别盛行，几乎成为一种时髦风尚。“青年贵族只是为了好玩，也要像黑夜一样忧愁。”[①]贵族青年固然为了学时髦而装成忧郁的样子，可是绝大多数人们的忧郁和不满情绪却是真诚的，并不是假装出来的。尤其是深刻观察社会，思考人与人之间关系的人文主义思想家，他们的忧郁更具有丰富的社会内容和普遍的意义。最突出的例子就是哈姆雷特的忧郁。杰奎斯和哈姆雷特又不完全相同。哈姆雷特是一个正面的典型，他是人文主义思想家，他也是揭露者和讽刺者。杰奎斯的忧郁大部分是属于学时髦或假装的那一类，因此他不是正面典型，而是讽刺的对象。但他的忧郁又不完全是假装的或学时髦的，而是有它一定的社会根源的。因此，在一定程度上，杰奎斯也是揭露者和讽刺者。为什么说杰奎斯的忧郁有一部分是假装的呢？因为在他身上我们可以看出当时从意大利旅行回来的英国贵族青年的一些特点，而这些贵族青年的忧郁，肯定的是学时髦的结果，而无任何真实内容。在16世纪90年代，有一类意大利化了的英国人成了大家嘲笑和攻击的目标。他们从意大利旅行回国，对祖国的一切都看着不顺眼，他们身穿黑衣，醉心于忧郁这一风尚。他们在国

---

① 引自勒·西·奈兹，《江森时代的戏剧和社会》，第324页。

外过的是荒淫放荡的生活；他们不仅失去了对祖国的爱，失去了新教，而且丧失了对人生真正的信心。他们变得玩世不恭而且忧郁悲观。就是这一类人物的忧郁也有它的社会原因。“为了看别人的土地而卖掉自己的土地，回到本国变成了一个穷光蛋……通过旅行和广阔的见闻，自己的行为举止变得文雅了，自己的聪明才智发达了，自己对自己的估价很高，而别人却不肯承认。”[①]这就造成了这一类人物的不满情绪，大有怀才不遇之感，杰奎斯和伊丽莎白时代意大利化了的忧郁不满的国外旅行家有好些相似的地方。他是个旅行家，他到过意大利。这里是罗瑟琳向他说的话：“再见吧，旅行家先生。你必须说话口齿不清，穿得奇奇怪怪，瞧不起你自己国家的一切优点，讨厌你自己出生的地方，而且几乎要责备上帝，怪他把你造成你那副面孔；不然的话，我将很难相信你曾坐过威尼斯的游艇。”[②]杰奎斯告诉我们说他的忧郁是他在旅行期间所做的观察和思考的产物[③]。被放逐的公爵告诉我们说杰奎斯在国外过的是荒唐放荡的生活，他是一个荒淫的人，从他所游历的国

---

① 兹·斯·芬克，《杰奎斯和不满的旅行家》，《语言季刊》，第14期（1925），第244页。［Z. S. Fink, “Jaques and the Malcontent Traveller”, *PQ*, *XIV*（1925）.］

② 第4幕，第1场，第30−35行。

③ 第4幕，第1场，第17−19行。

家那里染上了所有一切的道德败坏和罪恶[①]。最后，杰奎斯对于人生失去了信心，这可以从他那段关于人生七个阶段的有名的独白中看出[②]。在这里，杰奎斯把人生的空虚和乏味加以生动的描写。总起来说，杰奎斯的忧郁有一大部分是假装的，或从个人出发的，是他荒淫的、不道德的生活的自然后果。他妒忌别人，透过忧郁的眼光来观察世界。假若我们只停留在这样关于杰奎斯性格的了解，那我们就上了资产阶级批评家的当，因为这样我们就会完全忽视了杰奎斯在《皆大欢喜》中所起的暴露、批判资本主义原始积累时期英国社会黑暗罪恶的重要作用，就会用“病态”“怪癖”“不正常的心理”这一类的字眼来形容杰奎斯，而把他对原始积累时期英国社会关系所做的尖锐讽刺和攻击，一笑置之。对于杰奎斯的正确了解应该是：杰奎斯的忧郁，在一定程度上也反映了英国社会矛盾的加深。杰奎斯在《皆大欢喜》中所起的主要作用是揭露和讽刺英国社会的作用。上面已经说过，由于1599年英国政府下令禁止讽刺文学，讽刺文学就通过戏剧形式表现了出来。江森和马尔斯顿把辛辣、尖锐的讽刺搬上了舞台，开始了讽

① 第2幕，第7场，第65–68行。

② 第2幕，第7场，第138–165行。

刺剧这一新的文学类型。在江森和马尔斯顿的讽刺剧的人物当中，总有一个角色充当讽刺评论家。例如《每个人脱离了他的幽默》中的马西棱提（Macilente）和《不满者》（*The Malcontent*）中的马勒伏里（Malevole）[①]。《皆大欢喜》就是莎士比亚对于由江森和马尔斯顿所开始了的讽刺剧所做的最初贡献，在《皆大欢喜》中杰奎斯就充当讽刺评论家这样一个角色。和评论家一样，杰奎斯表示出他具有改革社会的热忱，他要洗净世界上的污浊东西。他说：

> 只要你允许我
>
> 说出我心里的话，我一定要彻底地
>
> 把这个受了病毒的世界的污浊身体洗干净[②]。

现在让我们看看杰奎斯怎样履行他的讽刺评论家的职责——

---

① 参考奥·吉·坎贝勒，《喜剧性的讽刺和莎士比亚的〈特洛伊罗斯与克莱西达〉》（美国加州散马里诺，1938）；伊·伊·斯多勅：《莎士比亚，马尔斯顿和不满者的典型》，《现代语言》，第3期（1906），第281-303页。［O. J. Campbell, *Comicall Satyre and Shakespeare's Troilus and Cressida*（SanMarino, Calif, 1938）； E. E. Stoll, 《Shakespeare, Marston, and the Malcontent Type》, *MP*, Ⅲ（1906）.］

② 第2幕，第7场，第58-60行。

洗涤英国资本主义社会的病毒。对于资本主义社会中富人缺少同情心，排挤、唾弃破产了的穷人，杰奎斯做出这样的评论：

大摇大摆地往前走吧，你们这些肥胖多油的市民；
这正是社会上的风气：你们干吗要看
一下那个败落破产的可怜虫[①]？

对于资本主义社会中人与人之间只存在着金钱关系，杰奎斯是这样加以形容的："人们互相问候，就像两个狗脸猴子碰在一起，当着一个人热烈地向我道谢时，我以为我给了他一便士，他才向我致乞丐般的谢意。"[②]

最后我想指出：当奥兰多为了救亚当的性命到处寻找食物时，他看见被放逐的公爵和他的伙伴们在树下围坐着将要吃鹿肉。奥兰多拔出他的剑，打算用暴力夺取食物[③]。这说明什么问题呢？我想奥兰多这种举动也正反映了当时英国社会上慈善事业的衰落，有钱人不肯救济穷人。奥兰多以为他只有用暴力才能得到食物，因为他不相信人与人之间还存在着同情和

① 第2幕，第1场，第55–57行。
② 第2幕，第5场，第23–26行。
③ 第2幕，第7场，第88行及以下。

怜悯。奥兰多说他以为在亚登森林里一切生物都是野蛮残酷的[1]。但真正野蛮残酷的，不是亚登森林里的居民，而是英国社会上的富人，是英国的资产阶级。

根据以上分析，我们可以得出这样的结论：《皆大欢喜》在莎士比亚全部创作道路上占一个重要地位，它可以帮助说明由于社会矛盾的加深，由于莎士比亚世界观发生的深刻变化，莎士比亚的创作逐渐由喜剧时期过渡到悲剧时期，莎士比亚的人文主义世界观从而表现出这样的转变：从对族长式的牧歌社会抱着幻想进入到对资本主义原始积累时期英国社会关系加以深刻分析和严厉批判。

① 第2幕，第106行。

莎士比亚的《哈姆雷特》的三个片断 ①

莎士比亚写的《丹麦王子哈姆雷特的悲剧故事》（*The Tragical History of Hamlet*，*Prince of Denmark*，1601）根据13世纪初丹麦历史家Saxo Grammaticus的记载，叙述丹麦王子哈姆雷特替父亲报仇，杀死他的篡夺王位的叔父的故事。在莎士比亚创作《哈姆雷特》悲剧以前，伦敦舞台上曾经上演过一个《哈姆雷特》剧本，可惜这个剧本没有流传下来。这个老本子《哈姆雷特》可能和托马斯·基德（Thomas Kyd，1558—1594）所写的《西班牙悲剧》（*The Spanish Tragedy*，1585）有相似之处：替亲人报仇的主题；被谋杀者鬼魂的出现；主人公的装疯；剧中剧的穿插；等等。莎士比亚沿用了这些陈套，把这个古老的丹麦故事又一次搬上了伦敦舞台。但是莎士比亚

① 原载：王佐良，许国璋，周钰良. 英美文学活页文选. 北京：商务印书馆，1962.

的伟大贡献在于他的革新，在于他的独创。莎士比亚改造了丹麦的历史故事，改造了故事中主人公的性格，创造了哈姆雷特这个复杂、深刻的人物。通过这个人物和他周围环境之间的冲突，莎士比亚反映了文艺复兴时期人文主义思想家的理想和资本主义原始积累时期社会现实之间的无法调和的矛盾。中世纪的丹麦实际上就是指的十六七世纪的英国。丹麦王子哈姆雷特实际上就是文艺复兴时期英国社会上进步青年（具有先进的人文主义思想的青年）的代表。对于这些青年来说，当时英国的政治、英国的社会真是太黑暗了。难怪哈姆雷特说“丹麦是一所监狱”（Ⅱ，ii，249），“丹麦是一间最坏的囚室”。

这里所选莎士比亚悲剧《哈姆雷特》三段文章都能说明文艺复兴时期先进的人文主义思想。第一段（Ⅱ，ii，307—321）歌颂自然界的壮丽，歌颂人的聪明才智，歌颂人的力。第二段（Ⅲ，i，56—88）探索生和死的问题，指出思想和行动之间的矛盾。第三段（Ⅲ，ii，1—46）提出先进的文艺理论：戏剧的目的是反映人生。下面就这三段文章做进一步的分析。

第一段：哈姆雷特已和他父亲的鬼魂见了面，鬼魂已把他被谋杀的经过告诉给哈姆雷特，并且命他替父报仇（Ⅰ，Ⅴ）。哈姆雷特听到这样骇人听闻的罪恶行为，受到极大的震动。他进一步认识到社会的黑暗：人的自私自利，奸诈虚伪的盛行，诚实正直的人吃亏。他意识到他不仅有责任替父报仇，而且有责任改造这样黑暗罪恶的社会。他的苦闷，他的忧郁加深了。这时他的叔父派了哈姆雷特以前的两个好朋友Rosencrantz和Guildenstern来刺探哈姆雷特苦闷的原因。哈姆雷特很快就识破这两个卖友求荣的奸细的可耻行为。他戳穿了他们的面具，迫使他们不得不承认是国王派他们来的。我们选的这段文章是哈姆雷特向他们客观地描述自己心情的转变和行为的反常。他只说了他的苦闷所表现出来的一些现象，他决不会把他苦闷的真正原因告诉给他们。但是在描述这些现象时，哈姆雷特情不自禁地歌颂了宇宙的壮丽，人的才华和力量，同时也发出了理想幻灭的痛苦声音：“大地是伸到茫茫大海里的一座荒凉的山岬，天空也无非是一大堆结聚在一起的乌烟瘴气。”（卞之琳译文）

第二段：这是哈姆雷特最有名的一段独白。这段独白并不说明哈姆雷特想借自杀来逃避替父报仇的责任，而是表达了人文主义思想家对生死问题的思考。哈姆雷特已和演员们约好当天夜间在宫中上演一出小戏，特请国王和王后观赏。他叫演员们演的戏很像他叔父谋害他父亲、娶他母亲的内容。他的目的在于观察他叔父对这出戏的反应，用以证实鬼魂所说关于谋杀的罪行。若经证明他叔父果然是凶手，那他就要立刻采取行动替父报仇。他焦急地等待着夜晚的来临，以便进行这场关键性的试验。在这段无所事事的等待期间，他心情更加沉重了。他想到死是一条出路，但是他并未下决心自杀。他权衡着生和死的得失；他想到每个人都掌握着自己的生死命运。拼死去和罪恶社会作战呢？还是消极地忍受世间的不平和痛苦？“默然忍受命运的暴虐的毒箭，或是挺身反抗人世的无涯的苦难，在奋斗中结束了一切，这两种行为，哪一种是更勇敢的？”（朱生豪译文）。在这里哈姆雷特历数英国资产阶级社会上不平等、非正义的现象：“谁愿意忍受人世的鞭挞和讥嘲，压迫者的凌辱，傲慢者的冷眼，被轻蔑的爱情的惨痛，法律的迁延，官吏的横暴和微贱者费尽辛勤所换来的鄙视。”（朱生豪译文）哈姆雷特考虑到拿起武器和罪恶社会作斗争，采取行动替父亲报仇，都可能要付出生命为代价，因此他想到生存和死亡的问题。死亡可以结束一切尘世间的痛苦，何乐而不为？但是死亡究竟是个谜，死后可能还有来生，来生可能有更多、更可怕的痛苦在等待着我们，如同睡眠中有噩梦一般。由于这个顾虑，人们宁愿忍受漫长的、痛苦的一生，而不肯轻易用一柄小小的刀子来结束自己的生命。因此，顾虑使我们成为懦夫。哈姆雷特从生死问题转而思索思想和行动之间的关系。思想是指导行动的，但是想得太多却令人踌躇不前，误了大事。这是哈姆雷特对自己的警告。文艺复兴时期的人文主义者，既是思想家，又是行动家。在这段独白里，哈姆雷特绝不是在宣传自杀；相反地，他所主张的是拿起武器和罪恶社会战斗是思想必须付诸行动。这正是文艺复兴时期人文主义思想家所极力主张的。

第三段：这是哈姆雷特向三个演员谈论表演艺术的一段谈话。谈话的时间是当天傍晚，在那三个演员将要演出哈姆雷特准备好用来侦探国王是否为凶手的那出戏以前。为了把这出戏演好，真能感动观众，哈姆雷特特别关照参加演出的那三个演员，叫他们要注意表演艺术。哈姆雷特所发表的关于戏剧艺术的意见是先进的文艺复兴时期的文艺观点，和中世纪封建的文艺观点和表演艺术恰成对照。哈姆雷特强调表演不要过火，要有节制，要合乎自然，因为戏剧的目的在于反映人生，在于"给自然照一面镜子"（"hold the mirror up to nature"）。可见哈姆雷特重视现实主义艺术，强调文艺反映时代精神和社会面貌的作用。在第2幕第2场里，哈姆雷特把演员称为"时代的缩影和简史"（"the abstracts and brief chronicles of the time"，Ⅱ，ii，557–558）。中世纪的教会戏剧通过圣经故事来宣传宗教，因此和人生及社会现实距离较远。文艺复兴戏剧宣传人文主义思想，戏剧成为反映社会、批判社会、改造社会的有力武器。哈姆雷特的戏剧理论是合乎新时代的要求的。

此外，在表演艺术方面，哈姆雷特所提出的一些原则，今天看来，仍有借鉴价值。例如，不要演得太过火，也不要演得太平淡或太过温。又如，凭着常识的指导，用动作配合台词，用台词配合动作（Suit the action to the word， the word to the action）等。这些原则是针对英国舞台上中世纪的残余——夸张过火的表演技术——而发的。新时代的戏剧要求彻底改革表演的技术。

莎士比亚的《麦克佩斯》的四个片断①

莎士比亚写的悲剧《麦克佩斯》（*The Tragedy of Macbeth*，1606）讲的是苏格兰的历史故事。莎士比亚有关英国和苏格兰的历史知识主要来自霍林谢德（Holinshed，约卒于1580年）写的《英格兰、苏格兰和爱尔兰的编年史》（*Chronicles of England*，*Scotlande*，*and Irelande*，1577）。英国女王伊丽莎白逝世（1603）后，苏格兰国王詹姆斯继承了英国王位，称为詹姆斯一世（James I，1603—1625）。莎士比亚的剧团受到新国王詹姆斯一世的保护，成为"国王的仆人"（the King's Men）。1606年夏，丹麦国王克里斯蒂安四世（Christian Ⅳ）访问英国，詹姆斯一世予以隆重的招待。詹姆斯命令莎士比亚剧团准备演出新剧目，以娱贵

① 原载：王佐良，许国璋，周钰良. 英美文学活页文选19. 北京：商务印书馆，1965.

宾。《麦克佩斯》这个剧本很可能，就是莎士比亚奉命在短期内赶写、为了在宫中招待外国元首上演的。在这个剧本里，莎士比亚明显地向詹姆斯致敬，取悦于英国的新国王，因为詹姆斯是《麦克佩斯》剧中历史人物班轲（Banquo）的第八代子孙。班轲是苏格兰历史上有名的英勇、正直的武士。詹姆斯作为班轲的后裔必然感到光荣。在《麦克佩斯》剧中，莎士比亚又预言到詹姆斯的后代将继承王位，延绵不绝。此外，莎士比亚又在剧中引入女巫作法的场面，以取悦于詹姆斯，原来这位国王十分迷信。他曾写过一本书，名叫《魔鬼论》（*Daemonologie*, 1597），专门论证魔鬼的存在和女巫们的法力。由上列事实推论，《麦克佩斯》写作和上演的时间是1606年夏。

悲剧《麦克佩斯》情节如下：

苏格兰国王邓肯（Duncan）年迈、无能。他的臣子麦克唐瓦尔德（Macdonwald）叛变，发兵向他进攻，图谋篡夺王位。他的两个儿子马尔考穆（Malcolm）和唐纳本（Donalbain）年幼力弱，不能替父出征。幸亏邓肯的堂弟麦克佩斯（Macbeth）英勇善战。他替邓肯平息了麦克唐瓦尔德的叛乱，又胜利地抵御了挪威国王斯威诺（Sweno）的侵略。这样麦克佩斯解救了苏格兰民族的危难，为国家立下了大功。在凯旋回朝的途中，麦克佩斯和他的战友班轲，在暴风雨的原野上遇见了三个女巫（weird sisters）。女巫们向麦克佩斯预言：麦克佩斯将来要做国王；又向班轲预言：班轲的子孙要做国王。班轲对女巫的话一笑置之，但麦克佩斯听了女巫的预言，不禁大吃一惊（Macbeth starts violently）。原来麦克佩斯心中早有当国王的念头，被女巫们一语道破，焉得不惊？不过，虽然麦克佩斯野心勃勃，但他对利用罪恶手段达到做国王的目的却有很大的顾虑。

邓肯热情洋溢地欢迎麦克佩斯胜利归来。他由衷地向麦克佩斯致谢，甚至流下了泪。为了向麦克佩斯致敬，他决定驾临麦克佩斯的府第，并打算在那里过夜。邓肯当众宣布，立他的长子马尔考穆为皇储，将来要继承他的王位。根据苏格兰古老的习惯，王位继承一般不是世袭，而是通过选举来决定的。邓肯一旦去世，麦克佩斯作为民族英雄很可能被选为国王。但是邓肯却不顾古老的习惯，竟然以王位传子，这对麦克佩斯的野心是一个打击，因此麦克佩斯起了谋杀邓肯的念头。现在邓肯居然打算来他的府第过夜，送上门来，这是千载难逢的良机，岂能轻易放过？

麦克佩斯和他的妻子定计谋杀邓肯，并且嫁罪于侍候邓肯睡觉的两名侍卫。麦克佩斯杀死邓肯后，立即受到良心的谴责。他却听见空中有声音在喊："再也不要睡觉了！——麦克佩斯在谋杀睡眠——麦克佩斯再也休想睡觉！”（“Sleep no more！—Macbeth does murder sleep— ... Macbeth shall sleep no more！”）的确，从此以后麦克佩斯丧失了内心的安宁，再也睡不着觉了。

邓肯的忠臣麦克达夫（Macduff）和勒诺克斯（Lennox）在黎明前来敲麦克佩斯府第的门，催邓肯早起上路。他们和麦克佩斯一起发现邓肯被人杀死在床上。麦克佩斯一怒之下杀死了那两名侍候邓肯睡觉的仆人，企图灭口。马尔考穆和唐纳本为了替父报仇，连夜分头逃往英国和爱尔兰，乞求援军。由于他们不辞而别，大家都疑心是他们害死了自己的父亲。于是麦克佩斯被大家拥戴为苏格兰国王，继承了邓肯的王位。

麦克佩斯虽然如愿以偿，但他心里仍担忧女巫关于班轲子孙将继承王位那个预言的实现，因此他怂恿几个不满现状的军人，趁班轲和他的儿子弗里安斯（Fleance）夜晚从郊外归来，在半途中杀死了班轲。弗里安斯逃脱，得以幸免。当晚，麦克佩斯在宫中大宴群臣，虚席以待班轲。凶手回报班轲头上刀伤二十余处，死于沟壑之中。由于弗里安斯逃脱，麦克佩斯心中不安，竟然忘记招待宾客。幸亏他的妻子提醒了他，方重新振作精神，打算和他的臣子们开怀畅饮。但忽然间麦克佩斯看见班轲的鬼魂坐在他自己打算坐的座位上，而在座其他宾客却都看不见这个鬼魂。麦克佩斯向班轲的鬼魂说：“你不能说这事是我干的！不要对着我摇摆你那凝结了血块的头发！”（“Thou canst not say I did it! Never shake Thy gory locks at me!”）虽然有麦克佩斯夫人来解围，使麦克佩斯没有当场泄露他害死班轲和邓肯的秘密，但麦克佩斯在宴会上的奇异行为引起了他的臣子们对他的猜疑。

逐渐麦克佩斯发现自己处在众叛亲离之中。为了要知道自己未来的命运，麦克佩斯主动地去寻找那三个女巫。这一次他所得到的预言是：（1）要提防麦克达夫！（2）要残忍、勇敢、果断。凡是女人生的人都没有力量伤害你。（3）除非是贝尔南（Birnam）森林移到邓西楠（Dunsinane）山面前，麦克佩斯永远也不会被人征服。听了女巫们的预言后，麦克佩斯立即采取行动对付麦克达夫。由于麦克达夫已逃亡国外，麦克佩斯就凶残地把麦克达夫的妻子和幼儿全部杀死。麦克达夫逃往英国，找到了邓肯的长子马尔考穆。他们争取到英国国王的援助，发兵讨伐麦克佩斯，为民除害，因为麦克佩斯已经堕落成为杀人不眨眼的暴君。与此同时，麦克佩斯夫人的病日益加深，她患的是夜游病。她在睡眠中走来走去，做着用水洗手的姿势，每一次要洗上一刻钟。她叹息地说：“这儿还有那血腥味！阿拉伯所出产的一切香料都不能使这小小的一只手变香。”（“Here’s the smell of the blood still! All the perfumes of

Arabia will not sweeten this little hand."）她在睡梦夜行中独自和她丈夫对话。她重演谋杀邓肯那晚她所做的每一个重要动作。她听到钟响两下，说：是该行动的时候了（她和丈夫约好在晚上两点钟动手杀害邓肯）。她永远也忘不了邓肯卧在血泊里那个场面。她自言自语地说："可是谁又会料到那个老头子身上有这么多的血？"（"Yet who would have thought the old man to have had so much blood in him？"）医生叫麦克佩斯夫人的护士提防病人自杀。终于麦克佩斯夫人忍受不了内心的痛苦，趁人不备，结束了自己的生命。

这时马尔考穆和麦克达夫已引来英国军队和苏格兰起义军队会合，把麦克佩斯包围在邓西楠城堡中。马尔考穆命兵士每人折一树枝，拿在手中作为掩护物，浩浩荡荡向邓西楠城堡前进。麦克佩斯部下向麦克佩斯报告贝尔南森林已经移到邓西楠山面前。麦克佩斯痛恨女巫们欺骗了自己，决心与敌人拼个你死我活，于是打开了城堡，出城迎战。麦克佩斯终于和麦克达夫交锋。麦克佩斯认为没有人能够战胜他，除非那人不是女人生的。麦克达夫向他说：麦克达夫不是女人生的，他未足月就从母亲子宫里取了出来。麦克佩斯认识到他又受了女巫们的骗。最后麦克达夫杀死了暴君麦克佩斯，马尔考穆继任为苏格兰国王。

在悲剧《麦克佩斯》里，莎士比亚塑造了麦克佩斯和麦克佩斯夫人这两个令人难忘的形象。麦克佩斯夫人注重实际，意志刚强，一心想帮助丈夫把苏格兰的王位弄到手。她没有什么道德观念，对谋杀邓肯毫无顾虑，以为用一点水就可以洗干净杀人的罪恶。她对丈夫说："一点水就洗净了我们这个行动；那该有多么容易呀！"（"A little water clears us of this deed; How easy is it，then！"）可是逐渐她认识到她和她丈夫所犯的罪恶的严重性。她老在那里洗手，因为她意识到她的罪恶是永远也洗不干净的。她绝望地说："唉！这两只手将永远也净不了吗？"（"What！ will these hands ne'er be clean？"）是的，麦克佩斯夫人的罪恶是永远也洗不干净的。莎士比亚创造了这个妇女形象来说明野心和犯罪行为给人所带来的内心痛苦和肉体上的折磨。最后，麦克佩斯夫人只有自杀一条路好走。

和他的妻子相比较，麦克佩斯的悲剧更令人惊心动魄。麦克佩斯原是一个正直、勇敢的军人，他受到大家的爱戴和器重。他对妻子说："我赢得各阶层的人们对我的好评。"（"I have bought Golden opinions from all sorts of people."）由于他替苏格兰国家和人民立了功，成为苏格兰的民族英雄，于是就起了做国王的念头。很可能原先他在政治上有他自己的抱负和理想，由于邓肯软弱无能，他便有心取而代之。但是他心里所抱的远大志向，按照他的性格，必须用纯洁高尚的手段来实现。[麦克佩斯夫人说她丈夫："你想要追求的高贵东西，你愿意用圣洁的方式去获得。"（"What thou wouldst highly， That thou wouldst holily."）] 他的性格里又"充满了人类仁慈的乳汁，使他不肯抄近路。"（"It is too full o' the milk of human kindness To catch the nearest way."）他的道德观念很强，心里顾虑重重，又加上他非常富于幻想，因此他经常像一位诗人或哲学家那样来形容、描绘他自己的思想感情，来分析、评论他自己的行为和动机。在一段类似哈姆雷特考虑生死问题的独白里，麦克佩斯幻想一旦邓肯被杀害，"怜悯将像一个一丝不挂的新生的婴孩骑在狂风背上，把这桩可怖的谋杀事件随风吹入每个人的眼中，使泪水把大风淹灭。"（"And pity， like a naked new-born babe Striding the blast，...shall blow the horrid deed in every eye， That tears shall drown the wind."）但是他经不起妻子的怂恿和嘲讽，还是犯了那可怕的杀人罪。他选择了一条罪恶、残暴的途径来达到做国王的目的。这是麦克佩斯生平第一次犯罪。一旦走上了犯罪的道路，麦克佩斯就和他的正直、诚实永别了。另一方面，他却变得更加富于想象力。例如，当他妻子听见猫头鹰叫和蟋蟀悲啼，他却听见空中有声音在喊："再也不要睡觉了！——麦克佩斯在谋杀睡眠——麦克佩斯再也休想睡觉！”（“Sleep no more! —Macbeth does murder sleep—...Macbeth shall sleep no more! ”）这是他灵魂深处的喊声。此后，麦克佩斯在罪恶的泥坑里愈陷愈深，他向他妻子发出极端痛苦的喊声：“噢！亲爱的妻子，我心里有蝎子在螫！”（“O! full of scorpions is my mind, dear wife! ”）尤其是，他对生命感到厌倦，表露出羡慕死人在坟墓里安眠的消极、绝望的心情：“邓肯躺在他的坟墓里；经过了人生热病的发作以后，他现在睡得很安稳！”（“Duncan is in his grave; After life's fitful fever he sleeps well! ”）麦克佩斯对生命表示厌倦的感情在他生命的末日达到了顶峰。当他听到他的侍从向他报告麦克佩斯夫人逝世的消息时，他对人生做了这样的评论总结：“熄灭吧，短短的蜡烛！人生不过是个会行走的影子，不过是个技术拙劣的演员，在舞台上趾高气扬地迈着步子，咆哮着度过在台上规定的时间，以后再也不出场了；人生不过是痴人说梦，听起来声色俱厉，其实毫无意义。”（“Out, out, brief candle! Life's but a walking shadow, a poor player That struts and frets his hour upon the stage, And then is heard no more: it is a tale Told by an idiot, full of sound and fury, Signifying nothing.”）这是麦克佩斯对他自己罪恶、痛苦的一生所作的结论，同时也是莎士比亚对他所作的结论。

在《麦克佩斯》悲剧里，莎士比亚企图说明社会罪恶和马基亚维里式的（Machiavellian）利己主义道德标准给善良、正直的人所带来的危害和痛苦。资产阶级利己主义的道德标准和不择手段来达到目的的哲学对莎士比亚来说是万恶之源，是一切痛苦和灾难的祸根。麦克佩斯也受到这种思想的影响（女巫和麦克佩斯夫人都对他施加影响），他的性格受到腐蚀，日趋堕落。他也学会了伪装、诽谤、欺骗、恐吓、报复这些资产阶级利己主义者所惯用的罪恶伎俩。麦克佩斯夫人向麦克佩斯说："装出一副像无害的鲜花的模样，但是干的却是花底下躲藏着的毒蛇所干的事情！"（"look like the innocent flower, But—be the serpent under't!"）麦克佩斯夫人所灌输给麦克佩斯的思想是所谓的超道德的思想。她代表的是资产阶级冒险家为了积累资本所表现出来的"坚强的意志和毅力"。她用轻蔑、嘲笑作为手段，把自己的丈夫逼上了犯罪之路。麦克佩斯夫人代表的是家庭对麦克佩斯的影响；那三个女巫可以说是代表社会对麦克佩斯的影响。莎士比亚利用大家都认为是有很大的危害力量的女巫来象征资产阶级利己主义对麦克佩斯的腐蚀作用和败坏影响。班轲也看到了女巫，听到了女巫们的预言，但是班轲并没有受女巫们的影响，始终保持他的正直、善良、忠诚、老实的本来面目。麦克佩斯经不起女巫的诱惑，受了她们的影响，结果走上了犯罪的道路，丧失了他的正直、善良，遭受到最严厉的内心惩罚和最残酷的精神痛苦，到头来众叛亲离，成为人民公敌，落得个悲惨可耻的下场。莎士比亚的作品对今天的读者仍具有教育意义，我们要时刻警惕资产阶级思想对我们的侵害和腐蚀。

下面对《麦克佩斯》中的四段选文做一些说明：

第一段（第1幕，第6场）：邓肯在傍晚时分来到了麦克佩斯的府第前。他和班轲有一段动人的对话，描写麦克佩斯府第环境优美、清幽、愉快、健康。这段文字一方面表现班轲和邓肯心地的纯洁、平静，另一方面又与下面行将发生的谋杀和恐怖场面形成鲜明的对照。

第二段（第2幕，第2场）：这是麦克佩斯和麦克佩斯夫人谋杀邓肯的一场，是整个悲剧中最可怖的一场。当然杀害邓肯的实际行动是在幕后进行的，但是全场充满了紧张、恐怖的气氛，使观众屏住了呼吸看下去。同时，莎士比亚把这一对犯罪夫妇的心理刻画得十分深刻。二人的性格呈现出鲜明强烈的对照：麦克佩斯夫人着重实际效果，行动果断、迅速；麦克佩斯则着重考虑行为的意义和犯罪的后果。他犯罪后立即堕入幻想世界，迟迟不能采取有效措施来掩盖自己的犯罪痕迹。请读者注意麦克佩斯的自我分析的特点。例如，他看着自己染上了邓肯鲜血的双手，向他妻子说："真可怕！真难看！"（"This is a sorry sight."）又如，他说他听见有个声音在喊："再也不要睡觉了！——麦克佩斯在谋杀睡眠——无辜的睡眠——"（"Sleep no more! —Macbeth does murder sleep—the innocent sleep—"）

第三段（第3幕，第2场）：这一场的内容是麦克佩斯杀死了邓肯以后，如愿以偿地做了苏格兰国王，但是他并不感到心满意足。相反地，他忧虑、憔悴，晚上睡不着觉，白天不愿见人，独自想心事。他羡慕死去的邓肯在坟墓里睡得安稳。他痛苦地向他的妻子求援，说他自己心里钻满了蝎子，不断地在螫他的心。他不了解这是良心对他的惩罚，反而以为是由于班轲和班轲的儿子弗里安斯仍旧活着，他自己的王位坐不稳，因此决心要把班轲和弗里安斯干掉，以除后患，以为这样做就可以拔掉自己心中的肉刺。在麦克佩斯和夫人的对话里，麦克佩斯运用了一系列描写黑夜的极为生动的形象来象征他自己内心世界的黑暗和他的可怕的犯罪心理。

第四段（第5幕，第5场）：这一段文字表现了麦克佩斯对生命的厌倦，同时也可以看作是莎士比亚对悲剧主人公虚度了的一生所作的结论。一个有理想、有抱负、正直、勇敢的人，由于在罪恶的社会影响面前解除了武装，成为它的俘虏，结果在犯罪的泥坑里愈陷愈深。这样一个人的一生岂不是虚度了吗？请读者注意：莎士比亚并不是在这里宣传悲观厌世的哲学，提倡“人生空虚论”；相反地，他在这里表现了正面积极的思想：人应该充分发挥自己的聪明才智，过一个有意义、有价值的一生。

密尔顿和渥兹沃斯[①]

——介绍三首十四行诗

英国19世纪浪漫主义诗人渥兹沃斯（William Wordsworth，1770—1850）于1827年曾写过一首论十四行诗的十四行诗。现翻译如下：

不要轻视十四行诗；批评家，你皱眉不赞成它，
忘记了它应得的荣誉；用这把钥匙
莎士比亚打开了他心灵的门户；音乐
来自这把小琵琶，它安慰了彼特拉克的爱情创伤[②]；

① 原载：英语学习编辑委员会. 英语学习. 1962, 11（2-7）.北京：商务印书馆，1958-.

② 彼特拉克（Petrarch, 1304—1374）是意大利文艺复兴时期的学者和诗人。在他的十四行诗里，诗人抒发了他对少女罗拉（Laura）的爱情，这就减轻了爱情的痛苦。

塔索[①]上千次吹奏了这支笛子；
轲莫恩斯[②]用它慰藉了一个流放者的悲伤；
像鲜艳的桃金娘树叶，十四行诗闪烁在
丝柏枝当中，用这些植物但丁[③]装饰了
他的富于幻想的前额：像荧光一般的灯火，
它鼓舞了从神怪世界被召唤回来的温柔的斯宾塞[④]，
在黑暗的道路上探索前进；当失意和消沉

① 塔索（Tasso, 1544—1595）也是意大利文艺复兴时期的诗人。除史诗《解放了的耶路撒冷》外，塔索还写了不少抒情诗（包括许多首十四行诗）。笛子和琵琶都是伴奏歌唱十四行诗的乐器。

② 轲莫恩斯（Camoens, 1524—1580）是葡萄牙最有名的诗人。他在果阿和中国澳门度过了十七年的放逐生活。

③ 但丁（Dante, 1265—1321）是意大利最有名的诗人。他的主要作品是长诗《神曲》。诗人戴上桂冠是一种荣誉。但丁戴在他的前额上的却不是月桂枝，而是丝柏枝。丝柏在欧洲常植于墓地，象征哀悼。但丁哀悼佛罗伦斯少女贝亚特丽斯（Beatrice），写了《新生》（其中包括许多首十四行诗），抒发对她的爱慕和思念。桃金娘是爱神维纳斯的圣花，象征爱情。

④ 斯宾塞（Spenser, 1552—1599）是英国文艺复兴时期诗人，著有《仙后》和十四行组诗。后者是他向Elizabeth Boyle求婚期间写的爱情诗。在《仙后》诗中，斯宾塞写的是神怪世界，但他真正关心的是人间的善恶问题和社会上个人的道德修养。他在黑暗中探索道德的完善，赖有荧光般的灯火（指他的妻子对他的爱情）鼓舞他前进。

降落在密尔顿[①]路程的周围时，在他手中
十四行诗变成一支军号；从军号里他吹出了
振奋人心的乐曲——唉，可惜太少了[②]。

渥兹沃斯这首十四行诗对文艺复兴时期欧洲文学中十四行诗这个诗体的题材内容和艺术成就做了概括而又非常生动、深刻的总结，使我们体会到欧洲文学中这些优秀的诗人，在他们各自的十四行诗中，用不同的艺术风格，抒发了各人独有的思想感情。尤其对于三位英国诗人，渥兹沃斯所做的评语更是亲切、动人：莎士比亚在他的某些十四行诗里把他心灵深处的话都说给读者听了。斯宾塞用十四行诗的微弱灯火替他自己，并给读者，照亮了黑暗、错综复杂的人生道路，使人着重道德修养，免得走入歧途。密尔顿的十四行诗像军号一般振奋人心，激励士气。

从渥兹沃斯对这三位英国诗人的评语看来，密尔顿显然

---

① 密尔顿（Milton, 1608—1674）是英国17世纪资产阶级革命时期的诗人。他为英国革命事业操劳过度而双目失明。在他的革命路程上有时也会遇到心情沉重、失意消极的时刻，但他却能写出振奋人心的十四行诗来，鼓舞了自己，也鼓舞了别人。

② 密尔顿一共只有十八首用英文写的十四行诗（另外有五首是用意大利文写的）。

受到他更高的推崇。的确密尔顿是英国诗人当中最伟大的一位。他是诗人、学者、政论家，更是坚毅勇敢的革命家。渥兹沃斯在他青年时代也是洋溢着革命热情的诗人。他的优秀诗篇都是在他热心支持、宣传1789年法国革命的时期和他的革命热情尚未衰退的时期写成的。在这里渥兹沃斯有意识地把密尔顿作为他的导师和学习的榜样。他还有一首十四行诗，赞扬密尔顿伟大、崇高的人格。这首诗的标题是《伦敦，1802年》（*London*，1802）。译文如下：

密尔顿！你应该活在今日：
英国需要你：它是一片沼泽，
一潭死水：祭坛、剑和笔①，
炉边②，客厅和内室虽然威武、豪华③，
却丧失了古老的英国财富
内心的满足。我们成了自私自利的人；
噢！唤醒我们，重新回到我们身边；

---

① 祭坛、剑和笔代表教士、军人和作家三种职业，指社会生活。

② 炉边指家庭生活。

③ 客厅为男主人居留之处；内室为主妇居留之处。客厅固然威武，内室纵然富丽，意为：家庭生活内外两处固然威武、豪华。

把淳朴的风俗、美德、自由和力量带给我们。
你的灵魂像一颗明星，远离尘寰；
你的声音像大海：
干净得像空荡荡的天空，庄严、自在，
你就是这样跋涉在生活的平凡道路上，
愉快而高尚；可是你的心头
总关注着最微贱的职守。

渥兹沃斯这首十四行诗把法国大革命时代的英国比作死水般的沼泽，说英国人精神空虚，自私、短视。他怀念密尔顿的革命时代，希望密尔顿能够再回到英国人当中，唤醒英国人，使英国人能像法国人那样进行轰轰烈烈的革命斗争。他赞美密尔顿的灵魂，密尔顿的革命理想像一颗远在天边的明星；密尔顿的声音像海洋一样壮阔（试比较“十四行诗变成一支军号”）；密尔顿的人格纯洁得像万里无云的晴朗的天空，崇高、自由。密尔顿同时又能时刻想到做最平凡的工作，尽最微贱的职责。

现在让我们读一首密尔顿自己写的十四行诗。这诗的标题是：“关于作者的双目失明，题赠斯基诺先生”（“*To Mr. Cyriack Skinner upon His Blindness*”）。现翻译如下：

西里亚克[①]，三年来这一双失明的眼睛，
虽然表面上看起来，它们没有毛病或黑点，
但它们已经丧失了看东西的本领；
在它们失效的眼球前整年间再也不出现
太阳、月亮、星星、男人或女人的形影。
但是我并不责难上帝的行为或意图[②]，
也没有减少一丝一毫的勇气或希望。
反而仍旧坚持不懈，奋勇前进。
你若问是什么力量在支持我？
朋友，是我的意识；我意识到我失去了眼睛
是由于为了我的维护自由的崇高事业而操劳过度，
全欧洲都在谈论这件事[③]。假若我没有更好的向导，
这个意识也会引导我穿过尘世间无聊的化装舞会，
虽失明，也心安理得。

---

① 西里亚克·斯基诺（Cyriack Skinner）是密尔顿的好友，他比密尔顿小十九岁，曾经是密尔顿的学生。他是个律师。复辟后，当密尔顿的生命和财产遇到危险时，曾帮助过密尔顿。

② 指上帝使他双目失明这件事而言。

③ 密尔顿因撰写拉丁文论文替英国人民处决了英王查理一世的革命行动做辩护而操劳过度，以致失明。他的论文驳斥了君权神授论，震动了全欧洲。全欧洲都谈论着密尔顿为英国人民争取自由的革命行动做辩护这件事。

密尔顿这一首十四行诗证实了渥兹沃斯对他的评价。他的确是献身革命，牺牲个人的伟大、崇高的革命家。他的十四行诗的确像军号一样鼓舞人心，像海洋一样雄壮。自有十四行诗诗体以来，中世纪和文艺复兴时期的欧洲文学从来都是用它来写爱情这一类主题的。密尔顿却用它来写政治抒情诗。密尔顿的政治抒情诗像文艺复兴时期那些爱情抒情诗一样热烈，一样富于感染力。后来英国19世纪浪漫主义诗人，像渥兹沃斯、拜伦、雪莱、济慈等，也都曾用十四行诗体来写政治抒情诗。密尔顿对他们的影响是明显的。

密尔顿这首赠西里亚克的十四行诗运用了极为朴素有力的语言和口语式的文体，把他忠心耿耿为英国人民革命事业的满腔政治热情抒发出来，读起来非常亲切、诚恳，同时又令人景仰敬佩。先从词汇方面来看，密尔顿在这首诗里大量运用了英语的基本词汇：sun，moon，star，man，woman，day，light，hand，heart，hope；forget，appear，bear，support，ask，lose，talk，lead；clear，idle，content，blind，noble，等等。他不用华丽的辞藻、巧妙的比喻来修饰、点缀他的诗行。他用的语言并不是诗歌所特有的语言，而是日常生活所最必需、最通用的语言。渥兹沃斯在他的《抒情歌谣集》（*Lyrical Ballads*，1800）的序言里说诗歌和散文用的是同一种语言。渥兹沃斯极力反对英国18世纪非常盛行的所谓的“诗体词汇”（poetic diction）。他举了密尔顿做例子，企图证明诗歌语言和散文语言应该是一致的。事实上，密尔顿的散文较他的诗歌更为难懂，可能由于说理文难于抒情文。渥兹沃斯的作品也是如此。他的散文比他的诗歌难懂得多。诗歌的写成经过更细心的思考、推敲、修改，结果是它的语言一方面更平易近人、亲切诚恳，但同时又非常精练而含蓄。从密尔顿和渥兹沃斯这几首十四行诗来看，他们达到了这样的艺术高峰。

密尔顿这首十四行诗在运用朴素有力的语言方面给我们树立了良好的榜样。本诗第十二行英文原文是Of which all Europe talks from side to side。在这行诗中talks一词在某些版本里做rings讲。我查对了密尔顿诗集最早的、最可靠的、最好的本子，都做talks讲，不做rings讲。可见密尔顿的原文是talks。这个例子可以证明密尔顿选择的是最普通、最常用的词，同时在这行诗里也是最恰当的词，最朴素有力的词。若用rings一词，就显得不这么朴实了。

其次，密尔顿这首十四行诗用的口语对话式的文体，使读者感到好像在听两个知心朋友的亲密谈话。这里有对朋友的直接称呼（第十行：friend）；这里有一问一答（第九行：What supports me，dost thou ask？第十行The conscience...to have lost them overplied...）；这里同时也有口语式的补充说明（第六行：Or man，or woman——这是附加在Of sun，or moon，or star这些名词后面的补充说明，同时也收到了强调此附加材料的效果）。全诗最口语化的一句，也是最有力、最感动人的一句，就是第六行至第九行：Yet I argue not Against Heaven’s hand or will， nor bate a jot Of heart or hope， but still bear up and steer Right onward。我们听见了密尔顿坚毅忍耐的声音，我们受到了他的勇气和信心的鼓舞，使我们不畏困难，坚决走革命的道路，奋勇前进。谁说口语式的文体不能入诗，不能深刻强烈地打动读者？

密尔顿在这首诗里抒发的是他个人的强烈情感，但是这不是狭隘的、无聊的个人情感，而是革命者为国家、为人民的崇高情感。当情感达到白热化的程度时，伟大的诗人所用的语言往往是最简单、最朴素、最接近口语的一种。密尔顿不是唯一的例子。莎士比亚的伟大悲剧《李尔王》中的千锤百炼的语言和无韵诗体（blank verse）的高度灵活运用，也可以说明同样的道理。

斯威夫特的讽刺散文①

斯威夫特（Jonathan Swift，1667—1745）是英国文学和欧洲文学史中一位很重要的讽刺作家。他是小说家、政论家、文学批评家和诗人。他的散文纯朴犀利、准确有力，有人曾拿鲁迅先生的散文风格和斯威夫特的相比。英国18世纪初期两位散文家：笛福（Daniel Defoe）和斯威夫特，文章都写得具体、生动、朴素、有力。但笛福的散文和斯威夫特的散文比较起来，就看得出这两个作家一个是商人，另一个是学者。笛福的语言反映出英国资产阶级注重实际的性格，因此它是非常有条理的、简单明了的、准确的、实事求是的。而斯威夫特的语言却在平易中见机智，在冷静中见热情，在具体事物中见抽象的哲理。因此说斯威夫特的散文风格较笛福的要高出一筹。

---

① 原载：英语学习编辑委员会．英语学习．1963，1（2-9），1963，2（2-11）．北京：商务印书馆，1958-.

斯威夫特最主要的作品是《格利弗游记》（*Gulliver's Travels*，1726）。和笛福的《鲁宾孙飘流记》（*Robinson Crusoe*，1719）相似，《格利弗游记》也是一部海上冒险小说。格利弗做了四次航海的冒险和发现。第一次航行，他到了小人国（Lilliput）。那里一切生物都只有欧洲生物的十二分之一大小。小人国虽小，可是国内党派倾轧、竞争非常剧烈。有所谓高跟派（Hight-Heels）与低跟派（Low-Heels），又有所谓“大头派”（Big-Endians）与“小头派”（Small-Endians）的区别与分歧。高跟、低跟是说两派穿的鞋子，后跟高低不同。“大头”“小头”是说吃鸡蛋时先敲碎鸡蛋的大的一头，或先敲碎小的一头的区别。“大头”“小头”两派不仅引起国内的分裂，而且“大头派”逃亡在国外的流放者勾引邻国（也是一个小人国）的国王，发兵侵略小人国，斯威夫特所描写的小人国的情况就是英国和欧洲国家政治的缩影。格利弗第二次航行到了大人国（Brobding-nag）。那里一切生物都比欧洲的大十二倍。格利弗向大人国的国王叙述英国和欧洲的情况，大人国的国王听后得出这样一个结论：格利弗的国家是“大自然所允许在地面上爬行的丑恶小害虫当中的最恶毒的族类”（the most pernicious race of little odious vermin that nature ever suffered to crawl upon the surface of the earth）。格利弗第三次航行到了飞岛国（Laputa）。这个国家的统治阶级住在飞岛上，这个岛可以在空中自由移动。假若人民发动起义或革命，国王就下令把飞岛从空中落下，整个压在起义人民的头上，用此高压手段来镇压革命。格利弗第四次航行到了马国（the country of the Houyhnhnms）。在这个国家里，马是有理性的动物，具有高度智慧和道德修养，清洁、有礼、善良、正直。和马相对照的是一种非常丑恶、可憎、污浊、残酷的动物，又像人又像野兽，名叫Yahoo，它们是马的奴仆。通过这个极端丑恶的Yahoo的形象，斯威夫特描绘了伪善的、掠夺的、贪得无厌的英国资产阶级。斯威夫特说整个欧洲的政治是“一个流脓的毒疮”（a running sore）。他已认识到阶级社会的剥削实质。格利弗说：“我国人民的大多数都被迫过着悲惨的生活，每日劳动赚得些许工资，为了使少数人丰衣足食。”（the bulk of our people were forced to live miserably, by laboring every day for small wages to make a few live plentifully.）《格利弗游记》的确是一部深刻的讽刺作品。

斯威夫特是个才子，他非常擅长写风趣幽默的文章。有一天在乡下散步，斯威夫特和当时著名诗人蒲伯（Alexander Pope）约定各自分头把自己一时的杂感不加修饰地记在记事本上。斯威夫特的这些偶然的感想往往用简单精练的语言表达出深刻的道理和精辟的见解。读时如饮醇酒，如听古琴，颇能振人心胸，发人深思。这些格言式的记录是斯威夫特赋予社会和人生所做的一些按语。它们并不能代表斯威夫特的全部思想，它们只是斯威夫特思想中的一些种子或萌芽。这些杂感收在斯威夫特的《杂文》（*Miscellanies*，vol.I，1728）里。我认为斯威夫特的《杂文》对于学习英语写作也提供了良好的典范。现在和《格利弗游记》第一部第六章小人国游记中的片断一起介绍给读者，目的是通过这两部分的选文来观察、说明斯威夫特的讽刺散文的一些特点。

先谈《格利弗游记》的选文。

斯威夫特的文章写得非常精确、具体。小人国里居民的身高不超过六英寸。其他生物的高低、大小也按照这个比例：马、牛四五英寸，羊一英寸半，鹅大小如麻雀，云雀大小像苍蝇。皇帝御花园中最高的树也不过七英尺高，格利弗握紧了的拳头可以够得到树顶。其他植物的大小依次类推，斯威夫特请读者自己加以想象。

第一段里有一幅非常精细、美丽的画面。格利弗看见一个小姑娘用肉眼看不见的细丝线穿一根肉眼看不见的小针。对于小姑娘来说，针和丝线当然看得很清楚，但对格利弗来说，针和线都变得看不见了。斯威夫特写道：“... a young girl threading an invisible needle with invisible silk. ”把小姑娘的灵巧、秀美和儿童单纯、欢乐、天真的姿态和心理极细腻生动地在纸上托出。这句话的声音（闭口元音［e］，［i］，［iː］和节奏［'θrediŋ ən in'vizəbl 'niːdl wið in 'vizəbl 'silk］）增加了细美的效果。斯威夫特的小人国是童话世界。他用孩子们的眼光看孩子们的世界。小马、小牛、小羊、小鹅、小树、小人把我们引到孩子的世界里去。他又用小姑娘穿针这个生动、细巧的形象集中地表现了儿童世界的美丽和诗意。由此，我不禁领会到伟大的作家既会讽刺，又能抒情。莎士比亚如此，狄更斯如此，鲁迅先生和斯威夫特未尝不如此（鲁迅先生的《故乡》是一篇感人至深的抒情诗），虽然首先应该称赞的是鲁迅先生和斯威夫特的讽刺才能。

《格利弗游记》是童话，也是政治和社会讽刺小说。从我们选文的第二段开始，让我们看一看斯威夫特的讽刺技巧。小人国虽小，学术却很发达。格利弗告诉读者小人国人们的书写方式十分特别，既不像欧洲人写字从左到右，也不似阿拉伯人从右到左；既不同于中国人写字自上而下，也不同于Cascagian人自下而上。他们写字的方式却像英国社会上的太太小姐们，从一页纸的一角横斜着写到纸的另一角。这段文字含蓄而幽默。斯威夫特大约也像学校里的教师一样，很不喜欢看见学生把字写得东倒西歪，潦草难认。斯威夫特当时社会上的摩登妇女以写字歪斜为时髦，成为一时的风尚。我们知道斯威夫特很重视英语的规范化，对于书法，他自然也要求整齐统一。这种含蓄的讽刺一方面不太刺伤被批评的对象，另一方面却也给人留下极深刻的印象。这种深刻印象当然是由于斯威夫特罗列了好几个不同的民族，加以互相对比，尤其令人难忘的是那个写字自下而上的不见经传的Cascagian民族。这个民族有可能完全是斯威夫特杜撰出来的。但是，杜撰也好，实有其事也好，居然将这个奇怪的民族和文雅时髦的英国上等社会的女士们相提并论，则颇出乎人们意料。但斯威夫特的讽刺用心却是明显的：英国有教养的妇女们虽然是文明人，却把字写得哩刘歪斜，和野蛮的、未开化的Cascagian人写字自下而上（上下颠倒）却有相似之处，这难道不是令人引以为戒的事吗？

底下两段文字又把读者引到儿童们的童话世界里去，但是读者在欣赏小人们的活动的同时并没有忘记斯威夫特的讽刺意图。小人们忙着给格利弗准备衣食等生活资料，同时动员了数十、数百人费了多大的气力，想尽办法来满足格利弗的需要。这正是阶级社会中劳动者费尽千辛万苦养活不劳动者的写照，尤其是那些统治阶级的上层分子（国王、大臣等），在衣、食方面更是豪华奢侈，劳民伤财，最令人痛恨。

给格利弗缝衬衫需要出动二百名做针线的女工；给他做衣服需要三百名裁缝；给他做饭需要三百名厨师。格利弗称赞了这些小人们的聪明、灵巧和勤快。读者也不禁叹服小人们数学演算的本领（例如，从格利弗的右手拇指的圆周推算出他的衣领和腰身的尺寸）。小人们不嫌费事，攀着梯子上到格利弗的颈部，从他的领子上吊下一根铅垂线来量他的衣服的长度。格利弗对于小人们的称赞间接反映了斯威夫特对劳动人民的智慧勤劳的歌颂。但是他所要突出加以讽刺的是王公大臣所过的骄奢淫逸的寄生生活。上面已经提到有三百名厨师专门给格利弗做饭。他们和他们的家属住在格利弗所住的房子周围的小茅舍中，每人要给格利弗准备两样菜。侍候格利弗吃饭需要一百二十名侍者，二十名在桌上，一百名在地下侍候着格利弗吃饭喝汤。这种排场是只有封建君主（如17世纪法国国王路易十四，我国清末慈禧太后等历史人物）才能办到的。

我们选文的最后一段更是对君主和大臣的露骨讽刺。小人国的皇帝居然带着皇后、太子和公主们前来与格利弗共餐。格利弗把御座摆在饭桌上，请皇帝一家就座，周围站着他们的卫兵，这些卫兵也都站在桌上。斯威夫特的用意是把这些神圣不可侵犯的君主写得渺小、可怜、微不足道。这样小的家伙还那么神气活现，自以为了不起，使读者认识到帝王将相并不能引起我们的崇敬心情。相反的是我们不禁感到这些统治阶级的人物实在可笑可怜。在我们下面所选斯威夫特的杂文中可以看到斯威夫特对国王所抱的明显的轻视态度。在这段小人国选文里，斯威夫特除对封建君主加以嘲笑外，还讽刺了财政大臣Flimnap。这个人物显然是当时英国政治舞台上的一名政客的写照。这个人是个两面派，他一方面在国王面前说格利弗的坏话，另一方面却在众人面前对格利弗特别表示亲热友好。很可能他是斯威夫特的政敌之一，因为格利弗说道："That Minister had always been my secret enemy."小人国的财政大臣Flimnap还谈到小人国国库的情况，小人国发行公债等问题。这些极为具体的细节把读者从小人国一下子就带回到了英国。小人国的政治就是英国的政治。把英国政治缩小比例十二分之一，仍能看出政客们的阴险、倾轧、相互陷害的伎俩。

下面再看斯威夫特的杂文选段。这些选段可以分作几组。第一组是他对于君主们的评语。通常人们都说君主们的手长（意为他们善于掠夺财物），但愿他们的耳朵也同样长（意为希望他们能够听见人民痛苦的声音，希望他们能纳忠言）。这句话说君主们手长，又说希望他们耳朵也长：have long hands和had long ears是很自然的对照。斯威夫特善于用简单的词汇，精练的语言（例如：I wish they hadas long ears）来表达深刻的思想。这种写作手法值得我们用心模仿。第三十五条说君主们在童年和青年时代往往显示出神异的才能，但一旦当上国君，却变得昏庸堕落。这真是件怪事。斯威夫特感慨地说：Strange，so many hopeful princes，and somany shameful kings；这是一个省略句，语言也够精练。下面接着又用了对照手法，但语言比较含蓄：they would have been prodigies of wisdom and virtue，they are often prodigies indeed，but of another sort. 这里would have been和are对照prodigies of wisdom and virtue和prodigies of another sort（意为of folly and vice，愚蠢和罪恶的奇才）相对比。这种对照手法和含蓄语言都是很好的讽刺技巧。

斯威夫特讽刺朝中大臣狡猾不守信用，用的是一对成语（成语中的动词是同一个）。The two maxims of any great man at court are，always to keep his countenance，and never to keep his word.（第二十八条）这句中两个keep带的成语和时间副词always和never搭配起来形成对照，对朝中大人物们的虚伪和厚颜无耻，做了一针见血的攻击。

斯威夫特又利用同义词来讽刺人们向上爬。第十二条：有野心的人往往给别人服贱役，因此向上爬和地上爬采取的是同一姿势。这句话里climbing和creeping是同义词，但词义并不完全相当。利用同义词的这种词义差别，斯威夫特指出了向上爬的可耻。

斯威夫特用逻辑上的三段论法来讽刺英国资本主义社会中金钱高于一切的心理：没有人想听劝告，但每个人都想要钱，因此金钱较忠言为佳（第三十二条：No man will take counsel, but every man will take money: therefore money is better than counsel.）。这句话用三段论法推出似是而非的结论：Money is better than counsel，令人一听便觉察到这种推论的可笑。这是斯威夫特运用的又一种讽刺手法。

在阶级社会里，一个真正为人民谋福利，提出改造社会或革新技术的主张的先进人物，往往成为社会上反动落后势力群起而攻之的对象。这种现象在旧社会里司空见惯，因此斯威夫特告诉我们：当一个真正的天才在世界上出现时，你可以用这个标记来识别他，就是一切蠢材都联合起来向他进攻（第五条）。斯威夫特把他对这些反动落后分子的痛恨都集中在他所挑选的dunces这一词上。同时他又运用了短语in confederacy against（通过阴谋勾结，联合在一起来反对）来强调dunces的罪恶活动，这样就更加突出了truegenius的勇敢刚毅的战斗精神。此外，斯威夫特所选择的dunces一词在18世纪的英国是个流行的词，如当时著名诗人蒲伯就以Dunciad（意为the Iliad of Dunces，蠢材们的伊利亚特）作为他的讽刺诗的标题。Dunce

的原义为不学无术或敌视学术的愚人，当时文化界常用它来指低劣的作家或诗人。但斯威夫特所说的dunces显然不仅包括愚蠢的作家，而且包括一切政治上反动落后的分子在内。这个例子可以说明选词贵在通用，贵在该词本身的词形或读音的鲜明生动性（如dunce一词的读音和词形都使人联想到dullard“笨蛋”，但dunce更为有力、生动）。至于词的含义却可以随着上下文来加深、加广，不必过分拘泥于词的本义，虽然词的本义仍是词义的出发点。

第六条也有它的政治内容：对待懦夫（cowards），不应该用羞辱作为惩罚，而应处以死刑，因为懦夫并不怕受辱（若怕侮辱，就不成其为懦夫），而他们最怕死。因此死刑是懦夫们适当的处罚。所谓懦夫，指的就是一切出卖祖国和人民利益的叛徒。对于这样的坏人，处以死刑当然不算过分，第六条的语言也十分简练、中肯：for if they had regarded that，they would not have been cowards；Death is their proper punishment，because they fear it most.

斯威夫特本人虽然是教士，但他对信教似乎抱着一点讽刺嘲笑的态度，如第十六条和第二十四条。第二十四条采取疑问句：难道教堂对活人来说不也像对死人来说一样都是他们的宿舍吗？这句话中关键词是dormitories（“宿舍”，本义是睡觉的地方）。和教堂相连的墓地是死者的宿舍。教堂本身是活人的宿舍，意为活人在教堂里听牧师传教，不禁要打瞌睡。斯威夫特利用词的原义（dormitories来自拉丁文动词dormitare，“睡眠”；试比较法语动词dormir，“睡眠”）来达到嘲笑在教堂里睡觉的人们的目的。同时他对牧师讲道的催眠作用，也做了充分的估计。第十六条是说人们喜欢抱怨和诉苦。上天所收到的最大量的贡礼就是抱怨和诉苦。这也是人们祈祷中最诚恳的一部分。明显地，斯威夫特是在讽刺人们的宗教信仰并不是十分虔诚的。这句话语言简练，结构整齐。最妙的地方是：Complaint is... the sincerest part of our devotion. 我们向上天祈祷，我们祈祷中最诚恳的一部分就是抱怨。这就意味着除了抱怨以外，我们对上天所作的祈祷当中其他部分就不一定有那么诚恳了。这也就意味着我们的宗教感情大部分是虚伪的。这句话堪称言简而意赅了！

斯威夫特也反对道德方面的伪善，如第九条就是为了讽刺用美德装点门面这种行为而写的。斯威夫特说：有些人的美德对于旁人是有用的，但对他们自己却是无用的，就好像屋前有一座日晷，可以给邻居和行人指示时间，但对户内的主人却无裨益。意思是说，他们的美德只是做给别人看的，并不能指示他们自己真正的道德面貌。这种虚伪的美德并不能使他们自己快乐，因此说对他们自己也是无益的。日晷这一比喻十分形象化。斯威夫特善于用日常生活里普通事物的具体形象来说明深刻的道理或普遍的真理。

斯威夫特对于不听劝告、不接受批评的人，也常常加以讽刺，如第二条，他说劝告只有到月球上去找，因为地球上已失去了这个东西。意思是说地球上没有人愿意接受劝告，因此劝告在地球上绝迹了，只好到月球上去寻。在第一条里，他问：人类连警告都不能接受，怎能希望他们听劝告？意为：人类连经验教训都难得汲取（亲自吃过亏，尚且不能学乖），何况是一般的忠言劝告呢？这句问话里有两个短语：take advice和take warning。它们互相对照，十分有力。第八条说，对待批评有三种态度：第一种是毫不在乎，第二种是反批评（报复），第三种是接受批评，改过自新。斯威夫特对于人们不肯接受批评，更不肯改过自新这个现象看得太多了，因此他说第三种态度几乎是不可能的（the last is almost impossible）。这个简单的形容词impossible却含有斯威夫特对人与人之间的关系和社会道德所发的很深的感慨。

除了反对道德上和宗教上的伪善以外，斯威夫特还嘲笑了禁欲主义。在这一点上斯威夫特表现出他的人文主义者的态度，如第十条，他说：斯多噶派用消除我们的欲望来满足我们的需要这种办法就好像当我们没有鞋穿时就割掉我们的双足。这句话又是用日常生活最浅显的事例来说明深刻的道理。通过这一比喻他把斯多噶派禁欲主义的荒谬性揭露无遗，同时也就间接地攻击了基督教的禁欲主义。Lopping off our desires和cutting off our feet两个短语的比较，给读者留下难忘的印象。

另外一组选段的主题是论读书、写作或演说。这一部分往往不是讽刺性的，但语言精练，说理深刻，值得学习。有时道理和语言特别平易近人，但又清新可喜，如第三十条：When I am reading a book，whether wise or silly，it seems to me to be alive and talking to me. 读书就好像听一个活生生的人在那里讲话一样。这种感觉颇为普遍，斯威夫特却能很亲切地把这种普遍感觉用文字表达出来。在写作方面，斯威夫特劝作家多读古书，多从古代作家那里学习经验。我们读古书时特别乐于知道的事情，以及古书中未写而我们深以为感的事情，我们若把这些事情写了下来，我们将会受到后世读者们的欢迎。古书之用大矣哉！这是第三条的主要内容。第十五条说的是：在写文章或演说时，不要说废话，要言之有物，要中肯。有时补充一个多余的理由反会削弱其他理由的说服力。同样，第十七条也劝人要多读、多想，细心精选自己想表达的意思和恰当的用词。切忌滔滔不绝，废话连篇或满嘴。斯威夫特认为一般人口才流利，那是因为他们的思想贫乏，词汇简单。语言大师和思想家往往因字斟句酌而说话费力。斯威夫特打了一个比喻：教堂里听众极少时，从教堂门里走出去就很快，但若教堂里坐满了人，散场时人都挤在门口，要走出教堂门就没有那么快了。同样，脑子里东西装得少的人话就说得快；反过来说，学问渊博的人说话却很吃力。这个从日常生活里拿来的比喻，十分亲切、有趣。

有时两句话都是斯威夫特说过的，但内容似乎互相矛盾。这时我们应该细心推敲这两句话的不同的强调方面。例如第十四条和第十八条：No wise man ever wished to be younger.Every man desires to live long； but no man would be old.第十四条显然是称赞老年人的智慧和经验，强调老年的优点；第十八条显然是强调老年的缺点（如体力和脑力的衰退）。因此这两句话并不矛盾，而是互相补充的。

斯威夫特有时像英国玄学派诗人（metaphysical poets）用两个毫不相同的概念或事物来比较，因为他们看出了一般看不到的二者之间相同之点（有时是颇为牵强的）。这种比较往往产生一种新奇的快感。例如第三十三条：’Tis a miserable thing to live in suspense； it is the life of a spider.（在悬而未决的情况下生活是一件很痛苦的事；这是蜘蛛的生活）。斯威夫特利用

in suspense的双关意义（悬而未决，悬在半空），拿人的殷切盼望某事某物、如坐针毡的心情来和蜘蛛悬在半空的状态相比较，表面上虽颇为不伦不类，但也颇能令人觉得新鲜有趣。

最后，斯威夫特有时利用一段小故事，一项逸事（anecdote），用来说明一个道理或真理。例如，第二十六条关于用钝象牙刀子和利刃小刀裁纸的小故事读来很生动、有趣，其中奥妙就在于斯威夫特写得准确、写得具体，他所选的词汇和短语却又十分生动，如：never failed to cut it even，the sharpness would make it go out of the crease（割出折纹之外）anddisfigurethepaper.

斯威夫特是英国文学当中最好的散文家之一。他的散文风格和写作技巧值得我们结合他的作品的思想内容加以细心观察和分析。在学习英文写作上，斯威夫特的散文可以给我们最健康的影响。他的散文思想感情都很深刻炽热，语言朴素有力，经过锤炼和推敲，表现出高度的机智和含蓄隽永的幽默。他的句子结构整齐、富有弹性，运用成语生动自然、分寸恰到好处。因此，我希望读者们能多读他，多研究他。

约翰孙的两篇散文[①]

撒缪尔·约翰孙（Samuel Johnson，1709—1784）是英国古典主义重要作家之一。他思想保守，但在散文写作和文学批评方面有不小的贡献，同时又是优秀的学者和语言学家。他的散文风格独树一帜，既具有拉丁文散文的典雅、气势和音调的铿锵，又兼备英文散文的雄健、朴素和简练等特点。他的文章，结构整齐匀称如精心营造的建筑物，风貌庄严高昂，但又亲切动人。他的文学批评从常识判断出发，在某些方面突破了古典主义文艺理论的藩篱。例如，在他著名的论文《莎士比亚戏剧集序言》（*The Preface to Shakespeare*，1765）里，他认为古典主义戏剧所奉为天经地义的“三一律”戒规不足为训。莎士比亚违反了“三一律”，仍不失为伟大的剧作家。在评价文学作

① 原载：王佐良，许国璋，周钰良．英美文学活页文选．北京：商务印书馆，1962–.

品时，法则和条规固然有些帮助，但观察、体会尤其重要，不能为法则和条规所代替。在文艺领域内，理性必须辅以幻想，方能认识真理，全面、正确地反映人生。此外，约翰孙又把文学批评和传记文学结合起来，为文学创作开阔了新的领域——写了一部优秀的《英国诗人传》（*The Lives of the English Poets*，1779—1781）。在语言学方面——约翰孙独立编纂《英语词典》（*The Dictionary of the English Language*，1755）。这部词典，虽然其中某些词的词源不甚可靠，但对词义所下的定义比较准确（某些反映约翰孙个人爱憎和偏见或故意诙谐的词除外），为了解释词义所引用的例句比较丰富（这在约翰孙以前人们所编词典中少见），出版后，被人们奉为权威性的著作。从那时起，英语词汇的词义和拼法才固定下来，逐渐趋于统一。因此，这部词典在使英语规范化方面，起了重要的作用。约翰孙编辑的《莎士比亚戏剧集》，不以版本见胜，但他对这些剧本，在有关历史背景、情节和人物性格等方面所加的注释却脍炙人口。这一著作刺激、促进了英国学者对于莎士比亚的研究。约翰孙的谈话非常机智、锋利、精辟、发人深省。他的忠实朋友和弟子詹姆斯·鲍斯威耳（James Boswell，1740—1795）所做的著名传记《撒缪耳·约翰孙传》（*The Life of Samuel Johnson*，1791）翔实、生动地记载了他的谈话，使人物跃然纸上。

约翰孙的散文作品，除上述的《莎士比亚戏剧集》和《英国诗人传》外，最优秀的还有他的信札《致吉斯特菲尔德爵爷书》（*Letter to Lord Chesterfield*，1755）和《英语词典》序言（*The Preface to the Dictionary of the English Language*，1755）等。《致吉斯特菲尔德爵爷书》是英国历代散文中最有名的范文之一。它表现了新兴资产阶级作家向封建贵族宣布独立自主的反抗精神，因此可以看作欧洲文学史上作家的“独立宣言”。这篇文章写得既尖锐又含蓄，却充分表达了作者愤慨的感情，表现了作者不向权贵低头的骨气和克服困难的毅力和信心。这篇文章雄健有力，亲切动人，语言精练，对仗工整，由此可以窥见约翰孙散文风格之一斑。《英语词典》序言是学术著作，阐明了约翰孙对语言学和词典学的一些见解。但序言中既有议论，又有叙事，更有抒情。作者谈他编词典的甘苦，对自己的工作的自豪感，同时也认为这部词典仍有不少缺点，因此又有些担心，怕读者对他的词典否定过多。《英语词典》序言也很能说明约翰孙散文风格的特点：句子结构匀称整齐，用词精练、典雅，口气庄重、诚恳，感情深沉、含蓄。约翰孙的散文的确兼有拉丁文散文和英文散文的优点，把二者则圆满地结合起来。

下面对约翰孙的这两篇散文再做一些分析。《致吉斯特非尔德爵爷书》是约翰孙写给这位爵爷的一封信。吉斯特非尔德伯爵（1694—1773）是当时英国一位显赫人物。他是贵族、政客，又是作家。当时文人想出名，在文坛上崭露头角，必须有达官贵人提携、援引。约翰孙对于伦敦穷困文人的生活是很熟悉的，因为他自己一直在贫穷和饥饿中挣扎。1747年约翰孙拟就了一个编纂英语词典的计划，把这个计划送呈吉斯特非尔德爵爷，希望得到他的赞许和资助。谁料爵爷对此计划并不真感兴趣，也未答复约翰孙的请求。约翰孙无可奈何，只得自力更生。他单枪匹马，独力作战达七年之久，词典终于编成。但当词典出版前夕，吉斯特非尔德伯爵忽然在当时销路很广的一家报纸《世界》（*The World*，1753—1756）上发表了两篇文章，把约翰孙的词典捧上了天，并说今后英国语言学界必须奉约翰孙为泰斗。吉斯特非尔德也可能是衷心赞服约翰孙的成就，但也可能是盼望约翰孙把新编成的词典献给他，这样他就可以装成约翰孙的恩人、提携者（patron），就可以分享约翰孙的声誉。约翰孙毫不客气地否认了吉斯特非尔德或任何其他人是他的提携人。他说："我从来没有过提携人。"（I never had a Patron before.）约翰孙用反问口气向吉斯特非尔德说：一位提携人岂能坐视行将溺水者在水中挣扎而无动于衷，反而当此人已达岸边，却多余地伸出援助之手？（Is not a Patron，my Lord，one who looks with unconcern on a man struggling for life in the water，and， when he has reached ground，encumbers him with help？）全文最精彩的一句是：“你居然赏光，注意起我的作品来了。假若你早些关注我的作品，这种注意就会是善意的。但是它来晚了，我已无动于衷，对此关心无法消受；我已孑然一身，无法与人共享我已成名，对此并不需要。”（The notice which you have been pleased to take of my labours，had it been early，had been kind；but it has been delayed till I am indifferent， and cannot enjoy it ；till I am solitary，and cannot impart it；till I am known，and do not want it.）这是全篇文章的主旨。约翰孙坚决拒绝了吉斯特非尔德伯爵所给予他的词典的注意。在这里约翰孙使用了三个词组相互对偶的修辞手法，收到了最能感动读者的效果，同时也最充分地表现了约翰孙倔强、孤傲的个性。吉斯特非尔德对约翰孙词典的注意，等于雨后送伞，其实是多余的。约翰孙说我已无动于衷（indifferent），对此关心无法消受（cannot enjoy it），我已孑然一身（solitary）[①]，无法与人共享（cannot impart it）我已

① 约翰孙的妻子已于三年前（1752）去世。

成名（known），对此并不需要（donotwantit）。这句话的确是全篇文章最精彩之笔。首先，它的结构非常整齐匀称。其次，选词非常恰当（indifferent，solitary，known），情感和口气层层加深、加强（cannot enjoy it，cannot impart it，do not want it）。最后一句do not want it，声如霹雳，发泄了多年来的积怨和愤慨。同时这句话也说得最为响亮，充满了信心和自豪感，的确是作家独立的号角。我们想学会用最简单的词汇表达最丰富、最强烈的感情，这句do not want it是我们学习的好范例。

在《英语词典》序言的结尾部分，约翰孙提到他一生的坎坷艰辛。他写道："我的生命有一大部分是在疾病的折磨中消耗掉了；有一大部分被荒嬉掉；还有一大部分总是为筹谋当天的衣食而消耗掉了。"（much of my life has been lost under the pressures of disease；much has been trifled away；and much has always been spent in provision for the day that was passing over me.）。这三句话包含了多少辛酸痛苦。约翰孙的大半生都是在疾病（瘰疬）和贫困中挣扎。在这里，约翰孙又用了三句排偶的修辞手法，来抒发他的强烈感情。这三句可以和《致吉斯特菲尔德爵爷书》中的till I am indifferent...那三句媲美。

在《英语词典》序言中，约翰孙又一次提到在多么艰苦的条件下他独力进行编纂英语词典的工作。他写道："英语词典的编写没有学者的帮助，也没有大人物的奖励；这项工作不是在安适、恬静的隐居生活中，或是在学府的荫庇下，而是在艰苦和烦扰当中，在抱病和悲伤当中进行的。”（that the English Dictionary was written with little assistance of the learned, and without the patronage of the great; not in the soft obscurities of retirement, or under the shelter of academic bowers, but amidst inconvenience and distraction, in sickness and in sorrow.）这句话的结构非常对称，对仗十分工整，修辞单位是介词短语。例如，with little assistance of the learned和without any patronage of the great相互对偶。又如，in the soft obscurities of retirement和under the shelter of academic bowers相互补充。还有amidst inconvenience and distraction这个介词短语中的inconvenience和distraction也相互补充，以及最后两个介词短语in sickness和in sorrow既相互补充，又相互对照。约翰孙修辞造句的技巧和匠心值得我们仔细分析和认真学习。

《镜与灯》中译本序[①]

美国康奈尔大学英语系M. H. 艾布拉姆斯教授的名著《镜与灯》出版于1953年。我于1956年曾在北京大学西语系为英语专业学生讲授"西方文学批评"课程。当时我国与世隔绝，我无缘看到艾布拉姆斯的这本新书。直到三中全会以后，我国对外开放，才有机会接触到近三十年来西方的学术研究成果。我怀着兴奋心情和好奇心理阅读了艾教授的《镜与灯》，顿觉云过天晴，豁然开朗。原因是我以前教西方文学批评史时，主要参考书为乔治·塞恩斯伯里的巨著《批评史》和《批评的轨迹》。这些书内容丰富、渊博，但失之过于详尽、烦琐，使读者不免有见树不见林的感觉。艾教授的《镜与灯》虽然着重讨论西方浪漫主义文学理论和文学批评，但对西方文艺理论做

① 本文原为英文，李赋宁写。中译文为张照进等译。原载：M.H.艾布拉姆斯. 镜与灯. 张照进等，译. 北京：北京大学出版社，1989：1-2.

了一个全面的回顾和总结，从历史发展的角度阐述了“模仿说”“实用说”“表现说”和“客观说”在各历史时期的兴衰和实际运用的利弊，使读者对西方文艺理论和文学批评史有了一个明晰的、全面的认识。另外，艾教授明确地提出了文学批评四大要素的理论，即作品、宇宙、作家、读者，以及这四大要素在上述的四大理论中各自所占的比重。艾教授的批评四大要素论已被学术界普遍采用。美国斯坦福大学已故比较文学教授刘若愚先生曾运用艾教授的四大要素论阐述中国文学批评发展史，提出了不少新的见解。

1985—1986年，我和我爱人徐述华教授在康奈尔大学访问、研究了一年，我们有幸结识了艾布拉姆斯教授夫妇，曾拜访过他们的住所和艾教授的研究室多次。艾教授夫妇爱好艺术品，他们家中陈列了不少世界各地的艺术珍品，宛然一个微型的美术馆。虽然艾教授夫妇皆已超过古稀之年，但他们仍精力健旺，工作勤奋，爱好多样，常利用节假日去加勒比海地区海滨游泳。他们夫妇有两个女儿。大女儿在纽约一家出版社工作，二女儿在加州某医学院学习。他们有一个美满幸福的家庭。

艾布拉姆斯教授在40年代中叶获哈佛大学英国文学博士学位，他是哈佛大学英籍教授I.A.理查兹的高足。理查兹于20年代开始在英国剑桥大学讲授文学批评课程，是20世纪最早的一位把科学方法运用到文艺理论和文学批评上来的学者。理查兹培养了青年诗人和批评家威廉·燕卜荪（著有《七种类型的含混》等书）。艾布拉姆斯于1946年开始在康奈尔大学英文系任教，数十年如一日，培养了一代又一代的专家、学者、作家和诗人。艾布拉姆斯是一位传统的人文主义学者，他的文学研究方法既是传统的，又是科学的。他把历史、传记、校勘、训诂、出处、类型和风格研究及心理学、美学和人生的阅历和智慧有机地结合在一起，因此他的研究成果和结论具有极强的说服力和启发性，发人深思，令人信服。此外，艾布拉姆斯教授主编的英国文学选读教科书《诺顿英国文学选集》和他独立编写的《文学术语词典》已几乎占领了全世界的大学课堂。艾布拉姆斯对英国文学研究和教学的贡献具有世界意义。理查兹和燕卜荪都曾在我国讲学多年，为我国培养了很多外语人才。艾布拉姆斯教授夫妇也热爱中国文化，他们渴望来我国访问和讲学。我衷心祝愿《镜与灯》中文译本的出版将会促成艾布拉姆斯夫妇访华的早日实现。

国家新闻出版广电总局

首届向全国推荐中华优秀传统文化普及图书

‖大家小书书目

国学救亡讲演录	章太炎　著　蒙　木　编
门外文谈	鲁　迅　著
经典常谈	朱自清　著
语言与文化	罗常培　著
习坎庸言校正	罗　庸　著　杜志勇　校注
鸭池十讲（增订本）	罗　庸　著　杜志勇　编订
古代汉语常识	王　力　著
国学概论新编	谭正璧　编著
文言尺牍入门	谭正璧　著
日用交谊尺牍	谭正璧　著
敦煌学概论	姜亮夫　著
训诂简论	陆宗达　著
金石丛话	施蛰存　著
常识	周有光　著　叶　芳　编
文言津逮	张中行　著
经学常谈	屈守元　著
国学讲演录	程应镠　著
英语学习	李赋宁　著
中国字典史略	刘叶秋　著
语文修养	刘叶秋　著
笔祸史谈丛	黄　裳　著
古典目录学浅说	来新夏　著
闲谈写对联	白化文　著
汉字知识	郭锡良　著
怎样使用标点符号（增订本）	苏培成　著
汉字构型学讲座	王　宁　著

诗境浅说	俞陛云　著
唐五代词境浅说	俞陛云　著
北宋词境浅说	俞陛云　著
南宋词境浅说	俞陛云　著
人间词话新注	王国维　著　滕咸惠　校注
苏辛词说	顾　随　著　陈　均　校
诗论	朱光潜　著
唐五代两宋词史稿	郑振铎　著
唐诗杂论	闻一多　著
诗词格律概要	王　力　著
唐宋词欣赏	夏承焘　著
槐屋古诗说	俞平伯　著
词学十讲	龙榆生　著
词曲概论	龙榆生　著
唐宋词格律	龙榆生　著
楚辞讲录	姜亮夫　著
读词偶记	詹安泰　著
中国古典诗歌讲稿	浦江清　著 浦汉明　彭书麟　整理
唐人绝句启蒙	李霁野　著
唐宋词启蒙	李霁野　著
唐诗研究	胡云翼　著
风诗心赏	萧涤非　著　萧光乾　萧海川　编
人民诗人杜甫	萧涤非　著　萧光乾　萧海川　编
唐宋词概说	吴世昌　著
宋词赏析	沈祖棻　著
唐人七绝诗浅释	沈祖棻　著
道教徒的诗人李白及其痛苦	李长之　著
英美现代诗谈	王佐良　著　董伯韬　编
闲坐说诗经	金性尧　著
陶渊明批评	萧望卿　著

古典诗文述略	吴小如　著
诗的魅力 ——郑敏谈外国诗歌	郑　敏　著
新诗与传统	郑　敏　著
一诗一世界	邵燕祥　著
舒芜说诗	舒　芜　著
名篇词例选说	叶嘉莹　著
汉魏六朝诗简说	王运熙　著　董伯韬　编
唐诗纵横谈	周勋初　著
楚辞讲座	汤炳正　著 汤序波　汤文瑞　整理
好诗不厌百回读	袁行霈　著
山水有清音 ——古代山水田园诗鉴要	葛晓音　著
红楼梦考证	胡　适　著
《水浒传》考证	胡　适　著
《水浒传》与中国社会	萨孟武　著
《西游记》与中国古代政治	萨孟武　著
《红楼梦》与中国旧家庭	萨孟武　著
《金瓶梅》人物	孟　超　著　张光宇　绘
水泊梁山英雄谱	孟　超　著　张光宇　绘
水浒五论	聂绀弩　著
《三国演义》试论	董每戡　著
《红楼梦》的艺术生命	吴组缃　著　刘勇强　编
《红楼梦》探源	吴世昌　著
《西游记》漫话	林　庚　著
史诗《红楼梦》	何其芳　著 王叔晖　图　蒙　木　编
细说红楼	周绍良　著
红楼小讲	周汝昌　著　周伦玲　整理

曹雪芹的故事	周汝昌 著 周伦玲 整理
古典小说漫稿	吴小如 著
三生石上旧精魂——中国古代小说与宗教	白化文 著
《金瓶梅》十二讲	宁宗一 著
中国古典小说十五讲	宁宗一 著
古体小说论要	程毅中 著
近体小说论要	程毅中 著
《聊斋志异》面面观	马振方 著
《儒林外史》简说	何满子 著
我的杂学	周作人 著 张丽华 编
写作常谈	叶圣陶 著
中国骈文概论	瞿兑之 著
谈修养	朱光潜 著
给青年的十二封信	朱光潜 著
论雅俗共赏	朱自清 著
文学概论讲义	老 舍 著
中国文学史导论	罗 庸 著 杜志勇 辑校
给少男少女	李霁野 著
古典文学略述	王季思 著 王兆凯 编
古典戏曲略说	王季思 著 王兆凯 编
鲁迅批判	李长之 著
唐代进士行卷与文学	程千帆 著
说八股	启 功 张中行 金克木 著
译余偶拾	杨宪益 著
文学漫识	杨宪益 著
三国谈心录	金性尧 著
夜阑话韩柳	金性尧 著
漫谈西方文学	李赋宁 著
历代笔记概述	刘叶秋 著

周作人概观	舒　芜　著
古代文学入门	王运熙　著　董伯韬　编
有琴一张	资中筠　著
中国文化与世界文化	乐黛云　著
新文学小讲	严家炎　著
回归，还是出发	高尔泰　著
文学的阅读	洪子诚　著
中国文学1949—1989	洪子诚　著
鲁迅作品细读	钱理群　著
中国戏曲	么书仪　著
元曲十题	么书仪　著
唐宋八大家 ——古代散文的典范	葛晓音　选译
辛亥革命亲历记	吴玉章　著
中国历史讲话	熊十力　著
中国史学入门	顾颉刚　著　何启君　整理
秦汉的方士与儒生	顾颉刚　著
三国史话	吕思勉　著
史学要论	李大钊　著
中国近代史	蒋廷黻　著
民族与古代中国史	傅斯年　著
五谷史话	万国鼎　著　徐定懿　编
民族文话	郑振铎　著
史料与史学	翦伯赞　著
秦汉史九讲	翦伯赞　著
唐代社会概略	黄现璠　著
清史简述	郑天挺　著
两汉社会生活概述	谢国桢　著
中国文化与中国的兵	雷海宗　著
元史讲座	韩儒林　著

魏晋南北朝史稿　贺昌群　著

汉唐精神　贺昌群　著

海上丝路与文化交流　常任侠　著

中国史纲　张荫麟　著

两宋史纲　张荫麟　著

北宋政治改革家王安石　邓广铭　著

从紫禁城到故宫

——营建、艺术、史事　单士元　著

春秋史　童书业　著

明史简述　吴　晗　著

朱元璋传　吴　晗　著

明朝开国史　吴　晗　著

旧史新谈　吴　晗　著　习　之　编

史学遗产六讲　白寿彝　著

先秦思想讲话　杨向奎　著

司马迁之人格与风格　李长之　著

历史人物　郭沫若　著

屈原研究（增订本）　郭沫若　著

考古寻根记　苏秉琦　著

舆地勾稽六十年　谭其骧　著

魏晋南北朝隋唐史　唐长孺　著

秦汉史略　何兹全　著

魏晋南北朝史略　何兹全　著

司马迁　季镇淮　著

唐王朝的崛起与兴盛　汪　篯　著

南北朝史话　程应镠　著

二千年间　胡　绳　著

论三国人物　方诗铭　著

辽代史话　陈　述　著

考古发现与中西文化交流　宿　白　著

清史三百年　戴　逸　著

清史寻踪	戴　逸　著
走出中国近代史	章开沅　著
中国古代政治文明讲略	张传玺　著
艺术、神话与祭祀	张光直　著
	刘　静　乌鲁木加甫　译
中国古代衣食住行	许嘉璐　著
辽夏金元小史	邱树森　著
中国古代史学十讲	瞿林东　著
历代官制概述	瞿宣颖　著
宾虹论画	黄宾虹　著
中国绘画史	陈师曾　著
和青年朋友谈书法	沈尹默　著
中国画法研究	吕凤子　著
桥梁史话	茅以升　著
中国戏剧史讲座	周贻白　著
中国戏剧简史	董每戡　著
西洋戏剧简史	董每戡　著
俞平伯说昆曲	俞平伯　著　陈　均　编
新建筑与流派	童　寯　著
论园	童　寯　著
拙匠随笔	梁思成　著　林　洙　编
中国建筑艺术	梁思成　著　林　洙　编
沈从文讲文物	沈从文　著　王　风　编
中国画的艺术	徐悲鸿　著　马小起　编
中国绘画史纲	傅抱石　著
龙坡谈艺	台静农　著
中国舞蹈史话	常任侠　著
中国美术史谈	常任侠　著
说书与戏曲	金受申　著
世界美术名作二十讲	傅　雷　著

中国画论体系及其批评	李长之　著
金石书画漫谈	启　功　著　赵仁珪　编
吞山怀谷 ——中国山水园林艺术	汪菊渊　著
故宫探微	朱家溍　著
中国古代音乐与舞蹈	阴法鲁　著　刘玉才　编
梓翁说园	陈从周　著
旧戏新谈	黄　裳　著
民间年画十讲	王树村　著　姜彦文　编
民间美术与民俗	王树村　著　姜彦文　编
长城史话	罗哲文　著
天工人巧 ——中国古园林六讲	罗哲文　著
现代建筑奠基人	罗小未　著
世界桥梁趣谈	唐寰澄　著
如何欣赏一座桥	唐寰澄　著
桥梁的故事	唐寰澄　著
园林的意境	周维权　著
万方安和 ——皇家园林的故事	周维权　著
乡土漫谈	陈志华　著
现代建筑的故事	吴焕加　著
中国古代建筑概说	傅熹年　著
简易哲学纲要	蔡元培　著
大学教育	蔡元培　著 北大元培学院　编
老子、孔子、墨子及其学派	梁启超　著
春秋战国思想史话	嵇文甫　著
晚明思想史论	嵇文甫　著
新人生论	冯友兰　著

中国哲学与未来世界哲学	冯友兰 著	
谈美	朱光潜 著	
谈美书简	朱光潜 著	
中国古代心理学思想	潘　菽 著	
新人生观	罗家伦 著	
佛教基本知识	周叔迦 著	
儒学述要	罗　庸 著	杜志勇 辑校
老子其人其书及其学派	詹剑峰 著	
周易简要	李镜池 著	李铭建 编
希腊漫话	罗念生 著	
佛教常识答问	赵朴初 著	
维也纳学派哲学	洪　谦 著	
大一统与儒家思想	杨向奎 著	
孔子的故事	李长之 著	
西洋哲学史	李长之 著	
哲学讲话	艾思奇 著	
中国文化六讲	何兹全 著	
墨子与墨家	任继愈 著	
中华慧命续千年	萧萐父 著	
儒学十讲	汤一介 著	
汉化佛教与佛寺	白化文 著	
传统文化六讲	金开诚 著	金舒年 徐令缘 编
美是自由的象征	高尔泰 著	
艺术的觉醒	高尔泰 著	
中华文化片论	冯天瑜 著	
儒者的智慧	郭齐勇 著	

中国政治思想史	吕思勉 著	
市政制度	张慰慈 著	
政治学大纲	张慰慈 著	
民俗与迷信	江绍原 著	陈泳超 整理

政治的学问	钱端升　著　钱元强　编
从古典经济学派到马克思	陈岱孙　著
乡土中国	费孝通　著
社会调查自白	费孝通　著
怎样做好律师	张思之　著　孙国栋　编
中西之交	陈乐民　著
律师与法治	江　平　著　孙国栋　编
中华法文化史镜鉴	张晋藩　著
新闻艺术（增订本）	徐铸成　著
经济学常识	吴敬琏　著　马国川　编
中国化学史稿	张子高　编著
中国机械工程发明史	刘仙洲　著
天道与人文	竺可桢　著　施爱东　编
中国医学史略	范行准　著
优选法与统筹法平话	华罗庚　著
数学知识竞赛五讲	华罗庚　著
中国历史上的科学发明（插图本）	钱伟长　著

出版说明

“大家小书”多是一代大家的经典著作，在还属于手抄的著述年代里，每个字都是经过作者精琢细磨之后所拣选的。为尊重作者写作习惯和遣词风格、尊重语言文字自身发展流变的规律，为读者提供一个可靠的版本，“大家小书”对于已经经典化的作品不进行现代汉语的规范化处理。

提请读者特别注意。

北京出版社